rororo

Charlene Teglias romantische Liebesromane wurden mehrfach ausgezeichnet, unter anderem mit dem Rezensenten-Preis der *Romantic Times* für den besten erotischen Roman. Wenn sie nicht gerade schreibt, geht sie mit ihrer Familie wandern oder umsorgt ihre Katzen. Bei Rowohlt erschien bisher «Nacht der Begierde» (rororo 25559).

«Das ist großartige Literatur! Außergewöhnlich, sexy und humorvoll!» (Romantic Times)

CHARLENE TEGLIA

Wächter der Lust

Erotischer Roman

Aus dem Englischen von Mink Weinmann

Rowohlt Taschenbuch Verlag

Die Originalausgabe erschien 2009 unter dem Titel
«Claimed by the Wolf»
bei St. Martin's Griffin, New York.

Deutsche Erstausgabe
Veröffentlicht im Rowohlt Taschenbuch Verlag,
Reinbek bei Hamburg, Juli 2012

Umschlaggestaltung any.way,
Barbara Hanke/Cordula Schmidt
(Foto: neuebildanstalt/Schnalm/Burkart)
Satz aus der Plantin, InDesign,
bei Pinkuin Satz und Datentechnik, Berlin
Druck und Bindung Druckerei C. H. Beck, Nördlingen
Printed in Germany
ISBN 978 3 499 25925 8

Für P. – in Liebe

PROLOG

Kenric hätte am liebsten kräftig geflucht, als der Dämon ihm erneut entkommen war. Doch da er sich in seiner Wolfsgestalt befand, entfuhr ihm stattdessen ein bedrohliches Knurren. Der Zorn eines Jägers, dem die Beute entkommen war, klang zwar viel furchteinflößender als jeder Fluch. Aber den Dämon konnte er damit nicht mehr einschüchtern. Wie hatte ihm die Kreatur bloß entwischen können?

Zornig nahm er die Witterung erneut auf, aber die Spur endete wie zuvor vor dem Portal. Die Kreatur war zurück ins Schattenreich geflüchtet, wo sie zu Hause war und wohin Kenric ihr nicht folgen konnte. Kampfgeräusche lenkten seine Aufmerksamkeit von dem erfolglosen Ende seiner Jagd ab. Der Dämon war zwar entkommen, aber der Kampf noch nicht vorbei.

Kenrics Rudel bestand aus hundert kräftigen Kriegern. Sie hatten sich mit anderen Werwölfen, Hexen, Drachen, Elfen, Vampiren und einem rebellischen Dämonenstamm in diesem uralten Tal versammelt, das unter der Herrschaft von Akkad gestanden hatte, lange bevor die Sumerer und Babylonier hergekommen waren. Hier standen sie nun, bereit zum Kampf gegen die Eindringlinge aus dem Schattenreich.

Als er die Verfolgung des Dämons aufgenommen hatte, waren beide Seiten noch gleich stark gewesen, doch während seiner Abwesenheit hatte sich das Blatt auf dem Schlachtfeld gewendet. Die Luft war staubgeschwängert und stank metallisch nach Blut. Der Boden war mit Leichen übersät.

Er begriff, was geschehen war, während er hilflos zusehen musste, wie eine Hexe den letzten Wolf seines Rudels erschlug. Er selbst war noch zu weit entfernt, um ihn zu retten.

Verrat. Die Hexen waren zu den Dämonen übergelaufen, hatten jene verraten, die vertrauensvoll an ihrer Seite gekämpft hatten.

Der Angriff war exakt geplant und ausgeführt worden, der Dämon hatte ihn absichtlich weggelockt, bis es zu spät gewesen war, um den anderen zur Hilfe zu eilen. Sein Rudel war regelrecht abgeschlachtet worden. Kenrics Pranken gruben sich tief in die Erde, als er mit weit ausholenden Bewegungen losrannte.

Seine Muskeln zogen sich zusammen, er machte sich zum Sprung bereit und nahm die Anführerin der Hexen ins Visier. Kenric war nur noch von einem Gedanken beseelt: sie zu töten und zu sehen, was das bei ihren Schwestern auslöste.

Kraftvoll stieß er sich ab und schien förmlich durch die Luft zu segeln, bevor er seine Beute mit rasendem Zorn zu Fall brachte. Mit einem Mal erkannte er den Grund für ihren Verrat, sah, wofür die Hexen ihre Loyalität geopfert hatten: Die Hexe hielt eine Pergamentrolle mit einer dämonischen Inschrift umklammert, hielt noch verzweifelt daran fest, obwohl der letzte Tropfen Blut bereits ihren Körper verlassen und das Schlachtfeld getränkt hatte.

Ein unverkennbarer Geruch erregte Kenrics Aufmerksamkeit. Das Pergament war nicht lediglich beschrieben, sondern es selbst war dämonische Magie. Kenric wollte nach dem Papyrus schnappen, entschlossen, es zu zerstören, aber es entglitt ihm und verschwand, bevor er seine Reißzähne darin vergraben konnte. Auch im Tod war die leere Hand der Hexe noch zur Klaue verkrampft, als wollte sie nach dem greifen, für das sie ihr Leben und das vieler anderer geopfert hatte.

Nun war auch Kenrics letzte Stunde gekommen.

Er öffnete die Augen und erblickte eine schwerbewaffnete Kriegerin mit weit entfalteten Schwingen. Ein Stern strahlte von ihrer Stirn. Er wusste, wen er vor sich hatte, denn er hatte ihr Bild oft genug gesehen.

«Inanna», grüßte er sie. «Träume ich?»

«Dies ist kein Traum.» Die Göttin betrachtete ihn aus goldenen Augen, in denen ein machtvolles Feuer loderte. «Du hast tapfer gekämpft.»

«Nicht tapfer genug.»

«Das zu beurteilen obliegt mir.»

Das konnte Kenric nicht bestreiten. Männer vergaßen leicht, wer Inanna war, wenn sie sie allein als Göttin der fleischlichen Wonnen verehrten. Doch sie war auch eine Göttin des Krieges.

«Würdest du weiterkämpfen?»

Die Frage brachte Kenric dazu, seine Reißzähne zu fletschen, als läge die Chance zur Vergeltung bereits in der Luft. «Ich würde über meinen Tod hinaus kämpfen, für alle Ewigkeit.»

«Tapferer Krieger.» Inanna lächelte ihm wohlwollend zu. «Du hast das gleiche Schicksal erwählt wie die anderen Anführer, die deine Kameraden auf dem Schlachtfeld waren.»

«Sind alle tot?» Wie aus einem Reflex hatte Kenric die Frage gestellt, doch noch während er sprach, wurde ihm klar, dass es nicht anders sein konnte. Die Lage war bei seiner Rückkehr nur allzu eindeutig gewesen. Adrian, Kadar, Abaran und Ronan waren alle hier im Totenreich. Hatten die Welt ohne Hilfe und Hoffnung auf Verteidigung verlassen müssen.

«Das sind sie. Und sie haben sich wie du dazu entschieden weiterzukämpfen. Ihr fünf werdet meinen Stern tragen und die fünf Portale gegen die Kreaturen aus dem Schattenreich verteidigen. Werwolf, Dämon, Drache, Vampir und Elf – ich habe euch zu meinen unsterblichen Kriegern auserwählt, zu meinen Schattenwächtern.»

Noch während sie sprach, fühlte Kenric Finger, so heiß wie glühende Kohlen, auf seiner Brust. Er blickte an sich hinab und sah das Mal, eingebrannt auf seiner Haut über dem Herzen. Ein achteckiger Stern, umrahmt von einem geschlossenen Kreis.

EINS

Sybil Ames befand sich gerade auf dem Nachhauseweg, als sie das Schild mit der Haushaltsauflösung entdeckte. Als gleichzeitig im Radio «The Sign» von Ace of Base gespielt wurde, fand sie die Simultanität bemerkenswert. Solche Privatverkäufe boten stets alles Mögliche, Schätze und Schauriges. Angelockt von der Aussicht auf ein Schnäppchen, setzte sie den Blinker und fuhr die Auffahrt hoch.

Das Haus war keines jener Fertighäuser, die heutzutage immer beliebter wurden. Es war schon ein wenig heruntergekommen und düster und stand reichlich schief auf einem kleinen Hügel. Sollte es in dieser Nachbarschaft Bauvorschriften geben, so waren die Behörden entweder zu desinteressiert oder zu eingeschüchtert gewesen, sie durchzusetzen.

Ein hervorragender Unterschlupf für einen Geist. Sybil wurde munter bei der Vorstellung. Sie war noch nie einem echten Geist begegnet, geschweige denn irgendeiner interessanten Erscheinung. Ihr Status als Hexenlehrling machte sie in ihrem Hexenzirkel zum Mädchen für alles. Stets wurden ihr die interessanten Dinge geheimnistuerisch vorenthalten, sodass sie sich wie ein kleines Kind vorkam, dem die Erwachsenen unablässig vorleierten: «Wenn du älter bist, wirst du alles verstehen», was umso frustrierender war, da sie bereits erwachsen war.

Auf der Auffahrt lagen überall Gegenstände verstreut, also war der Bestand hier entweder schon gründlich auf Brauchbares durchsucht worden, oder es war von Anfang an nichts zu holen gewesen.

Vermutlich sind die Sammler schon dagewesen, dachte Sybil, während sie ein Möbelstück aus dunklem Walnussholz betrachtete, das eigentlich noch zu gut aussah, um hier herumzustehen. Antiquitätenhändler kamen im Allgemeinen eher früh zu solchen Flohmärkten, um die besten Sachen anschließend weiterveräußern zu können.

Trotzdem hoffte sie, dass außer diesem Stück noch andere Schätze übersehen worden waren. Ihr schmuckloses Apartment könnte gut ein wenig Gothic-Style vertragen. Oder einen steinernen Wasserspeier, über den sie hier vielleicht noch stolpern würde.

Das alte Walnussschränkchen verlangte förmlich danach, genauer untersucht zu werden. Sybil versuchte, die schiefen Türen und Schubladen zu öffnen, und sie hätte sich nicht gewundert, wenn ihr eine Fledermaus entgegengeflogen wäre. Doch stattdessen musste sie feststellen, dass eine der Schubladen klemmte. Als sie fester daran zog, kam sie ihr mit einem Mal so plötzlich entgegen, dass sie fast hintenüberfiel. Sybil ruderte heftig mit den Armen, um nicht das Gleichgewicht zu verlieren, und bot vermutlich keinen sonderlich graziösen Anblick, aber wenigstens war sie nicht hingefallen. Sie spähte in den Schrank und versuchte zu erkennen, weshalb die Schublade geklemmt hatte. Dann entdeckte sie das Buch.

Der Ledereinband war rissig und verschmutzt. Sybil holte das Buch vorsichtig heraus und schlug es auf. Auf den ersten Blick ähnelte es einem Tagebuch, aber darum handelte es sich nicht. Die verblasste Schrift auf den dicht beschriebenen Seiten war fast unleserlich, doch der Inhalt der engstehenden, krummen Buchstaben unmissverständlich.

Sie war auf ein magisches Buch gestoßen.

Interessant. Sybil blätterte behutsam in den brüchigen Seiten und versuchte, die Handschrift zu entziffern, von der die katholischen Nonnen ihrer Schule sicherlich behauptet hätten, sie sei Teufelswerk, dessen Autor nichts anderes verdient habe, als in der Hölle zu schmoren. Nicht, dass Hexen an die Hölle glauben.

Eigentlich sollte sie das Buch wieder in die Schublade

zurücklegen. Aber sie zögerte und behielt es in den Händen.

Wie es schien, enthielt das Buch recht fortschrittliche Magie. Wenn sie nur einen oder zwei der Zaubersprüche erfolgreich anwenden könnte, ohne dass eine der älteren Hexen ihres Zirkels ihr bei jedem Schritt über die Schulter sah oder sie sich ein Experiment im Vorfeld absegnen lassen musste! Dann konnte sie vielleicht endlich beweisen, dass ihre Fähigkeiten weit über das Wegfegen von Salzresten und abgelaufenen Pentagrammen hinausgingen.

Vielleicht würde sie sogar endlich ein eigenes Tier bekommen, das ihr als magischer Gefährte diente. Und vielleicht würde sie endlich anfangen, nützliche Dinge zu lernen. Echte Magie zum Beispiel.

Wieder öffnete sie das Buch und fluchte leise, als ihr eine Seite den Zeigefinger ritzte. Ein Tropfen Blut fiel auf das Papier, und in diesem Augenblick stand ihre Entscheidung, es zu behalten, fest. Schließlich hatte sie das Buch soeben beschädigt, wenn man auch fairerweise sagen musste, dass das Buch sie zuerst verletzt hatte. Doch wie man es auch immer betrachten mochte, für sie war klar, dass sie es kaufen musste.

Sie klemmte sich das Zauberbuch unter den Arm und stöberte weiter in den Resten des privaten Flohmarkts herum. Es war enttäuschend. Keine schielenden Wasserspeier, keine verborgenen Schätze. Nur Müll, abgesehen von dem handgeschriebenen kleinen Lederbuch.

Sybil ging zu einer gelangweilt aussehenden Frau, die die Veranstalterin des Flohmarkts zu sein schien. «Wie viel soll das hier kosten?»

Die Frau runzelte die Stirn, zog eine Lesebrille heraus und blickte auf eine Liste. «Bücher kosten zwei Dollar», antwortete sie.

Sybil zahlte und fuhr mit der Beute zu ihrer Wohnung, einem Apartment im Erdgeschoss eines Hauses in Oakton, Virginia. Es war modern und zweckmäßig eingerichtet, leider fehlte ihm jedoch so etwas wie eigener Charme. Wenn man es allerdings mit dem Gerümpel des alten Hauses verglich, war die Bezeichnung «schmucklos» vielleicht gar nicht mehr so schlimm.

«Ich hätte gern einen magischen Gefährten», sagte Sybil zu dem magischen Buch. «Und hier müsste man sich nicht nur mal richtig hübsch einrichten, es fehlt auch an Lebendigkeit.»

Sie war im Begriff, das Zauberbuch auf ihren Altar zu legen, als plötzlich ein elektrischer Stoß vom Altar durch das Buch in ihre Hand fuhr. Überrascht schrie sie auf.

Ihre Hand schmerzte, als hätte sie sich verbrannt, dann begann sie zu jucken. Sybil rieb sie am Stoff ihrer Khakihose, um das brennende Kribbeln loszuwerden. Vermutlich war sie mit dem uralten Staub in Berührung gekommen, als sie das Buch in die Hand genommen hatte.

Doch das erklärte nicht, warum von dem Buch beißender Rauch aufstieg, als sie es auf den Altar gelegt hatte. Ach, es ist bloß ein Buch mit dunkler Magie und schlechter Handschrift, sagte sich Sybil. Das heißt noch lange nicht, dass der Altar es zurückweist.

Doch da war diese Schnittwunde an ihrem Finger. Was, wenn der Tropfen Blut eine seit Jahrhunderten ruhende Magie erweckt hatte? Ein Schauder durchfuhr sie, und sie trat einen Schritt zurück. Doch es war zu spät. Das Buch der Schatten öffnete sich, und die Seiten wurden wie von unsichtbaren Händen durchgeblättert. Worte glühten auf, als seien sie mit flammender Tinte geschrieben.

Sybil hätte am liebsten einen Satz nach vorne gemacht und das Buch zugeschlagen, doch stattdessen ging sie wie in Trance näher an das Buch heran, fuhr mit den Fingern über die glühenden Buchstaben und sprach die Worte laut aus. Sie hätte nicht einmal sagen können, welche Art von Zauberspruch sie aufsagte, aber die Macht, die mit jeder Silbe in ihr wuchs, war nicht zu leugnen und hielt sie gefangen. Diese Macht konnte sie nicht beherrschen. Im Gegenteil.

Sie hatte nach echter Magie verlangt und begriff zu spät, dass sie ihren Wunsch etwas deutlicher hätte vorbringen müssen. Das hier war echte Magie, und sie, Sybil, war nicht Herrin der Lage, sondern ihr ausgeliefert.

Das brennende, beißende Jucken breitete sich über Hand und Arm auf ihrem ganzen Körper aus, bis sie das Gefühl hatte, dass jeder Zentimeter ihrer Haut in Flammen stand. Die letzten Worte des Zauberspruchs brachte sie fast nur noch schreiend heraus. Dann sank sie erleichtert auf die Knie, als die brennende Hitze der unbekannten Kraft mit einem Mal nachließ.

«Verdammter Mist», zischte sie keuchend und wich ängstlich vor dem Altar zurück. Was hatte sie gerade getan?

Sybil sprang auf und griff nach Salz und ihrem Dolch. Ziehe einen Bannkreis. Wirf das Ding hinein. Dann sag dem Zirkel Bescheid und verlange am besten gleich nach einem Exorzisten.

Ihre Finger zitterten, und sie musste sich zum Durchatmen zwingen, um sie wieder ruhig halten zu können. Es hätte gerade noch gefehlt, dass sie sich mit ihrem eigenen Athame, ihrem Ritualdolch, in den Finger schnitt. Das Zittern ließ nach, doch im selben Augenblick fuhr ihre Hand hoch, und der Dolch schnitt in die Handfläche der anderen Hand, die geöffnet über dem Buch hing, sodass noch mehr Blut darauf tropfte.

«Nein», knurrte Sybil. «Nein, nein, nein.» Sie riss ihre Hand zurück, sodass ein paar Blutstropfen ihren Altar besprenkelten. Ungläubig musste sie zusehen, wie die Tropfen auf das Buch zukrochen, als würden sie von einer unsichtbaren Kraft angezogen.

Sie hatte keine Zeit mehr, den Altar vorzurücken und einen Bannkreis darum zu ziehen. Stattdessen trat sie ein paar Schritte zurück und zog einen Kreis um sich selbst. Das Adrenalin rauschte in ihren Adern und verstärkte den Zauber, während sie das Ritual vollzog. Sie war gerade fertig geworden, als das Buch mit einem Mal zu ihr herüberflog und hart gegen ihre Brust knallte. Dann stieg der Kreis auch schon auf und schloss sie beide in sich ein.

Brennende, kribbelnde Hitze überkam sie, und sie begriff, dass das Ding, was immer es sein mochte, noch nicht mit ihr fertig war. Es wollte etwas von ihr, und was das war, wurde ihr mit einem Mal sonnenklar. Es brauchte ein Ventil, suchte nach einem Weg, die Magie loszuwerden, die sich in ihm aufgestaut hatte. Und sie hatte genügend verborgene Fähigkeiten, wenn sie auch zu ungeübt war, um ihm als Werkzeug zu dienen.

«Ich lasse nicht zu, dass du mich benutzt», stieß Sybil durch die zusammengebissenen Zähne hervor.

Sie hob ihren Dolch, um ein Symbol in die Luft zu zeichnen, das sie beschützen würde. Doch bevor sie die Bewegung vollzogen hatte, fing das Buch an ihrer Brust an zu pulsieren, als steckte echtes Leben in ihm, und sie stellte fest, dass ihr Arm reglos in der Luft verharrte.

Sie hatte verloren.

Als sich die Tür zu ihrem Apartment plötzlich öffnete, war sie zunächst erleichtert und hoffte einen kurzen Augenblick lang sogar auf Rettung. Aber das änderte sich, als ein Wolf von der Größe eines Ponys in einer Wolke aus Staub und Holzpartikeln erschien.

Sie keuchte überrascht auf. «Sollte ich je behauptet haben, dass es diesem Ort an Lebendigkeit fehlt, so nehme ich alles zurück.» Ihre Stimme klang sogar in ihren eigenen Ohren dünn.

Nach einem kurzen Blick stieß sich die Riesenbestie vom Boden ab. Sybil schloss die Augen, unfähig, den mörderischen Reißzähnen entgegenzublicken, die auf sie zusprangen. Doch dann fiel ihr ein, dass das Tier nicht zu ihr durchdringen würde. War sie darüber wirklich froh? Es wäre zumindest eine Möglichkeit, der anscheinend ausweglosen Situation zu entkommen, dachte sie mit grimmiger Entschlossenheit. Sie fuhr mit einer Hand durch den Kreis und brach den Zauber.

Der Körper des Wolfs brachte sie zu Fall und stieß gleichzeitig auch das Buch von ihr weg.

«Zerstöre es», flüsterte sie, als sie unter dem Ungeheuer lag, mehr aus Verzweiflung denn in der Hoffnung, dass der Wolf sie verstehen würde. «Verbrenne das Buch der Schatten, und du darfst alles mit mir tun, was du willst.»

Die Bestie knurrte etwas, das stark an das Wort «Verrrbrrrennen» erinnerte.

Sybil blickte zu Boden auf das Buch, das in Flammen aufging. Das prasselnde Feuer schien über die Seiten zu tanzen, während es das Papier verschlang, und Sybils Haut brannte, als würde auch sie mitgerissen. Sie krümmte sich vor Schmerzen.

Der Wolf hielt sie mit seinem Körper zu Boden gedrückt, während sie mit dem Buch zu verbrennen schien. Sie blickte an ihrem nackten Arm hinab, um sich zu vergewissern, dass sie sich nichts einbildete. Symbole brannten sich in ihre Haut ein. «Es schreibt sich in mich ein», flüsterte sie mit grauenerfüllter Stimme. «Göttin, rette mich.»

Ihr verzweifelter Hilferuf blieb unbeantwortet, soweit Sybil dies beurteilen konnte. Der Schmerz blieb unverändert, weitere Wellen der Magie schoben sich unter ihre Haut und verbrannten sie innerlich. Als es endlich vorbei war, empfand sie das plötzliche Ende wie eine neue Art von Schmerz.

Sie blickte zu Boden, wo eigentlich ein Häuflein Asche hätte liegen sollen. Hätte, aber so war es nicht. Ihr Blick glitt zu dem Wolf, der keineswegs mit dem Buch verschwunden war. Sein Nackenfell war aufgestellt, und er wirkte nicht gerade freundlich. Der Größe nach zu urteilen, handelte es sich um einen Grauwolf. Sybil hatte keine Ahnung, was das Tier in Oakton wollte, aber da es sprechen konnte, war es vermutlich nur ein weiteres Element einer Reihe von seltsamen Ereignissen.

Mit einem Mal begann die Aura des Tieres aufzuleuchten und sich zu verformen, während sich sein Körper auszudehnen schien. Sybil musste mehrere Male heftig blinzeln, und als sie wieder klar sehen konnte, stand ein großer, muskulöser, nackter Mann vor ihr, dem eine lange schwarze Mähne über die Schultern fiel.

Seine Augen waren dunkelgolden und blickten sie durchdringend an, und seine gleichmäßig geschnittenen Gesichtszüge wirkten noch immer, als wollte er gleich die Zähne fletschen. Seine Brust zierte eine Tätowierung, ein eigentümlicher Stern mit sehr vielen Spitzen, der von einem geschlossenen Kreis umrahmt war.

Als er sprach, erinnerte seine Stimme an ein tiefes Grollen. «Weißt du, was du getan hast, Hexe?»

«Dich gebeten, das Buch zu verbrennen», erwiderte sie benommen. «Eigentlich bin ich sonst gegen so etwas, aber ich denke, dieser Fall ist eine Ausnahme.»

Sein Kiefer verkrampfte sich. «Du hast die dämonischen Zaubersprüche mit deinem Blut genährt und die Worte ausgesprochen, die eines der fünf Portale zum Schattenreich öffnen. Hast jene dunklen Kräfte aufgeschreckt, die noch immer nach dem verlorenen Buch suchen. Dann hast du ein magisches Feuer abgefackelt und damit seine genaue Position preisgegeben.»

«Du vergisst, dass ich den Schutzbann aufgehoben habe, damit du an das Buch herankamst. Du hättest mich in Stücke reißen können.» Sie rieb sich über die Arme, die mittlerweile wieder bar jeglicher Zeichnung waren. «Übrigens nehme ich zurück, dass ich dir gestatte, mit mir zu verfahren, wie dir beliebt. Schließlich hast du deinen Part auch nicht erfüllt.»

Über seinem Auge glaubte sie einen zuckenden Muskel zu erkennen.

«Wenn dein Blut nicht bereits mit der dämonischen Magie verbunden gewesen wäre, hätte das Buch nicht in deinen Körper fahren können.»

Ihr blieb der Mund offen stehen. «Was? Soll das etwa heißen, ich sei besessen?» Ihr wurde das ganze Ausmaß des

Grauens bewusst. «Sie sind in mir. Die Wörter und alle diese Zaubersprüche, die laut gesagt werden wollen. Sie wollen mich benutzen.» Sybil blickte den Fremden entsetzt an. «Halte mich auf. Was sich auch immer in diesem Buch der Schatten befunden hat, es ist böse. Halte mich auf, bevor es mich dazu bringt, ihm zu gehorchen.»

«Nichts täte ich lieber.» Er blickte sie düster an. «Aber du hast die Göttin um Hilfe angefleht. Und sie hat entschieden, sie dir zu gewähren.»

ZWEI

Sybil starrte den Fremdling an. «Woher weißt du, ob meine Gebete erhört wurden? Und warst du nicht eben noch ein Wolf, als du hereingeplatzt bist?»

Er presste die Lippen aufeinander. Es waren sehr wohlgeformte Lippen, und unter anderen Umständen hätte sie ihren Anblick weitaus mehr genossen. Er antwortete nicht, und vermutlich konnte sie auch keine Antwort von ihm erwarten.

Sie blickte sich in ihrem Wohnzimmer um und fragte sich, warum es nach allem, was eben passiert war, noch so aussah wie immer. Bis auf eine Ausnahme. «Du hast die Wohnungstür zerstört», schimpfte sie. «Jetzt kann ich die Mietkaution vergessen.»

Er wandte sich der Tür zu, berührte die Tätowierung an seiner Brust, und ein leises Zischen ertönte. Sybil spürte, wie es in ihren Ohren knackte, als plötzlich ein Druck im Raum entstand und die Tür wieder in einem Stück im Rahmen hing. Sie blinzelte, stand auf und ging zur Tür, um sie zu berühren. Alles echt.

«Danke.»

«Wir müssen die Spuren so gut wie möglich beseitigen.»

Seine harsche Stimme ließ keinen Zweifel aufkommen, dass er es nicht ihr zuliebe tat. Vielmehr schien er eigene Pläne zu verfolgen, in die sie zufällig hineingeraten war.

Sybil nickte. Dann runzelte sie die Stirn. «Äh, wie denn?»

«Mit einem einfachen Zauber. Angewandte Magie. Ich dachte, du bist eine Hexe?»

«Ja und nein.» Sybil stieß den Atem aus und pustete sich dabei eine widerspenstige Haarsträhne aus dem Gesicht. «Ich lerne noch.»

«Ein Lehrling also.» Er blickte sie skeptisch an. «Du siehst nicht aus wie ein Kind.»

«Natürlich bin ich schon erwachsen, sie haben mir bloß noch nicht viel beigebracht.»

«Sie?»

«Mein Zirkel. Ich durfte ihm beitreten, weil ich, äh, das Erbrecht dazu habe.»

«Erbrecht.»

Wieder pustete sich Sybil die Haarsträhne aus dem Gesicht. «Hast du nichts Besseres zu tun, als dazustehen und jedes Wort zu wiederholen, das ich sage? Oder wartest du darauf, dass ich plötzlich in Flammen aufgehe?»

«Hältst du das für möglich?»

Seine Stimme klang so ernst, dass sie es mit der Angst zu tun bekam. «Besteht etwa echte Gefahr?»

«Wenn dämonische Magie im Spiel ist, ist nichts ausgeschlossen.» Er blickte sie aufmerksam an. «Erkläre, wieso du eine Hexe ohne Ausbildung bist.»

«Das liegt nicht daran, dass der Zirkel zu faul oder unfähig wäre», verteidigte sich Sybil. «Es ist bloß so, dass sie glauben, ich würde umso weniger anstellen, je weniger ich weiß. Außerdem können sie mich als aktives Mitglied mit dem Status eines Lehrlings besser im Auge behalten.»

Der Wolfsmann hielt den Kopf schräg und blickte sie abschätzend an. «Warum befürchten sie, du könntest etwas anstellen?»

«Wegen der Prophezeiung», erwiderte sie geradeheraus.

«Die ist total bescheuert. Irgendwann vor langer Zeit hat jemand prophezeit, dass durch eine Hexe aus meinem Zweig der Familie die Welt untergehen wird. Also werden wir schon seit Generationen in diesem Zirkel untergebracht, wo wir als Mädchen für alles herhalten müssen. Eine echte Verschwendung unserer Talente.»

«Und trotzdem bist du im Besitz einer uralten dämonischen Magie, für die manch einer töten würde.»

Sybil schluckte schwer. «Willst mir etwa sagen, dass meinetwegen die Welt untergehen wird, und das bloß weil ich ein altes Buch bei einer Haushaltsauflösung gekauft habe?» Hätte ihr heute Morgen jemand diese Frage gestellt, wäre sie in Gelächter ausgebrochen. Jetzt erschien sie ihr jedoch keineswegs komisch.

«Ich werde es verhindern.»

«Das klingt unheimlich.» Sie rieb sich über die Arme, als ihr wieder einfiel, wie die Magie in ihren Körper gefahren war. «Du willst mir nicht zufällig erzählen, warum du durch meine Haustür hereingestürzt bist?»

«Du hast ein Portal ins Schattenreich geöffnet», antwortete er. «Das von mir bewacht wird.»

«Das Zauberbuch hat mich gezwungen, den Spruch aufzusagen», entgegnete Sybil. «Hat das die Öffnung des Portals bewirkt?»

«Ja. Und ebendieser Spruch konnte nur aus dem Buch stammen. Daher war es nicht schwer, die Quelle der Magie auszumachen. Und dich.»

«Würde dies anderen genauso leichtfallen?», fragte Sybil beklommen.

«Wenn andere nach dem Buch Ausschau gehalten haben, dann wissen sie jetzt, wo es zu finden ist.»

«Verstehe.» Sie zwang sich, nicht zu hyperventilieren, und fragte sich, ob noch weitere fürchterliche Gestalten wie dieser Grauwolf durch ihre Tür kommen würden. Der sie nun am Ellenbogen nahm. Sie fuhr bei der Berührung zusammen.

«Wir müssen aufbrechen», sagte er.

«Ich weiß. Ich überlege bloß, wohin.»

«Diese Entscheidung liegt nicht bei dir.»

Noch bevor sie protestieren konnte, wurden sie in einen Nebel gehüllt, und als sich dieser wieder verzogen hatte, war ihre Wohnung verschwunden. Und ganz Oakton dazu. Sie blickte sich um, stellte fest, dass sie sich in einer Art Wüste befanden, und stellte die naheliegendste Frage: «Wo sind wir?»

Kenric ließ die Hexe los, die er in Schlepptau genommen hatte, und unterdrückte einen Fluch. Nicht nur dass sie eine Hexe war, sie war auch noch im Besitz des Buchs. Oder vielmehr hatte das Buch Besitz von ihr ergriffen. Dieser feine Unterschied mochte dafür sprechen, dass sie das Portal nicht wissentlich geöffnet hatte, doch stellte sie trotzdem eine Bedrohung dar.

Seine Gefährten jagten bereits sämtliche Kreaturen, die sich das geöffnete Portal zunutze gemacht und die Welt der Sterblichen betreten hatten, während er sich auf die Suche nach demjenigen gemacht hatte, der dafür verantwortlich war. Nach all der Zeit war das dämonische Buch wiederaufgetaucht. Und musste zerstört werden, um der Bedrohung endgültig ein Ende zu setzen.

Aber das Ding war ihm entwischt und hielt sich nun in dem grazilen Körper der Hexe versteckt. Als wäre sie auch ohne die Magie des Buches nicht schon gefährlich genug.

Er gönnte sich einen Augenblick, um die Quelle seiner Frustration ausgiebiger zu betrachten. Sie sah interessant aus, eher faszinierend als schön. Sogar ohne die Macht, die sie wie ein unsichtbares Kraftfeld umgab, besaß sie eine gewisse Präsenz, die Aufmerksamkeit erregte. Was würden seine Kameraden wohl mit ihr anstellen?

Sie war groß und schlank, ihr lockiges Haar eine Mischung aus goldblond und sandfarben. Eine Locke hing ihr widerspenstig über dem linken Auge, sodass er eine blaue Iris und drei Viertel ihrer Gesichtszüge betrachten konnte, dazu eine leicht aufwärts gebogene Nase und ein spitzes Kinn sowie volle Lippen, die sie gerade trotzig zusammenpresste.

«Keine Antwort?» Sie hatte hübsch geschwungene Lippen. Ihre Mimik war rege, und ihr Verstand schien schnell von einem Thema zum nächsten springen zu können. «Okay, dann eben die nächste Frage. Wie kommt's, dass du dich in einen Wolf verwandeln kannst?»

«Auf dem üblichen Weg», antwortete er.

Sie fuhr sich mit den Fingern durchs Haar. Ihre Fingernägel waren kurz und gerade. «Der übliche Weg. Ja, richtig. Wahrscheinlich müsstest du mich danach umbringen, wenn du mir die Wahrheit verraten würdest. Kannst du mir wenigstens sagen, wie du heißt?»

«Kenric.»

«Kenric», wiederholte sie und hob den Kopf, um ihn anzusehen, dabei war sie selbst nicht gerade klein, doch überragte er sie um Haupteslänge. «Ich heiße Sybil.»

Ihre Worte hingen einen Augenblick lang zwischen ihnen, als erforderten sie eine Reaktion. Als diese ausblieb, sprach sie weiter. «Ich trage jetzt also dieses Ding in mir.» Sie erschauerte und umschlang ihre Taille mit den Armen. «Wie kriegen wir es wieder aus mir heraus?»

«Wieso glaubst du, ich würde dir helfen?»

Sie zuckte mit ihren schmalen Schultern. «Ich glaube kaum, dass du mich mitgenommen hast, weil du dich verzweifelt nach weiblicher Gesellschaft sehnst. Außerdem scheinst du eine Menge mehr über das Buch zu wissen als ich. Du hast meine Haustür zerstört und mich gesucht, nicht umgekehrt. Bestimmt hast du eigene Pläne, aber was das Buch angeht, so willst du es haben, und ich will es loswerden. Ich würde sagen, damit haben wir ein gemeinsames Ziel.»

«Woher willst du wissen, dass ich es nicht für eigene Zwecke missbrauchen will oder gar dich?»

«Wenn du es für dich wolltest, dann hättest du einfach

danach greifen und weglaufen können, als ich den Bann geöffnet hatte.»

«Vielleicht will ich dich bloß verwirren», meinte Kenric.

«Das glaube ich nicht.» Sie wirkte unbekümmert. «Gibt es hier so etwas wie eine Oase?»

«Ja.» Er wies nach rechts, woraufhin sie in diese Richtung losmarschierte. Kenric folgte ihr. Es dauerte nicht lange, und ihre Stimme drang erneut an sein Ohr.

«Nicht, dass ich mich über deinen Anblick beschweren wollte, aber hast du keine Angst, dass du dir einen Sonnenbrand holst?»

«Nein.»

«Ein Mann knapper Worte. Oder bist du tatsächlich ein Wolf?»

«Geh weiter.»

Sie seufzte und tat wie ihr geheißen. Er erwartete jedoch nicht, dass die Stille lange anhalten würde, und konnte ihre Fragen förmlich spüren. Doch sie blieb ruhig, bis sie eine Anhöhe erklommen hatten, hinter der eine Oase in Sichtweite kam.

«Oh, wie hübsch!» Sie beschleunigte ihre Schritte, so gut es auf dem rutschigen Sand möglich war.

Hübsch, das stimmte wohl. Ein kleiner Wassertümpel glitzerte in der Sonne. Sein dunkles Blau bildete einen starken Kontrast zu dem wildwachsenden Wacholder und den Akazien, die am Ufer emporragten. Ein rotschwänziger Habicht kreiste über ihnen auf der Suche nach Beute. Kenric beneidete den Raubvogel, dessen Jagd ein befriedigendes Ende finden würde. Er behielt die Frau vor ihm im Auge, die nun zwischen ein paar Büschen umherschlenderte, bis sie einen größeren Felsen fand, auf dem sie sich niederließ.

«Es ist wunderschön hier», rief sie begeistert aus. «Ich hätte nie gedacht, dass es so viel Leben in der Wüste gibt.»

«Leben gibt es überall.»

«Nun ja, wahrscheinlich hast du recht.» Sie zog die Knie an und stützte ihr spitzes Kinn darauf. «Ich hatte bloß gedacht, dass es hier außer Sand nichts gibt, aber das stimmt nicht. Ich habe schon mehrere Pflanzenarten und Tierhöhlen entdeckt.»

«Neugieriges Hexenkind.»

Sie warf ihm einen düsteren Seitenblick zu, der von der Haarsträhne über ihrem Auge ein wenig gemildert wurde. «Du hingegen bist ohne jeglichen Makel.»

Statt einer Antwort blieb er stumm.

«Du bist also ein Lykaner … ein Werwolf, stimmt's?»

Vielleicht würde sie ihn nicht mehr länger mit ihren Fragen nerven, wenn er in seine Wolfsgestalt schlüpfte. Kenric ließ diesem Gedanken Taten folgen und begann, seine Gestalt zu verändern.

«Das soll wohl ein Ja sein.» Sie lehnte sich zurück und beobachtete den Habicht über ihnen.

Die Gerüche der Tiere und Pflanzen schienen mit einem Mal regelrecht um Kenric zu explodieren, vermischt mit den Düften von Wasser und Erde. Das Ganze wurde überlagert von dem Geruch der Hexe, die nach Weib, Kräutern und Magie duftete.

Ihren Geruch einzuatmen war schlimmer, als mit ihr zu reden. Der konzentrierte weibliche Duft war ein Ansturm auf seine Sinne, dem er nicht entgehen konnte. Schon als Mann hatte er sie deutlich wahrgenommen, aber als Wolf waren seine Sinne geschärft, und seine Eindrücke würden ihm erhalten bleiben, wenn er sich wieder zurückverwandelte. Er wollte sie nur als ein Hindernis sehen, das zwischen ihm und seiner Beute stand. Das verdammte Buch war ihm nun schon zum zweiten Mal entkommen.

Missmutig wandte er sich ab, um einem Kaninchen nachzuschnüffeln.

Sybil verfolgte den Flug des Habichts am Himmel und fragte sich, was er wohl entdeckt haben mochte. Eine Maus? Sie stellte sich die scharfen Augen vor, das geduldige Abwarten, das belohnt wurde, wenn er sich im Sturzflug und mit ausgefahrenen Krallen auf seine Beute stürzte.

Doch tat ihr die Maus leid, die klein und verletzlich schutzlos dem Jäger ausgeliefert war. Wenn es stimmte, was der Wolf sagte, dann wurde sie in diesem Augenblick auch von einer Art Raubtier beobachtet. Schon bald würde der unbekannte magische Räuber sie sich schnappen.

Die Prophezeiung, die sie stets als lächerlich und übertrieben abgetan hatte, kam ihr mit einem Mal viel ernstzunehmender vor. Wenn ihretwegen eine unheilvolle Macht in die falschen Hände gelangte, war es dann nicht auch ihre Schuld, wenn jemand diese Macht benutzte?

Trotzdem konnten die heutigen Ereignisse nichts an ihrem Entschluss ändern zu lernen. Der Zirkel befand sich im Unrecht, denn wenn ihre Ausbildung bereits begonnen hätte, hätte sie das Buch der Schatten auf Anhieb erkennen können. Sie hätte gewusst, dass sie es mit dämonischer Magie zu tun hatte, und hätte sich verteidigen können. Stattdessen wurde sie durch den Mangel an Wissen und Erfahrung zum perfekten Werkzeug. In ihr schlummerten Kräfte, die es ihr erlaubten, magische Zauber zu wirken, auch ohne dass sie sich zur Herrscherin des Buches gemacht hätte statt zu seinem Opfer.

Es war, als hätte es sich der Zirkel über die Jahrhunderte hinweg zur Aufgabe gemacht, die Prophezeiung wahr werden zu lassen, dabei hatte er sie doch stets verhindern wollen. Sybil hätte angesichts der Ironie am liebsten laut aufgestöhnt.

Sie warf dem großen Wolf, der nichts von seiner einschüchternden Ausstrahlung verloren hatte, einen Blick zu. Kenric hielt die Schnauze in die Luft gereckt und schien alarmiert zu sein. Sie fragte sich, ob er Gefahr witterte und wie groß wiederum die Bedrohung sein mochte, die von *ihm* ausging.

Wenigstens hatte er sie in diese Ödnis gebracht, und es gefiel ihr, weit entfernt von anderen Menschen zu sein, denn sie kam sich vor wie eine tickende Zeitbombe. Je größer der Abstand zwischen ihr und anderen Menschen war, desto weniger Schaden konnte sie anrichten. Wenn es stimmte, was Kenric gesagt hatte, dann befand sich die Welt ihretwegen bereits in großer Gefahr, weil ein Portal geöffnet wurde, das besser geschlossen geblieben wäre.

Je länger sie darüber nachdachte, desto ängstlicher wurde sie. Ihr wurde übel, und sie fühlte sich fiebrig. Sybil schloss die Augen und zwang sich, tief durchzuatmen. Aber ihre Panik verflog nicht, stattdessen schienen die Hitzewellen nur umso heftiger über ihr zusammenzuschlagen. Bei dem Gedanken an die Symbole, die sich in ihre Haut eingebrannt hatten, riss sie die Augen auf. Sie hob die Arme an und suchte panisch ihre Haut mit Blicken ab. Doch es war kein Zauberspruch darauf zu erkennen.

Ihre nackte Haut war nicht verunstaltet worden, außer dass sie gerötet war, was aber nicht daran lag, dass sie zu lange in der Sonne gelegen hatte. Die Hitze wurde stärker, und Sybil erschauerte, dann keuchte sie auf, als die Flammen ihre Arme zu verschlingen schienen.

«Hilfe! Feuer!» Sie ließ sich vom Felsen herunterfallen und wälzte sich schreiend im Sand, ohne dass das geholfen hätte. Sie rollte sich weiter im Sand, bis sie an das Ufer des Tümpels kam und die Arme ins Wasser halten konnte. Sie hoffte, dass darin keine Gefahr lauerte. Das Wasser kühlte jedoch nicht die Hitze ihrer Haut. Stattdessen glaubte Sybil weiter zu verbrennen. Sie zog ihre Arme aus dem kühlen Nass und starrte auf die Flammen, die über ihre Haut leckten.

Mit einem Mal legten sich männliche Hände auf ihre Schultern und löschten das Feuer, indem sie über ihre Haut fuhren. Oder vielleicht schoben sie es ihr auch bloß wieder unter die Haut zurück, denn sie spürte, dass sie glühte wie ein Kohleofen. Seine Hände hielten inne, als sie über ihren lagen, und übten leichten Druck aus, den sie als sehr angenehm empfand.

«Geht's wieder?»

Die tiefe Stimme erklang dicht an ihrem Ohr. Kenric

stand direkt hinter hier. Er hatte wieder die Gestalt des Mannes angenommen und trug nichts als seine Haut. Mochte er auch ein Werwolf sein, so war er vor allem sehr männlich. Dieser Gedanke brachte sie innerlich zum Erzittern.

«Ähm», brachte sie mühsam hervor, «offenbar kommt es bei mir immer noch zu plötzlichen Verbrennungen.»

«Du bist nicht verbrannt.»

Jetzt, wo er es sagte, fiel es Sybil ebenfalls auf. «Es hat sich angefühlt, als würde ich innerlich verbrennen», sagte sie. «Wie ein Fieber.»

Kenric strich mit den Händen an ihren Armen bis zu den Schultern hinauf und wieder hinab. Mit einer unruhigen Bewegung versuchte Sybil, ein heißes Prickeln an Kenric abzustreifen, und rieb sich gegen seinen nackten Oberkörper. Das fühlte sich viel zu gut an.

«Ah, entschuldige», murmelte sie.

«Hilft es, wenn du dich bewegst?»

«Ja. Nein.» Sybil runzelte die Stirn und bemühte sich, still zu stehen. Das dringende Bedürfnis, sich noch enger an ihn zu schmiegen, loderte kräftiger in ihr als die Phantomflammen zuvor.

«Was von beiden?»

Sie stieß den Atem aus und pustete die widerspenstige Locke hoch, die ihr ständig über das Auge fiel. «Weder noch. Ich denke, du solltest mich jetzt lieber loslassen.»

Er verstärkte seinen Griff. «Sollte ich das?»

«Hör mal, es ist mir wirklich peinlich, aber du machst mich nur noch heißer.» Sie hatte die Worte ausgesprochen, bevor sie darüber nachdenken konnte.

«Heißer.» Er schien über das Wort nachzugrübeln, während er sie wieder zu streicheln begann. Sybil wurde sich der sensiblen Stellen an der Innenseite ihrer Handgelenke und Ellenbogen deutlich bewusst. Jetzt stieg eine andere Art von Hitze in ihr auf.

«Ja.» Ihre Stimme war fast ein Keuchen.

«Dann wäre es wohl ratsam, Gleiches mit Gleichem zu bekämpfen. Erst anspannen und dann loslassen.»

Das war wirklich überhaupt nicht hilfreich. Sybil schloss die Augen und bezwang den dringenden Wunsch, sich eng an ihn zu drängen. Aber als er nun mit seinen Händen von ihren Schultern aus nach vorn strich und seine Fingerspitzen den Ansatz ihrer Brüste berührten, wurde das immer schwieriger. Auch stellte ihr ärmelloses Top, das sie an diesem Tag trug, nicht gerade ein Hindernis dar. Der sexy hauchdünne BH, den sie darunter trug, war ebenfalls nicht dazu geeignet, ihre Tugend zu bewahren.

«Das ist keine gute Idee», meinte Sybil.

«Weil ich ein Werwolf bin?»

Sie bog den Rücken durch, um sich stärker in seine Hände zu schmiegen. «Ich dachte eher, dass wir einander eigentlich nicht vertrauen können. Und daran, dass du mich vielleicht töten musst, um an das Buch zu kommen und es zu zerstören.»

Er liebkoste nun ihre Brüste und neckte die Spitzen mit seinen Handflächen. «Vertrauen ist hierfür nicht nötig.»

Die intime Berührung steigerte ihr Verlangen nach mehr. Noch nie zuvor hatte sie den Drang nach Erlösung so heftig verspürt. Zudem bot sich keine Alternative an. Sybil gab sich dem Augenblick hin und leitete die Hitze in ihrem Inneren nach außen in seine Hände.

DREI

Feuer mit Feuer zu bekämpfen ist keine geeignete Methode, um die Hitze im Inneren zu löschen, dachte Sybil und griff nach dem Saum ihres Tops, um es auszuziehen. Kenric half ihr, das Top zwischen ihren Körpern nach oben zu schieben und ihren Oberkörper zu entblößen. Übrig blieb der hauchdünne BH, unter dessen kleinen Stoffdreiecken sich die Hitze ihrer Haut dennoch zu stauen schien, sodass Sybil ungeduldig am Vorderverschluss nestelte und erleichtert aufseufzte, als er sich öffnete.

«Klein», murmelte Kenric und fuhr mit einer Fingerspitze über die Unterseite ihrer Brüste.

«Mag sein, aber dafür sind sie nackt», entgegnete Sybil. Ihre Stimme klang sinnlich und heiser.

«Beobachtung. Keine Beschwerde, kein Vergleich.» Geschickte Hände ertasteten ihre empfindliche Haut und spielten mit ihr, mit dem Resultat, dass die Hitze sie beinahe versengte.

«Wie auch immer.» Sie wandte sich um, sodass sie ihm gegenüberstand, und erblickte seinen erigierten Penis, der steif und straff vor seinem Bauch abstand. «Du bist auch nicht gerade desinteressiert.» Die Hitze in ihrem Inneren wuchs und drohte über ihr zusammenzuschlagen. Sie presste ihren Körper gegen Kenric, bereit, ihn das Feuer eindämmen zu lassen.

Seine Hände legten sich um ihre Taille und zogen sie zu sich heran. «Ich bin ein Mann. Du eine Frau.»

«Das ist dir also aufgefallen? Mir auch.» Sie bog sich ihm entgegen und genoss das Gefühl seines muskulösen Oberkörpers an ihren nackten Brüsten.

«Mir ist aufgefallen, dass du noch mehr anhast als ich.»

«Hmmm, stimmt. Das ist nicht fair.»

Kenric veränderte seinen Griff und legte sie rücklings ans Ufer. Seine Finger fanden Druckknopf und Reißverschluss ihrer Khakihose und öffneten beides. Der Luftzug auf ihrem nackten Bauch trug nicht im mindesten zu ihrer Abkühlung bei.

Ein bestimmter Gedanke hingegen tat es.

«Wirkt nun ein weiterer Zauberspruch seine Magie?», fragte Sybil und starrte Kenric alarmiert an. Doch selbst wenn dem so wäre, wäre sie nicht mehr in der Lage gewesen aufzuhören. Was auch er nicht vorzuhaben schien.

«Es ist die Energie, die sich ein Ventil sucht», antwortete er. «Es ist besser, wenn du bestimmst, welchen Weg sie nehmen soll, statt das Risiko einzugehen, dass sie selbst den Weg des geringsten Widerstands sucht.»

Sie sah ihn mit hochgezogener Augenbraue an. «Ich bin bislang nicht auf Widerstand gestoßen.»

«Gut.» Er senkte den Kopf und tupfte hauchdünne Küsse auf das Tal zwischen ihren Brüsten. Nett, aber …

«Du kommst gerade vom Weg ab.»

«Ich habe mein Ziel fest im Visier.» Er bahnte sich küssend seinen Weg an ihrem Körper hinab und sandte ihr mit jedem Atemhauch Lustschauder über die nackte Haut. Sie musste unwillkürlich lächeln, als sie begriff, dass er recht hatte. Sosehr sie auch seine Lippen auf ihren Brüsten genossen hatte, so sehr war sie schon halb verrückt vor Sehnsucht, sie dort zu spüren, wo er sich gerade hinbewegte.

Als er an ihrem Nabel ankam und ihn zärtlich mit der Zungenspitze neckte, brachte er damit Nerven zum Erwachen, von deren Existenz sie bislang nichts gewusst hatte. Angeregt von der raffinierten Liebkosung, hob sie in stummem Drängen die Hüften an und verlangte nach mehr.

Sie half eifrig mit, als er ihr die Hose über die Hüften schob. Dann lehnte er sich ein Stück zurück und zog den Stoff bis zu den Knöcheln herab. Sybil erzitterte, als er mit den Fingern den Saum ihres Slips von den Hüften bis zur Innenseite ihrer Oberschenkel nachzog. Seine Fingerspitzen glitten unter den Stoff, und sie stöhnte auf und zuckte unwillkürlich zusammen, als er fast ihr Geschlecht berührt hätte.

Es war verrückt. Sie kannte ihn nicht, wusste nicht, wo sie sich überhaupt befanden und wer sie in diesem Augenblick vielleicht gerade beobachtete. Doch das war ihr egal. Der Sand unter ihr fühlte sich kühl auf ihrer Haut an, und die Reibung, die durch ihre Bewegungen entstand, verstärkte ihre Erregung noch weiter. Wenn es überhaupt etwas gab, das sie von der Tatsache ablenkte, dass sie besessen war und eine Gefahr für sich und ihre Umwelt darstellte, dann war das ein guter Orgasmus, der sie mit einem Paukenschlag in andere Sphären katapultierte. Und wenn es sich bei dem Flächenbrand unter ihrer Haut wirklich um Energie handelte, die sich ein Ventil suchte, dann würde ein Orgasmus sicherlich die beste Lösung sein.

Sex ist meine Rettung, dachte sie und hörte dann auf zu denken, denn seine Hände bewegten sich über die Innenseite ihrer Oberschenkel bis zu den Knien und drückten sie sanft auseinander, bis ihre Beine ein offenes Dreieck bildeten.

Er malte imaginäre Muster auf ihre Haut, was sie zum Erzittern brachte. Sein Mund bewegte sich jetzt dicht über dem dünnen Stoff, der ihren Venushügel bedeckte, und als er ausatmete, war es, als würde er sie streicheln. Dann berührten seine Lippen sanft die zarten Fältchen, bevor er ihre Mitte mit mehr Nachdruck küsste.

Ein leises, aufmunterndes Stöhnen entrang sich ihrer Kehle, während sie mit den Fingern in sein Haar griff.

Er bewegte sich ein wenig an ihr hoch, bis er mit den Zähnen an den Bund ihres Slips gelangte und ihn gerade so weit hinunterzog, dass er ihr Geschlecht entblößte. Dann eroberten seine Lippen ihren Kitzler, und Sybil stöhnte auf, als die intime Berührung ihre Nerven zum Vibrieren brachte. Seine Zunge leckte über die hervorstehende Perle, was die Berührung fast unerträglich machte. Ihr Becken hob sich ihm wie zu einer Antwort entgegen. Er leckte sie stärker und schob seine Zungenspitze in ihr Innerstes, und Sybil fühlte sich wie ein Vulkan kurz vor der Explosion.

«Ja, ja, ja», murmelte sie. «Da, o ja.»

Sie spürte, wie er mit der Zunge tiefer in sie eindrang, sich in ihr bewegte und ihren Geschmack genoss. Als er mit der Fingerspitze über das feuchte Häutchen ihrer Klitoris strich, schlug ihre Erregung bereits hohe Wellen, die über ihr zusammenzubrechen drohten. Seine Fingerspitze und seine Lippen fanden einen Rhythmus, der ihr Blut zum Singen brachte, und es war, als fiele ihr pochendes Herz in den Gesang ein. Ihr Geschlecht pulsierte, war das Echo seines Tempos – und mit einem Mal kam sie. Durch die Intensität spannte sie ihre Muskeln so stark an, dass sie fast aus dem Liegen hochgekommen wäre.

Anschließend blieb sie keuchend liegen, um sich zu sammeln.

«Danke», sagte sie schließlich.

Statt einer Antwort zog Kenric ihr den Slip wieder hoch, was in dieser Situation vermutlich das Beste war, doch es bewahrte sie nicht vor einer leichten Enttäuschung, die ihr wohliges Nachglühen trübte. Sie griff nach unten und zog ihre Khakihose an, bevor er das übernahm, um wenigstens vorgeben zu können, dass sie über manche Dinge noch die Kontrolle hatte.

Sie warf ihm unter den Wimpern einen Seitenblick zu und stellte fest, dass sein Schwanz noch immer zur vollen Größe aufgerichtet war.

«Ähem.»

Seine Augen folgten der Richtung ihres Blicks. «Ja?»

«Willst du, dass ich, ähm, also soll ich den Gefallen erwidern?»

«Nicht jetzt.»

Sie blinzelte verblüfft. «Du wartest lieber, bis der Zeitpunkt für einen Blowjob günstiger ist? Jetzt weiß ich sicher, dass du kein Mensch bist.»

Er fletschte die Zähne, doch Sybil beschloss, dies als Grinsen und nicht als Bedrohung zu verstehen. Abgesehen davon, dass sie nicht die Kraft gehabt hätte davonzulaufen, denn sie hatte noch immer weiche Knie, und ihr Atem ging noch immer so stoßend, als hätte sie gerade einen Sprint hinter sich.

Sie wandte den Blick ab, weil ihr das als die beste Antwort erschien, und schloss den Knopf und den Reißverschluss ihrer Hose.

Dann blickte sie sich um, sah auf die Wüstenpflanzen, den Tümpel und zum Horizont, überallhin, nur nicht auf den zurückhaltenden Fremden, der sie gerade geleckt hatte.

«Wird es schon dunkel?», fragte Sybil schließlich, als sie die Stille nicht mehr aushielt. Es musste eigentlich bald dämmern, wenn sie sich noch immer auf der gleichen Erdhalbkugel befanden. Sie hatte bei der Haushaltsauflösung schließlich nach Feierabend angehalten, und wenn sich die Ereignisse seither auch überschlagen hatten, so müsste es doch allmählich Nacht sein. Der Gedanke, dass erst so wenig Zeit vergangen war, irritierte sie ein wenig.

«Ja.»

«Werden wir die Nacht hier verbringen?»

«Nein.»

«Sollten wir dann nicht allmählich aufbrechen?»

«Nicht nötig.»

Na gut. Sie legte den Kopf in den Nacken und beobachtete die ersten Sterne, die blass am Himmelszelt erschienen. Es hatte etwas Tröstliches, dass manche Dinge sich nicht änderten. Die Sonne ging noch immer im Westen unter, die Sterne leuchteten am Himmel, und die Welt drehte sich noch immer um die eigene Achse. Das gab ihr Anlass zur Hoffnung.

Flammen tanzten wie Phantome vor ihren Augen und verschwanden wieder. Sie runzelte die Stirn. «Erzähl mir mehr über das Buch.»

«Es ist das zerstörerische Werk von Dämonen.»

«Wie konnte es in mich eindringen?»

«Das Buch war lediglich das Behältnis für die Zaubersprüche darin. Die Sprüche sind die Magie.»

Sybil wandte sich um und blickte Kenric an, sorgsam darauf bedacht, ihm in die Augen zu sehen und nicht anderswohin, wo sie sein Anblick ablenken könnte. «Was ist das für eine Magie, die nur aus Worten besteht?»

«Worte sind Macht. Du magst ungeübt sein, aber so viel wird dir gewiss bekannt sein.»

«Ja, schon. Aber Worte sind nicht lebendig.»

«Sind sie das nicht?» Er sah sie so ernst an, dass es ihr den Hals zuschnürte.

«Nein», erwiderte sie nachdrücklich.

«Wie du meinst.»

Sie schabte mit ihrer Schuhspitze am sandigen Boden. «Meinetwegen, dann sind Worte also lebendig, und diese ganz speziellen wurden von den Dämonen der Zerstörung erschaffen. Aber warum wurde das Buch überhaupt geschrieben?»

Kenrics Gesichtszüge verhärteten sich. «Hexen waren einen Handel eingegangen. Vor langer Zeit. Das Unbeschreibliche Wort wurde ausgesprochen und großes Unheil angerichtet.»

«Wurde ausgesprochen», unterbrach sie ihn. «Erzähl mir gleich mehr davon, aber zunächst möchte ich wissen, was das Unbeschreibliche Wort ist?»

«Das verlorene Wort.» Er warf ihr einen Blick zu, als sei er ein Lehrer, der eine besonders begriffsstutzige Schülerin vor sich hatte. «Die Schöpfung entstand mit einem Wort. Das Unbeschreibliche kann sie vernichten.»

«Der Ursprung und sein Untergang. Aha, okay.» Während dieser Unterhaltung fing ihr Puls an zu rasen. Bei der Vorstellung, dass ein einziges Wort alles vernichten konnte und dass sie es in diesem Moment in sich trug, bekam sie höllische Kopfschmerzen. «Also, vor langer Zeit haben ein paar Hexen einen Deal ausgehandelt, um an das Unbeschreibliche Wort zu kommen und die Welt in großes Unheil zu stürzen. Der Plan hat nicht funktioniert, und das Wort hielt sich so lange in diesem Buch versteckt, bis ich es fand und mein Blut darauf tropfte?»

«Es hat sich im Lauf der Jahrhunderte in verschiedener Form an verschiedenen Orten versteckt, aber im Prinzip ja.»

«Ganz toll.» Ihre säuerliche Stimme sprach Bände. Kein Wunder, dass niemand sie in Magie ausbilden wollte. Sie hätte die Welt mal eben beim Einkaufen dem Untergang weihen können.

Das Rauschen von Schwingen in der Luft lenkte ihre Aufmerksamkeit ab. Ein großer Vogel kam im Licht der Abenddämmerung auf sie zugeflogen. Seine Gestalt wirkte seltsam, und als er näher kam, stellte sie fest, dass es sich um ein sehr großes Geschöpf handelte. Riesengroß. Mit einem sehr langen Hals. Tatsächlich ähnelte es eher einer fliegenden Eidechse als einem Vogel …

Unwillkürlich trat sie einen Schritt näher an Kenric heran, als ihr Verstand begriff, was ihre Augen sahen. «Hat er uns schon entdeckt, oder können wir noch fliehen?»

«Viel zu spät.» Er klang eher resigniert als alarmiert, als der Drache einen eleganten Bogen beschrieb und flügelschlagend vor ihnen landete.

Sybil kreischte auf und duckte sich hinter Kenric. «Was sollen wir jetzt tun?»

«Wir steigen auf.» Er ging mit langen Schritten auf den Drachen zu, der sich niedergekniet hatte, um ihnen das Hochklettern zu erleichtern. Kenric nahm zwischen den Flügeln Platz.

«Danke, ich laufe lieber.» Sybil war im Begriff, den Rückzug anzutreten.

«Steig auf», befahlen der Drache und der Mann wie aus einem Mund, woraufhin Sybil wie angewurzelt stehen blieb.

Sprechende Drachen. Sprechende Wölfe, die sich in Männer mit außergewöhnlichen oralen Talenten verwandelten. Lebende Bücher. Sybil wagte nicht zu fragen, was als Nächstes kam, als sie einen vorsichtigen Schritt auf das bronzefarbene Geschöpf mit Flügeln zutat.

Es senkte den Kopf, als wollte es um ihr Vertrauen werben. «Ich bin Vegetarier», rief es mit einer Stimme, die wie ein Donnergrollen klang.

«Natürlich bist du das.»

Kenric streckte einen Arm aus, packte sie und zog sie hinauf. Sie kam rittlings hinter ihm auf dem Rücken des

Drachen zum Sitzen und hielt Kenrics Taille fest umklammert.

«Auf geht's», sagte Kenric.

Als der Drache seine Flügel ausbreitete, klang es wie ein sich öffnender Fallschirm. Sybil schloss die Augen und versuchte sich vorzustellen, dass sie auf einem Motorrad saß. Ihr wurde flau im Magen, als der Boden unter ihnen verschwand.

«Du kannst mich jetzt loslassen.» Kenrics Stimme war ruhig und wurde nicht mehr vom Rauschen des Windes und der Schwingen übertönt.

Sybil lockerte ihren Griff ein winziges bisschen und spähte nach unten. Oh, gut. Es war vorbei. Sie ließ ihn los und sprang so schnell von dem Rücken des Drachen herunter, dass sie fast der Länge nach hingeschlagen wäre. Ein langes, spitzes Schweifende wand sich um ihre Taille und half ihr, sich aufzurichten. Sybil quiekte überrascht auf.

«Vegetarier», wiederholte der Drache.

«Ach ja. Äh, danke.» Sie berührte vorsichtig den schuppigen Schweif, der sich wärmer anfühlte, als sie gedacht hätte. Wie auch der Rücken und die Flanken des Tieres. Waren Reptilien nicht eigentlich Kaltblüter?

«Gern geschehen.» Der Drache drückte einmal mit seinem Schweif zu und ließ ihn über ihrer Haut abgleiten, was sich wie ein Streicheln anfühlte. War das Ungeheuer etwa im Begriff, mit ihr zu flirten? Sie schüttelte den Kopf, um ihre Gedanken zu ordnen.

Das war lächerlich. Selbst wenn es Flirten gewesen wäre, so passten Menschen und Drachen wohl kaum zusammen. Sie stellte sich trotzdem vor, wie das Ungeheuer seine hilflose Beute verfolgte, in Ketten legte und das dreieckförmige Ende seines Schuppenschweifs unter einen Rock glitt und sich um einen weiblichen Oberschenkel wand …

«Nicht aufhören, es wird gerade spannend», sagte der Drache.

Sie fuhr zusammen. Er konnte doch wohl nicht etwa ihre Gedanken lesen. Oder etwa doch?

«Das wäre aber sehr unhöflich.»

«Verdammt.» Sybils Wangen färbten sich flammend rot. «Tut mir leid, ich habe eine blühende Phantasie. Das war nicht als Beleidigung zu verstehen.»

«Ich fand deine Gedanken sehr unterhaltsam. Lass dich nicht von mir aufhalten. Wird das Ungeheuer ihr als Nächstes mit seinen scharfen Krallen das Gewand vom Leib reißen?»

Kenric wandte ihnen den Kopf zu und starrte sie an.

«Sei still», zischte Sybil.

«Vielleicht reißt es auch mit einer Klaue den Stoff des Oberteils entzwei und entblößt ihr nacktes Fleisch vor seinen lüsternen Blicken», spann der Drache den Faden weiter.

«Hör auf, mit der Hexe zu spielen», befahl Kenric.

«Sie hat angefangen.»

«Gar nicht wahr», fauchte Sybil. «Du warst es, weil du mit mir geflirtet hast.»

«Und du bist diejenige mit der blühenden Phantasie.»

Sie atmete laut hörbar aus. «Na schön, du hast aber trotzdem versucht, mit mir zu flirten. Versuch bloß nicht, das abzustreiten.»

«Natürlich habe ich das. Du duftest köstlich weiblich.»

Sein beiläufiger Tonfall machte sie so wütend, dass sie am liebsten laut aufgeschrien hätte. Natürlich flirteten Drachen gern. Natürlich kamen sie mal eben vorbei, damit man sich auf ihrem Rücken niederließ und sie einem bei den intimsten Gedankengängen zuhören und ihre empörenden Kommentare von sich geben konnten.

«Geht's jetzt weiter?», fragte sie und versuchte, sich einen Rest von Würde zu bewahren.

«Mit Vergnügen. Da stehst du also hilflos und praktisch nackt vor mir, mein Schweif windet sich über deine nackten Oberschenkel, die bereits in Erwartung dessen zittern, was nun ...»

«Genug», unterbrach Kenric. «Kümmere dich um sie. Ich will wissen, was die anderen zu berichten haben.» Er ging davon und ließ Sybil einfach in der Obhut dieses Drachen mit seinem äußerst schrägen Sinn für Humor zurück.

«Du hast doch nicht gelogen, als du gesagt hast, du bist Vegetarier, oder?» Ihre Stimme klang nervös, während sie Kenrics Rücken nachblickte, wie er sich von ihr entfernte. Seine nackte Kehrseite war ein appetitlicher Anblick.

«Falls nicht, solltest du dir schleunigst etwas einfallen lassen, um mich abzulenken.» Das Ungeheuer legte sich seitlich nieder und schlang sich wie eine Katze seinen Schweif um die Hinterbeine. Dabei klopfte es einladend mit einer Vorderklaue vor sich auf den Boden. «Komm. Setz dich zu mir.»

Sybil nahm an der angedeuteten Stelle Platz. Wenn er sich auf sie stürzen wollte, dann hatte sie keine Chance und würde ihm weder ausweichen noch weglaufen können.

«So ist's recht, kleine Frau. Niemand entkommt der furchterregenden Bestie. Dann kann man doch ebenso gut mit ihr kuscheln.»

Sybil spürte, wie er ihr mit der Vorderklaue durchs Haar strich. Dann stieß er sie sanft an der Schulter an, damit sie sich gegen seine Brust lehnte. «Solange du kein Feuer speist», murmelte sie, während sie eine überraschend bequeme Haltung zwischen seinen Vorderbeinen fand. «Davon hatte ich heute schon genug.»

«Würde mir nicht im Traum einfallen.» Das Geschöpf schnupperte an ihrem Hals, was sie aufschreckte. «Du bist ganz schön verspannt. Und das, obwohl unser Freund, der Wolf, alles getan hat, um dich zu verwöhnen.»

Sybil schloss die Augen. «Ich will lieber nicht wissen, woher du das weißt.»

«Dazu muss man keine Gedanken lesen können. Ich konnte ihn eine Meile gegen den Wind an dir riechen. Und in seinem Kopf tummelten sich die faszinierendsten Eindrücke von dir. Du scheinst ihn ziemlich beeindruckt zu haben. Normalerweise sind die Bilder nicht so stark.»

«Ich sagte, dass ich das lieber nicht wissen will.» Ihre Stimme hatte einen harschen Tonfall angenommen, und ihr Körper versteifte sich. «Es geht dich nämlich nichts an. Außerdem ist er nicht die ganze Zeit über ein Wolf gewesen. Es ist also nicht so, als würde ich mit Tieren schlafen.»

«Und doch hast du diese interessanten Phantasien über Drachen und ihre hilflosen weiblichen Gefangenen.» Seine tiefe Stimme hallte in seiner Brust wider.

«So bin ich eben. Ich stecke voller interessanter Phantasien.»

«Und voller Fragen. Du willst wissen, wo wir sind. Die Antwort lautet: In Xanadu.»

Und sie hatte gedacht, dass sie heute nichts mehr überraschen konnte. «*Das* Xanadu, wo Alph, der heilige Strom, durch tiefe Höhlen und dunkle Ozeane fließt?» Sie blickte sich um und erinnerte sich an die mythischen Gründe, die der unsterbliche Dichter Samuel Taylor Coleridge in seinen Versen beschrieben hatte. Manche Gelehrten hatten sie als opiumgeschwängerte Phantasie abgetan, aber nun war Sybil ins Grübeln geraten.

«Es gibt nicht nur dunkle Höhlen und Ozeane», fuhr der Drache fort. «Das fällt unter die künstlerische Freiheit. Coleridge stand unter Drogen, als er schrieb.»

Sie schnaubte. «Was ist mit den Eishöhlen? Hatte er damit recht?»

«Ja. Du wirst alles noch mit eigenen Augen sehen. Später. Entspann dich und genieße meine Gesellschaft, dann werde ich dir weitere Fragen beantworten.»

«Wirklich? Dann hätte ich eine ganz einfache für dich. Wer bist du?»

VIER

Kadar. Das bedeutet mächtig.»
«Wie passend», meinte Sybil.

«Danke.»

Seine Stimme klang ziemlich selbstgefällig. «Fällt dir das Fliegen eigentlich schwer? Wegen deines Riesen-Egos, meine ich.»

«Das fällt viel weniger ins Gewicht als mein Riesenständer.»

Sie lachte und spürte, wie die Anspannung von ihr abfiel. «Ach ja, der ist sicher noch besser dazu geeignet, hilflose Jungfern in Angst und Schrecken zu versetzen.»

«Aber nein. Ich beeindrucke sie.»

«Wenn du glaubst, mich ablenken zu können, damit ich dir keine Fragen mehr stelle, hast du dich getäuscht», meinte Sybil grinsend. «Kenric hat gesagt, er bewacht ein Portal, das ich versehentlich geöffnet habe. Machst du das auch? Seid ihr so etwas wie eine übernatürliche Sondereinheit? Und gibt es noch mehr von eurer Sorte?»

«Ja, nicht ganz, ja», antwortete Kadar. «Wir überwachen bei weitem nicht sämtliche übernatürlichen Aktivitäten. Unser Auftrag ist viel enger gefasst, nämlich die Portale zum Schattenreich zu bewachen.»

«Den Bock zum Gärtner machen», sinnierte Sybil. «Oder in diesem Fall mit übernatürlichen Geschöpfen die Welt der Menschen schützen. Bislang haben wir einen mürrischen Werwolf und einen neunmalklugen Drachen. Ich bin gespannt, wer oder was die anderen sind.»

«Ich freue mich schon auf dein Gesicht, wenn du sie kennenlernst», meinte Kadar.

«Jede Wette.» Sybil seufzte und atmete den warmen, würzigen und überraschend wohlduftenden Geruch des Drachen ein.

«Danke. Du riechst auch nicht schlecht.» Der dreieckige Kopf rieb sacht gegen ihre Stirn.

«Ja, besonders mit Ketchup.»

«Ich werde dich nicht fressen. Es sei denn, du bittest mich, dich zu lecken. Schließlich hattest du nichts gegen die Avancen eines Wolfs einzuwenden.»

Sie hörte den amüsierten Unterton in der Stimme des Ungeheuers und unterdrückte das Bedürfnis, ihm einen Rippenstoß zu verpassen. «Er hatte auch keinen schuppigen Schweif.»

«Du weißt ja gar nicht, was dir entgeht», seufzte Kadar, als trauere er einer verpassten Gelegenheit nach. «Ich habe eine gespaltene Zunge. Stell dir mal vor, was ich alles damit anstellen könnte.»

«Lieber nicht», murmelte sie. «Das ist ja obszön.»

«Nein, ich möchte bloß, dass du dich entspannst. Wenn deine Muskeln verkrampfen, schnellt deine Körpertemperatur in die Höhe.»

«Ach, wirklich?» Trotz der Warnung machte sich Sorge in ihr breit. Das Brennen hatte ziemlich geschmerzt.

«Ja. Atme langsam aus und denk an die holde Maid, die an den Felsen gekettet ist.»

Sie schloss die Augen und versuchte, das Bild heraufzubeschwören, aber die Erinnerung an ihre brennenden Arme war stärker. «Kadar, was passiert, wenn das Feuer wieder in mir ausbricht? Vielleicht sollte ich ein Stück von dir abrücken.»

«Ich bin hitzebeständig. Jetzt konzentriere dich. Die holde Maid. Der Fels. Ketten. Ein zerfetztes Gewand. Keine Unterwäsche.»

«Es funktioniert nicht.» Ihr Atem ging schneller, als sich die Hitze erneut unter ihrer Haut zu sammeln begann.

«Du zitterst ja vor Angst. Oder ist es Erregung?», überlegte Kadar.

«Kadar.»

«Definitiv Erregung. Ein Drache ist unwiderstehlich.»

«Dieser Drache ist vor allem unverbesserlich», schoss sie zurück, aber die Hitze ließ bereits nach. Erleichtert ließ sie die Schultern sinken.

«Drachen sind weise Geschöpfe, wie alle Fabelwesen», erwiderte Kadar selbstgefällig. «Jetzt genieße den Augenblick. Der Abend ist wunderschön. Warum zählst du nicht die Sterne?»

«In Ordnung.» Sybil begann zu zählen, kam jedoch schon bald durcheinander, aber das war egal. Es half ihr, sich zu beruhigen, auch wenn sie manchen Stern doppelt gezählt hatte. Aus dem Augenwinkel nahm sie den Schweif eines Kometen wahr, wandte den Kopf und verfolgte seinen Weg über das Firmament, bis er schließlich verschwand.

Lichter tanzten plötzlich am Himmel und verschlugen ihr fast die Sprache. «Was ist das?», fragte sie überrascht.

«Nordlichter.»

«Toll.» Sie betrachtete das Schauspiel in stummer Ehrfurcht und hätte dabei fast das Atmen vergessen. Als die wogenden Lichter schließlich verblassten, wandte sie den Blick wieder in die Richtung, in die Kenric verschwunden war. Und wurde mit einer noch beeindruckenderen Aussicht belohnt.

Vier Männer schritten auf sie zu. Wenigstens hielt sie sie für männliche Gestalten, doch da sie sich an einen Drachen lehnte und bereits die Bekanntschaft eines Werwolfs gemacht hatte, fragte sie sich, wie groß die Wahrscheinlichkeit war, dass sie es wirklich mit Menschen zu tun hatte.

Nicht sehr groß, entschied Sybil. Aber warum lange darüber nachgrübeln, wenn sie doch so gut aussehend waren?

Einer der Männer war größer als der Werwolf in seiner menschlichen Gestalt. Er hatte langes silbriges Haar, das im Mondlicht glänzte. Der nächste Mann hatte so dunkles Haar wie Kenric, trug es aber kurz. Beide waren ungefähr gleich groß, Kenric, der ebenfalls zwischen ihnen stand, wirkte jedoch muskulöser, und seine Schultern waren im Vergleich breiter. Der vierte Mann hatte dunkle Haut und einen wunderbar geformten Körper, der fast wie eine Skulptur wirkte. Sein Kopf war kahl, was ihn gefährlich gut aussehen ließ.

Wie ein mit Steroiden vollgepumpter Vin Diesel in der Rolle eines sehr attraktiven miesen Ganoven, dachte Sybil.

Sie trugen allesamt Hosen aus einem engen, anschmiegsamen Material, vielleicht Leder? Ihre Oberkörper waren bloß, und Kenric sah in dieser Gruppe sogar noch exotischer aus. Wilder. Ungezähmter.

«Das ist ja der reinste Gothic-Porno», stellte Sybil fest, was den Drachen hinter ihr zum Kichern brachte.

«Ich bin Abaran», sagte der Dunkelhäutige. Er sprach mit einem fremden Akzent, den Sybil nicht einordnen konnte. Doch der Klang seiner Stimme verriet, dass die ungeheuerlichsten Dinge mit ihm möglich waren. Eine Gänsehaut überlief sie am ganzen Körper.

«Adrian», stellte sich der Mann mit dem kurzen dunklen Haar neben Kenric vor. Seine Stimme klang harsch, fast abgehackt.

«Ronan», beendete der Hochgewachsene die Vorstellungsrunde, und etwas in seiner Stimme brachte Sybil dazu, sich enger an Kadar zu schmiegen.

«Kluges Mädchen», murmelte der Drache. «Mit ihm ist nicht zu spaßen.»

«Etwas sagt mir, dass das auf euch alle zutrifft», meinte Sybil und nahm die vier vor ihr stehenden Männer genauer in Augenschein. Sie alle trugen den achteckigen Stern in einem geschlossenen Kreis auf die Brust tätowiert. Und nun erkannte sie auch, worum es sich handelte. Inannas Stern, der Vorläufer des bekannten Pentagramms. Was hatte er zu bedeuten?

Sie drehte sich um und betrachtete Kadar genauer.

Zuvorkommend erhob er sich. «Soll ich dir meinen zeigen?»

«Ja», bat sie und ignorierte die anzügliche Doppeldeutigkeit. Dann war der Drache von dieser Art Nebel umgeben, den sie bereits kannte. Er verschwand, und zum Vorschein kam ein nackter Mann, dessen Tätowierung den anderen glich. Sein Haar hatte den gleichen Bronzeton wie sein Panzer, und seine Augen leuchteten dunkelsmaragdgrün.

«Gefällt dir, was du siehst?», fragte Kadar, warf sich vor ihr in Positur und ließ seine Muskeln spielen. Sein dicker Penis hing zwischen seinen Oberschenkeln herab, und Sybil bemerkte, dass er nicht geschwollen war. Wie mochte er wohl im erigierten Zustand aussehen? Dann fiel ihr die geränderte, bucklige Wurzel des Schafts auf, die mit den dicken Stacheln an einen Seeigel erinnerte. Sybil schluckte.

«Habe ich dir nicht gesagt, dass er riesig ist?», murmelte Kadar und grinste sie an. Seine spitzen weißen Zähne blitzten im Mondlicht auf.

«Sehr beeindruckend», versicherte sie ihm.

«Genug herumgealbert», schaltete sich Kenric mit einer knappen Handbewegung in Kadars Richtung ein. «Wir haben beschlossen, wie wir mit dir verfahren werden, Hexe.»

«Ich bin ganz Ohr.» Sybil zwang sich zur Ruhe.

«Du hast dich der Gnade Inannas ausgesetzt, die sie dir zu gewähren gedenkt. Daher stimmen wir zu. Du wirst ihr Mal annehmen und ihr dienen.»

«Lass mich kurz nachdenken», entgegnete Sybil. «Ist es besser, einer Göttin auf Gedeih und Verderb ausgeliefert zu sein oder einem Haufen Dämonen, der vorhat, die Welt zu zerstören? Da muss ich nicht lange überlegen – ich akzeptiere.»

«Du solltest dir vielleicht erst die Bedingungen anhören», sagte Kadar mit breitem Grinsen, das sie augenblicklich in Alarmbereitschaft versetzte.

«Na gut. Dann klärt mich auf.» Sie setzte sich aufrecht hin und faltete die Hände im Schoß.

«Ihr Mal und die damit verbundene Macht können nur von Auserwählten übertragen werden.»

Kenric sprach, als würden seine Worte Sinn ergeben. Sybil runzelte die Stirn. «Ach so?»

«Er meint uns alle fünf», schaltete sich Kadar ein. «Wir sind Inannas Auserwählte, die Schattenwächter. Sie hat uns mit ihrem Mal und ihrer Macht ausgestattet, die wir nutzen, um ihr zu dienen.»

«Okay. Gut. Dann könnt ihr ja jetzt das Mal auf mich übertragen.» Sybil stand auf und strich sich die Hose glatt. «Ich bin bereit.»

«Bist du das?» Der Hochgewachsene, Ronan, hatte die Frage gestellt.

«Freu dich nicht zu früh», schalt ihn Abaran. «Du bist als Letzter dran. Wenn du sie verletzt, bleibt uns zu wenig Zeit, bis sie sich wieder erholt hat.»

Das klang gar nicht gut. «Wie funktioniert diese Übertragung genau?» Sybils Mund war wie ausgetrocknet, als sie auf eine Antwort wartete.

«Wie ich schon sagte. Durch uns fünf.» Kadar trat dichter an sie heran und strich mit wissender Berührung über ihren Arm. «Du wirst uns nacheinander in unseren Schlafgemächern aufsuchen, und dort werden wir dich zeichnen.»

Ihr fiel die Kinnlade herab. «Soll das heißen, dass ich mit euch allen Sex haben muss?»

«Ja.» Er las ihre Gedanken und lachte leise in sich hinein. «Inanna ist eine Sexgöttin. Was hast du anderes erwartet?»

«Ich dachte, es wäre bloß, na ja, ihr wisst schon, eine Tätowierung.» Obwohl sie es eigentlich hätte besser wissen müssen. Das wäre viel zu einfach gewesen. Ein Mal von dieser weitreichenden Bedeutung erforderte rituelle Magie. Dass dabei auch Sex mit im Spiel war, war eigentlich nicht verwunderlich, wenn man bedachte, mit wessen Macht sie gezeichnet werden sollte.

«Es besteht nicht aus Tinte», warf Kenric ein. «Es ist eine lebende Markierung, kein bloßes Symbol der Göttin. Wenn du sie akzeptierst, wirst du die Dämonen in deinem Inneren besser kontrollieren können. Und sie werden ihre Macht schließlich verlieren. Dann wirst du das Portal schließen, das du geöffnet hast.»

«Aha.» Sie nickte langsam. «Das wäre gut.»

«Mit uns wird es auch gut sein», schnurrte Kadar.

«Davon bin ich überzeugt.» Sybil zweifelte keine Sekunde daran, dass der Sex überwältigend sein würde, schließlich hatte Kenric ihr bereits einen Vorgeschmack gewährt. Oder einen von ihr bekommen. Wie auch immer. Allerdings … «Gibt es keine andere Möglichkeit?»

Kenric schüttelte den Kopf. «Nicht wenn man das Mal an einen Lebenden übertragen will. Sie hatte jeden von uns im Totenreich gezeichnet und uns anschließend das Leben wiedergeschenkt. Das ist keine Option für dich.»

Sybil schluckte. Mit dem Tod hatten die Männer das Mal empfangen können. Dann würde sie den Sex der Todesmagie vorziehen, wenn sie entscheiden durfte, auf welche Weise das Machtritual vollzogen werden sollte. «Wird es wehtun?»

«Sie ist eine Sex- und Kriegsgöttin», stellte Kenric klar.

«Ja, aber das ist keine Antwort.» Sybil blickte Ronan an. «Warum hat Abaran befürchtet, dass du mich verletzten könntest? Bist du ein Sadist?»

«Ich kann es kaum erwarten, dich zu bestrafen.» Er klang vollkommen ernst und sprach mit beängstigender Intensität. Seine blassblauen Augen begannen zu leuchten, und seine sinnlichen Lippen verzogen sich zu einem grausamen Lächeln.

«Klingt recht schmerzhaft in meinen Ohren.» Sie wandte sich wieder Kenric zu und ignorierte Kadar, der mit ihrem Haar spielte. «Wie stark wird der Schmerz sein?»

«Verglichen mit der dämonischen Magie in deinem Inneren?» Er zog eine Augenbraue hoch, als wollte er seine Worte unterstreichen. «Ich wurde nach meinem Tod mit dem Mal gezeichnet. Du lebst. Ich kann nicht sagen, was du fühlen wirst, aber ich kann mir kaum vorstellen, dass es schlimmer ist als das, was du bereits erleiden musstest.»

«Verstehe.» Sie schlang die Arme um ihre Taille und erzitterte bei dem Gedanken. Nun, sie würde es überleben.

Sie hatte das Phantomfeuer überlebt, das ihre Haut zu verzehren schien, ohne sie wirklich zu verbrennen. Was war im Vergleich dazu schon ein bisschen Sex?

«Nicht *ein bisschen*», murmelte Kadar. Seine Hände umschlossen ihre Schultern, und er zog sie wieder an seine Brust, um sie seine wachsende Erregung spüren zu lassen. «Du wirst jedem von uns einen ganzen Tag und eine ganze Nacht lang gehören und alle unsere Bedürfnisse befriedigen.»

«Okay, das ist mehr als ein bisschen Sex», stimmte Sybil zu. «Fünf Tage. Fünf Nächte.» Mit fünf übernatürlichen Männern, von denen einer auf seine Art attraktiver als der andere war. Wie schlimm konnte es schon werden?

«Du wirst es schon bald herausfinden», sagte Kadar und strich mit einem Daumen über die Mulde an ihrem Hals. Ein Daumen, den sie sich nur allzu gut als Kralle vorstellen konnte. «Ich werde dich in meiner Höhle an die Felswand ketten, und dann wird sich zeigen, ob du meinem Appetit genügst.»

Darauf wollte ihr keine Antwort mehr einfallen. Ihr Blick traf Kenrics. «Kadar will mich als Drachenfutter. Ronan will mich bestrafen. Was willst du?»

Er antwortete nicht, sondern starrte sie, ohne zu blinzeln, an. Lust glomm in seinen goldenen Augen auf. Die aufgeladene Stille hätte sie eigentlich in Alarmbereitschaft versetzen müssen, aber die Erinnerung an seinen Mund auf ihr brachte sie vielmehr dazu, erwartungsvoll zu zittern.

«Was ist mit dir?» Sie zwang sich, den Blick von Kenric zu lösen und Abaran anzusehen.

«Ich bin ein Dämon. Mein Verlangen nach Menschlichem ist grenzenlos.» Seine schwarzen Augen glitzerten hungrig. Sybils Magen zog sich zusammen.

«Ein Dämon?», quiekte sie und sah rasch zu Kenric hinüber. «Ich dachte, das sind die Bösen?»

«Nicht alle», antwortete Kenric. «Sein Volk hat mit uns gegen die Schatten gekämpft. Nur er ist noch übrig.»

«Adrian, was ist mit dir?» Sie blickte den kurzgeschorenen Mann an. «Bislang habe ich es mit einem Dämon, einem Drachen und einem Werwolf zu tun. Was bist du, und was hast du mit mir vor?»

Er trat einen Schritt vor. «Was ich bin? Ein Vampir. Was ich mit dir vorhabe? Alles, wonach mir der Sinn steht.» Seine dunkelbraunen Augen leuchteten blutrünstig auf, und sein Lächeln hatte etwas Raubtierhaftes.

Sybil schluckte hart und spürte, wie ihr die Knie weich wurden. Wie gut, dass Kadar sie behutsam stützte, schließlich wollte sie nicht wie eine schwache Maid wirken, die kurz vor der Ohnmacht stand. Oder wie ein Snack für Zwischendurch.

«Du hast noch nicht gefragt, was ich bin», erhob Ronan das Wort und lenkte ihre Aufmerksamkeit auf sich.

Sie fuhr sich mit der Zungenspitze über die trockenen Lippen. «Was bist du?»

«Ein *Daoine Sidhe*. Ein Elf.»

Seine harte, maskuline Stimme trug den Klang Irlands in sich und betonte jede Silbe durch ein Rollen. Das Hügelvolk, dachte Sybil überrascht. Sidhe. Das erklärte auch seine Größe, das lange silbrige Haar und die scharf gezeichneten Züge.

«Oh», entfuhr es ihr.

«Du solltest ihr den Rest nicht verschweigen», forderte Kadar.

«Welchen Rest?» Sybil war sich nicht sicher, ob sie es wissen wollte, aber wenn es noch mehr zu erfahren gab, dann war es wohl besser, wenn das jetzt geschah.

«Es ist nicht nur für fünf Tage und fünf Nächte», antwortete Ronan. «Einmal unser, für immer unser.»

«Für immer?» Sie starrte ihn konsterniert an, wechselte dann den Blick zu Kenric. «Soll das heißen, jeder von euch kann mich haben, wann immer ihm danach zumute ist? Für den Rest meines Lebens?»

«Wir würden dich nie gegen deinen Willen nehmen.»

Ein wölfisches Grinsen überzog sein Gesicht. Vielleicht erinnerte er sich gerade daran, dass sie ihm bereits willig entgegengekommen war.

«Wie mitfühlend von euch.» Ihre Stimme klang so schwach, wie sie sich fühlte. «Darf ich euch darauf hinweisen, dass ihr zu fünft seid, während ich allein dastehe? Das ist doch irgendwie ungerecht. Soll ich allen genügen, oder werdet ihr euch außer mit mir noch mit anderen Geliebten amüsieren?»

«Es wird andere geben», antwortete Kenric, ohne zu zögern.

Ist das gut oder schlecht?, fragte sich Sybil. Auf der einen Seite würde man nicht von ihr erwarten, dass sie ihnen allein Befriedigung schenkte. Doch was wäre, wenn einer von ihnen ihr missfiel? Der Rest ihres Lebens war doch recht lang dafür, dass sie vielleicht mit einem Mann schlafen musste, den sie nicht leiden konnte.

«Glaubst du wirklich, dass einer von Inannas auserwählten Wächtern nicht weiß, wie man sinnliches Vergnügen schenkt und es selbst genießt?», fragte Kadar, offensichtlich amüsiert von ihren Gedanken.

«Diese Geschichte mit dem Gedankenlesen wird allmählich lästig», grummelte Sybil, ohne wirklich wütend zu sein. «Also gut, Mister Neunmalklug, dann beantworte mir doch mal folgende Frage: Was ist, wenn ich mich eines Tages verlieben sollte? Soll mein Traummann Verständnis haben, wenn ich gelegentlich mit euch ins Bett hüpfe?»

«Ja.»

«Ja?» Sie wandte sich um und starrte ihn ungläubig an.

«Ja. Alle künftigen Beziehungen, die du eingehst, unterliegen unserer Bindung zu dir. Das wird derjenige begreifen müssen.»

«Das wird aber die Auswahl erheblich einschränken.»

«Im Gegensatz zu den Horden von Verehrern, die dir derzeit nachlaufen?» Kadar zog mit ironischem Grinsen eine Augenbraue hoch.

Sybil trat von einem Fuß auf den anderen. «Guter Punkt.»

Er griff nach ihrer Hand, drehte sie um und knabberte an der Innenfläche.

Allein die Tatsache, dass ihr die Berührung gefiel, verstärkte ihre Sorge. «Abgesehen davon kannst du nur einen von uns als Gefährten auswählen, sobald du das Mal übertragen bekommen hast.»

Sämtliche Luft schien ihr aus den Lungen zu weichen, und ihr wurde schwindelig. «Wie bitte?»

«Nur einer von uns kommt für dich als Gefährte in Frage», wiederholte der Drache.

Sie versuchte, gegen den dicken Kloß anzuschlucken, der in ihrer Kehle saß. «Verstehe. Und wenn das geschieht, heißt das auch, dass ich nicht mehr länger mit den anderen schlafen muss?»

«Nein. Es heißt, dass du die Frau des einen und sozusagen die Zweitfrau der anderen bist.» Kadar fuhr mit der Zunge über die Innenseite ihres Handgelenks und berührte die Stelle, unter der ihr Puls klopfte. Er lachte, als sie ihm ihre Hand entriss.

«Akzeptierst du immer noch?», fragte Kenric hinter ihr.

Sybil wandte sich um, um ihn anzusehen. Sie begegnete dem Blick aus seinen goldenen Augen, ohne mit der Wimper zu zucken. «Unser reizender Drachenfreund hat mich ja bereits darauf hingewiesen, dass mir keine andere Wahl bleibt.»

Insbesondere nachdem sie die Göttin um Hilfe angefleht hatte. Diese nicht anzunehmen erschien Sybil als das größere Risiko. Sex war nun wahrlich nicht das Schlimmste, was ihr zustoßen könnte. Obwohl es andererseits nicht leicht war, sich beim Anblick der fünf zu beruhigen. Mussten sie denn so einschüchternd wirken?

«Heißt das ja?», hakte Kenric nach.

Sybil betrachtete prüfend seine Miene, konnte jedoch nicht erkennen, wie seine Gefühle bezüglich ihrer Abmachung waren. Wünschte er, dass sie darauf eingehen möge? Wie auch immer, eine positive Antwort war die einzige Möglichkeit, die ihr blieb. «Ja, ich akzeptiere.»

«In der Oase war sie schließlich schon für dich bereit», warf Kadar ein.

«Ein Gentleman genießt und schweigt», wies Sybil ihn mit zuckersüßer Stimme zurecht.

«Ich bin aber kein Gentleman.»

Das galt bestimmt für jeden von ihnen, dachte Sybil. Vor ihr standen keine zivilisierten Menschen, und wenn sie ehrlich war, machte sie das sogar an. Der Sex würde wild und hemmungslos sein. Sie konnte sich wahrlich bei keinem von ihnen vorstellen, dass er schon nach fünf Minuten von ihr herunterrollen und erschöpft einschlafen würde. Doch hatte das ungeteilte Interesse der Männer an ihr auch einen Nachteil. War sie ihrer Aufgabe wirklich gewachsen?

Hitze begann in ihr aufzusteigen, und das war ihr Antwort genug. Sie sollte besser gewappnet sein, denn die Alternative war … grässlich. Und das nicht nur für sie. Sie hatte die Pflicht, das Unheil, das sie versehentlich heraufbeschworen hatte, als ihr das Buch in die Hände gefallen war, wieder rückgängig zu machen.

«Fange ich mit dir an?», fragte sie Kenric.

«Ja.»

Sie nickte und versuchte sich den Anschein von Tapferkeit zu geben. «Also, wie sollen wir es angehen?»

Er streckte die Hand aus und nestelte am Saum ihres Tops. «Zunächst solltest du weglaufen.»

«Vor dir?»

«Später schon, ja. Aber jetzt vor denen dort.» Er wies nach links, und als Sybil mit den Augen seiner Bewegung folgte, drohten ihre Beine unter ihr nachzugeben. Ein Schwarm dunkler Gestalten raste aus dem nächtlichen Himmel auf sie zu.

«Oh, verdammter Mist», wisperte sie.

«Lauf!», wiederholte Kadar Kenrics Aufforderung. «Hier entlang.»

Zunächst verschwamm alles vor ihren Augen, dann hatte sie mit einem Mal die Vision eines unterirdischen Tunnelsystems. Eines Eingangs. Eines Pfades, der dorthin führte. «Verstanden.»

Sie lief los, ohne genau hinzusehen, ihre Füße trommelten im Rhythmus ihres pochenden Herzens. Furchtbare Angst trieb sie an, doch während sie versuchte, ihr Tempo beizubehalten, fingen ihre Lunge und Muskeln immer mehr zu brennen an. Als sie schließlich den Felseingang entdeckte, der dem Bild vor ihrem inneren Auge entsprach, atmete sie abgehackt und keuchte so laut, dass sie die Geräusche ihrer Verfolger übertönte. Sie warf einen Blick über die Schulter, stolperte und fiel halb in die Felshöhle hinein.

Hinter ihr startete ein Drache einen Angriff aus der Luft, und ein Wolf setzte zum Sprung an. Eine silberhaarige Gestalt bewegte sich schneller, als Sybil mit bloßem Auge verfolgen konnte, und hatte ein Schwert gezückt. Weder Adrian noch Abaran waren im Getümmel zu entdecken, erst als sie die Augen zusammenkniff und genau hinsah, konnte sie sie erspähen.

Sybil stolperte tiefer in den Schutz der Höhle hinein, die Kadar ihr gezeigt hatte. Das Herz schlug ihr bis zum Hals. Ihre Angst galt nicht nur ihr selbst wegen der unkontrollierbaren Macht in ihrem Inneren, die nicht in falsche Hände geraten durfte, sondern auch den fünf Fremden, die ihre Liebhaber werden würden und nun da draußen kämpften, um sie zu beschützen.

FÜNF

Sybil verfluchte sich für ihre Nutzlosigkeit, während sie die Höhle nach etwas Brauchbarem absuchte, das ihr als Waffe dienen könnte, sollte eine der Kreaturen sie hier aufstöbern und angreifen. Weder zur Kämpferin noch zur Hexe ausgebildet. Nichts als ein riesiges Sicherheitsrisiko.

Nicht mehr lange, schwor sie sich, während sie die spitz zulaufenden Stalaktiten über ihrem Kopf betrachtete, die wie Eiszapfen glitzerten. Eiszapfen, die aus Kalk bestanden. Würde sie einen davon abbrechen und als eine Art Dolch verwenden können? Dazu musste sie allerdings erst einmal an einen davon herankommen.

«Vielleicht solltest du eine Bombe aus einem Lippenstift und einem Taschentuch basteln, Mrs. MacGyver», schalt sie sich laut. Ihre Stimme hallte von den Wänden wider, die von unbekannten Mineralien phosphoreszierend leuchteten. Ein mittlerweile vertraut gewordenes Brennen machte sich an ihren Händen bemerkbar. Als Sybil ihre Arme mit zusammengekniffenen Augen betrachtete, wünschte sie sich, dass all diese Macht für etwas gut wäre.

Natürlich handelte es sich um dämonische Magie, noch dazu um eine von Dämonen der Zerstörung, die grundsätzlich unbeständig war.

Sybil war hin und her gerissen zwischen dem Wunsch, den Kampf draußen zu verfolgen, und der Angst, sich in der Höhle zu verlaufen. Das dringende Bedürfnis zu erfahren, was vor sich ging, gewann die Oberhand. Und so fand sie einen Kompromiss, indem sie im Höhleneingang stehen blieb, was ihr einen gewissen Schutz und gleichzeitig gute Sicht bot.

Dunkle Gestalten flogen durch die Luft wie Gewitterwolken. Kadar setzte sich mit seinem metallisch glänzenden Panzer deutlich von ihnen ab, als er einen Großteil der Feinde einfach mit seinem Schwanz erschlug. Die Flammen, die aus seinem Maul stoben, hinterließen eine noch größere Lücke in ihren Reihen. Dunkle Körper fielen zu Boden und blieben reglos liegen.

Leg dich bloß nie mit diesem Drachen an, er speit giftiges Gas.

Ronan und Adrian kämpften mit ihren Schwertern und droschen wie im Blutrausch auf die Horden geflügelter Eindringlinge ein. Die wendige Gestalt des Wolfs kam ins Blickfeld, brachte die Eindringlinge mit Reißzähnen und Klauen zur Strecke und verschwand ebenso schnell wieder. Abaran schwebte über den Schatten und zwang sie, tiefer in die Reichweite der Bodenkämpfer abzutauchen. Andere spießte er mit etwas auf, das wie ein dreizackiger Speer aussah.

Als die Eindringlinge den Rückzug antreten wollten, formten die fünf einen Ring, dann explodierte mit einem Mal alles in gleißendem Licht. Als Sybil wieder sehen konnte, waren nur noch die fünf Wächter übrig geblieben.

Sie zögerte keine Sekunde, den Höhleneingang zu verlassen. Der riesige graue Wolf trat auf sie zu, und bei der Erinnerung an Kenric im Kampfgetümmel hielt sie inne. Er hatte es doch nicht etwa wörtlich gemeint, dass sie später vor ihm davonlaufen sollte, oder?

Der Wolf wich ein wenig zurück, woraufhin Sybil wieder einen Schritt nach vorn machte. Dann noch einen. Es schien nicht so, als wollte er sie anspringen, deshalb entspannte sie sich ein wenig.

«Alle Bösewichte verschwunden?» Ihre Stimme quiekte so schrill, dass sie sogar selbst bei dem Klang zusammenzuckte.

Der Wolf sah sie an, als hätte sie nicht mehr alle beisammen, etwas so Offensichtliches zu fragen.

«Tja», meinte sie und räusperte sich. «Also, äh, was nun?»

Der Wolf ließ sich auf die Hinterläufe nieder und starrte sie an. Sein aufmerksamer, alarmbereiter Blick machte sie erneut nervös. Wollte er etwa Fangen spielen? Nachdem er gerade die Dämonen aus dem Schattenreich vertrieben hatte?

Eine Art Räuspern entrang sich tief der Kehle des Wolfs. Es klang wie das Wort «Lauf». Ihr Puls geriet ins Stocken, dann schoss ihr das Adrenalin in die Adern.

Wölfe liebten die Jagd. Nun wollte er sie also offensichtlich erjagen. War das das Vorspiel eines Werwolfs? Oder verlangte das Tier in ihm nach neuer Beute?

Zum zweiten Mal an diesem Tag nahm Sybil die Beine in die Hand, und Kenric setzte sich hinter ihr ebenfalls in Bewegung. Sie wussten beide, dass sie ihm nicht davonlaufen konnte, aber er brachte sie trotzdem nicht schon während der ersten Meter zu Fall, und so wuchs ihre Entschlossenheit. Zwar war ihr ein Wolf auf den Fersen, der sie mühelos einholen konnte, aber das hieß noch lange nicht, dass sie sich keine Mühe geben würde.

Nach einer Weile übte der Rhythmus des Laufens eine beruhigende Wirkung auf sie aus, während in ihr gleichzeitig die Erkenntnis des Unausweichlichen reifte. Kenric würde dieser Jagd früher oder später ein Ende bereiten. Und sie fangen. Und dann? Ein wahres Kaleidoskop sexueller Phantasien wirbelte ihr durch den Kopf.

Als sie eine gewisse Strecke zurückgelegt hatte, begriff Sybil, dass Langstreckenlaufen ziemlich anstrengend und belastend für Knochen und Sehnen war. Hinzu kam, dass sie über einen harten, unebenen Untergrund lief. Ihr gelang es nur noch mit Mühe, Atem zu schöpfen. Sie musste gar nicht erst einen Blick zurück werfen, um zu wissen, dass Kenric weit davon entfernt war zu ermüden. Verdammt. Als sie schließlich Seitenstechen bekam, gab sie auf und ließ sich zu Boden fallen.

«Okay», schnaufte sie, als sie wieder genug Luft holen konnte, um zu sprechen. «Ich habe verstanden. Du bist ein Feldwebel, und ich die erbärmlichste Rekrutin, die du gesehen hast. Und jetzt wirst du mich drillen.»

«So etwas in der Art.» Kenrics Stimme klang nicht im mindesten angestrengt, er wirkte vielmehr so, als habe er gerade einen gemütlichen Spaziergang hinter sich. Er wechselte in seine menschliche Gestalt zurück und stand, die Hände in die Hüften gestemmt, über ihr. In seinen goldenen Augen stand brennende Entschlossenheit.

Er sah aus wie ein Raubtier, das im Begriff war, sich an seiner Beute gütlich zu tun. Sybil vergaß, Luft zu holen.

«Atme», befahl Kenric.

Ach ja. Sie versuchte, ihre Atemzüge regelmäßig und tiefer werden zu lassen und nicht zu hecheln. Das Seitenstechen hatte bereits nachgelassen, nachdem sie angehalten hatte.

«Besser.»

Sybil verzog das Gesicht. «Schön, dass du zufrieden bist.» Dann platzte sie heraus: «Freut es dich, dass ich unserer Abmachung zugestimmt habe?»

Seine Kiefer verkrampften. «Fragst du, ob ich dich will?»

Sie gestikulierte mit der Hand. «Ich schaffe Klarheit. Da war schließlich etwas zwischen uns in der Oase.»

«Du hast es gebraucht, ich hatte Verantwortung.»

Sie starrte ihn ungläubig an. «Du hattest einen Steifen.»

Kenric verengte die Augen zu Schlitzen, und kleinere Veränderungen in seiner Körpersprache signalisierten ihr aufzuhören, aber sie ignorierte diese Warnung. «Hör zu, wie auch immer du es erklärst, es ist geschehen. Und nun soll ich mit dir und deinen vier Kameraden schlafen.»

«Wir repräsentieren eine Sexgöttin», stellte Kenric fest. «Da bleibt wenig Raum für Tabus.»

«Und Polyamorie tritt bei Hexen nicht selten auf.»

«Dann haben wir kein Problem.»

Die Probleme standen ihr bis zum Hals. «Super.» Sybil konzentrierte sich wieder auf ihre Atmung.

«Steh auf.»

«Ich laufe keinen einzigen Schritt mehr.»

«Aufstehen.»

Seufzend hievte sich Sybil auf die Beine. «Sieh mich nicht so an», murmelte sie. «Ich arbeite in einem Büro, da kann man sich nicht häufig sportlich betätigen.» Und sie hatte es eben übertrieben und sich zum Narren gemacht.

«Auf geht's.»

«Sadist.»

«Bewegung», wiederholte Kenric gelassen. «Sonst ziehen sich deine Muskeln zusammen, und es wird morgen doppelt wehtun. Vermeide das und beweg dich. Du musst in Topform sein, um deine Verfolger zu schlagen.»

«Da könntest du recht haben.» Sie machte einen zögerlichen Schritt voran und ging dann weiter, während das Blut noch von der ungewohnten Anstrengung in ihren Füßen pulsierte.

«Da entlang.»

«Gewiss.» Sybil tat, wie ihr geheißen, und bemühte sich, nicht zu humpeln.

Kenric fiel in ihr Tempo ein. «Du humpelst.»

Sie biss die Zähne zusammen. Als bräuchte sie noch eine Extraerinnerung daran, dass ihre Kondition bei weitem nicht an seine heranreichte. «Ich weiß.»

Stumm liefen sie eine Weile nebeneinander her, bis er schließlich das Wort ergriff: «Ich will dich.»

Diese Erklärung kam so abrupt, dass sie fast über die eigenen Füße gestolpert wäre. Kenric hielt sie, bevor sie das Gleichgewicht verlor. Sie ließ ihn gewähren und fühlte sich ein wenig benommen. Die leichte Berührung war voller sexueller Energie, die sie bis in die Zehenspitzen durchströmte.

Er schwieg auf dem Weg zurück zur Felsenhöhle, und als sie schließlich davorstanden, forderte er sie mit einer Geste auf, vor ihm einzutreten. «Hinein.»

Sybil kehrte in die Höhle zurück, die eine eigene Lichtquelle besaß. Er folgte ihr und berührte sie an der Taille, um ihr den Weg zu weisen.

«Hinter der zweiten Höhle gibt es ein heißes Mineralbad», sagte er dann.

«Das ist doch mal ein guter Grund weiterzugehen.»

Wieder schwiegen sie während der letzten paar Meter. Dann entdeckte sie den Dampf, der aus einem Bassin aufstieg, noch bevor sie das Wasser selbst erkennen konnte, und blieb stehen, um sich Schuhe und Strümpfe auszuziehen. Kenric stieg vor ihr in das Bassin und tauchte bis zu den Schultern ins Wasser ein.

Sybil öffnete ihre Hose und zog sie aus, dann folgte ihr Slip. Es hatte wenig Sinn, ihn anzubehalten, da Kenric ohnehin bereits gesehen hatte, was sich darunter befand. Dann kamen ihr Top und der BH an der Reihe. Sie folgte Kenric in das Bassin und ließ sich in das herrlich warme Wasser gleiten. Sie stöhnte wohlig auf und gab sich ganz dem Genuss hin.

«Komm her.»

Kenric streckte die Arme nach ihr aus, und Sybil schwamm gehorsam zu ihm. Dann zog er sie seitlich auf seinen Schoß und drückte ihren Kopf an seine Brust.

«Danke.» Sie entspannte sich in seinen Armen und vertraute darauf, dass er sie vor dem Ertrinken bewahren würde, falls sie einschlief. Seine Hände glitten lindernd über ihre Arme und ihren Rücken.

Als er ihr Kinn umfasste, es anhob und sich sein Kopf zu ihr herabsenkte, erschien ihr dies wie die natürlichste Sache der Welt. Sie sah durch ihre halb geschlossenen Augen, wie er noch näher kam, dann schloss sie sie ganz und fühlte, wie sein Mund den ihren bedeckte.

Warme, feste Lippen lockten sie, nachzugeben und ihm entgegenzukommen. Sie öffnete die Lippen ein wenig und spürte, wie seine Zungenspitze vorsichtig eindrang, sie kostete und reizte. Sie gab der Versuchung nach, öffnete die Lippen weiter und bot ihm mehr. Der Kuss wurde forscher und vertiefte sich zu einem gegenseitigen Erforschen von Mund und Lippen, einem genüsslichen Austausch, der allmählich leidenschaftlicher wurde, bis sie sich unruhig auf seinem Schoß wand und nach mehr verlangte.

Seine Hände streichelten und erforschten jede Kurve, jede Linie und jeden Zentimeter ihrer Haut. Dann wurde seine Berührung fester und seine Fingerspitzen gruben sich tiefer in ihre Muskeln, um dann wieder locker zu lassen. Die sinnliche Massage brachte sie dazu, sich rittlings auf ihn zu setzen, um ihm noch näher zu sein.

Ihre Brüste schmerzten, ihre Brustwarzen waren geschwollen und lechzten nach seiner Aufmerksamkeit. Sie drückte den Rücken durch, um sich noch enger an seine Brust zu pressen. Dann fuhren seine Hände über ihren Rücken, glitten tiefer und umfassten ihre Hüften, bis er seine gespreizten Finger auf ihrem Hinterteil ruhen ließ. Er zog sie an sich heran, bis ihr Geschlecht seine Lenden berührte und ihr Bauch über seine beginnende Schwellung glitt. Sie wollte ihn tiefer in sich spüren und bewegte ihre Hüften in einer stummen Aufforderung. Zwar verstärkte er seinen Griff, hielt sie aber so, dass sie sich kaum noch bewegen konnte.

Sein hungriger Kuss dauerte immer länger, während er seine Zunge über ihre gleiten ließ, und wurde zu einer Verführung für sich. Als er schließlich den Kopf hob und ein wenig Abstand zwischen sie brachte, fühlten sich ihre Lippen verlassen und kühl an.

«Hätte ich dich in der Oase nehmen dürfen?»

Die Frage durchdrang den sinnlichen Nebel, der sie gefangen hielt. «Hm? Ja.»

«Obwohl du wusstest, dass ich kein Mann bin.»

Sybil konzentrierte sich und hob mühsam die schweren Lider. «Du magst zwar nicht menschlich sein, aber du bist dennoch ein Mann.»

«Und du magst keine Werwölfin sein und bist doch weiblich.»

Diese Feststellung schien eine tiefer gehende Bedeutung für ihn zu haben, die herauszufinden es ihr an Kraft fehlte.

Sybil ließ es gut sein und überwand den geringen Abstand zwischen ihnen, indem sie sich vorbeugte und ihn wieder und wieder küsste. Die Tatsache, dass sie ihn in den vergangenen Stunden mehrmals in seiner Wolfsgestalt gesehen hatte, war nicht mehr von Bedeutung. Was zählte, war der Augenblick, der ihr Blut immer stärker in Wallung brachte, und das süße Ziehen zwischen ihren Oberschenkeln.

Sie reckte sich, um ihn erneut zu küssen, glitt dann mit dem ganzen Körper an ihm hoch und spürte, wie ihr Geschlecht seinen geschwollenen Schaft berührte und er sich gegen ihren Kitzler presste. Es fühlte sich unbeschreiblich gut an. Sie rieb sich an ihm und streichelte ihn mit ihrem ganzen Körper, während sich ihre Zungen vereinten.

Kenric beendete den Kuss und hielt sie nun so fest an sich gedrückt, dass sie sich nicht bewegen konnte. Sie stieß einen leisen Seufzer aus und schmiegte ihre Wange an seine Brust, während sie sich ganz der Sinnlichkeit hingab, die, verstärkt durch das warme Wasser und Kenrics männliche Hitze, die Anstrengungen des Tages verblassen ließ.

«Wurde jemand verletzt?», fragte Sybil leise. Sie hatte zu weit weg vom Zentrum des Geschehens gestanden, um alles genau verfolgen zu können.

«Nein.»

Sie atmete erleichtert auf. «Was waren das für Dinger?»

«Dämonen.»

«Waren sie hinter mir her?»

«Sie suchen das Buch. Der Zauberspruch, der das Portal geöffnet hat, hat eine Art Signatur hinterlassen.»

«Bin ich hier in Sicherheit?»

«So sicher wie überall. Einer von uns hält ständig Wache und wird die anderen zu Hilfe rufen, bis das Portal wieder geschlossen wurde.»

Sybil nickte. «Es tut mir leid», flüsterte sie schließlich nach ein paar Minuten.

«Es tut dir leid?»

«Es tut mir leid, dass ich das verdammte Ding gefunden

habe. Und dass ich es mitgenommen habe. Dass ich so verzweifelt mein Hexenleben leben wollte, dass ich nicht nachgedacht habe. Ich hätte es sofort zurückgeben müssen, als ich entdeckte, was es war.»

«Wirklich? Hattest du erkannt, dass sich eine dämonische Macht darin versteckt hielt, die sich befreien wollte?»

«Nein, ich dachte, es wäre bloß ein gewöhnliches Buch mit dunkler Magie.»

Kenric ließ gemächlich eine Hand über ihren Rücken gleiten, während er mit ihr sprach. «Selbst wenn du es hättest zurückgeben wollen, wäre dir das nicht gelungen. Du hast es nicht zufällig gefunden. Es hat sich dir offenbart.»

Sie schnitt eine Grimasse. «Ach, passte ich etwa in sein Beuteschema?»

«So etwas in der Art.»

Sie war also schon verloren gewesen, als sie ihrem Impuls nachgegeben und ihre Heimfahrt wegen des Flohmarkts unterbrochen hatte. «Ich hätte weiterfahren sollen.»

«Da du die Zeit nicht zurückdrehen und einen Fehler in der Vergangenheit nicht rückgängig machen kannst, wirst du wohl damit leben müssen.»

Die kühle Distanziertheit seiner Stimme hatte den Effekt einer kalten Dusche. Er schob sie von sich und deutete auf das andere Ende des Bassins. «Du hast lange genug gebadet. Komm.»

Der Augenblick war definitiv vorbei. Sybil nickte und kletterte heraus, dann stand sie triefnass in der kühlen Höhle. «Und was jetzt?»

«Folge mir.»

Sie pustete die widerspenstige Locke vor ihrem Auge zur Seite, dann folgte sie Kenric dicht auf den Fersen. Als sie auf etwas Weiches trat, blieb sie überrascht stehen und blickte nach unten. «Ist das Moos?»

«Geh weiter.»

Sie durchquerten einen Korridor, dessen Wände nicht mehr allein mit phosphoreszierenden Mineralien bedeckt waren. Es hingen grüne Ranken von der Decke. Und da waren auch Blumen. Der Korridor wurde breiter und endete in riesigen … Wiesen?

Sybil blickte sich erstaunt um und entdeckte einen Doppelmond hoch über ihr, sah Bäume in der Ferne und spürte Gras und Blumen unter ihren Fußsohlen.

«Hügelvolk», murmelte sie. Man erzählte sich wundersame Geschichten über die Sidhe und ihre unterirdische Welt mit seltsamen Sonnen und Monden und einer völlig anderen Zeiteinteilung. «Hat Ronan das hier erschaffen?»

«Ja. Vor langer Zeit. Xanadu ist seine Schöpfung und unser Zuhause.»

«Wow.» Das Wort war völlig unpassend, aber es wollte ihr in diesem Augenblick nichts anderes einfallen. Mondlicht tauchte die Wiesen in silbernes Licht und brachte die Tautropfen auf den Blütenblättern und dem Laub der Bäume zum Glitzern, als wären sie Diamanten.

Die Resthitze des Bades und das Laufen zuvor bewahrten sie vor einer Unterkühlung, aber Sybil wusste, dass dies nur eine Frage der Zeit war. Also protestierte sie nicht, als Kenric weiterging. Ein Pfad führte von den Wiesen zu einer Felsenhöhle, deren Eingang mit Runen geschmückt war, die Sybil nicht entziffern konnte. Dann waren sie in der Höhle, und sie stellte fest, dass der Fußboden mit Fellen ausgelegt war.

«Wie dekadent.»

«Praktisch», erwiderte Kenric schulterzuckend, ließ sich auf einer Lagerstatt aus Fellen nieder und streckte die Hand nach Sybil aus. Sie ergriff sie und kam neben ihn. Die Felle fühlten sich kühl und seidenweich auf ihrer nackten Haut an und gaben unter ihr nach, als sie sich hineinsinken ließ.

Sie sah sich um. Gemütlich, wenn man auf Steinzeit-Look stand. Felsen und Fell und vor der Tür die magischen Wiesen einer völlig anderen Welt.

«Du läufst wie angeschlagene Beute», informierte sie Kenric.

«Ah, jetzt beginnt das Liebesgeflüster.» Sie legte sich bequem auf den Rücken. «Du wiederum läufst wie ein Raubtier. Ach ja, das liegt wohl daran, dass du eines bist.»

«Ich weiß auch als Mann, wie ich mich zu bewegen habe.»

«Was du nicht sagst.» Sie rollte sich auf den Bauch und schloss vor Wonne die Augen, als die kuscheligen Felle sie überall streichelten.

«Du kennst dich nicht einmal mit den grundlegendsten Lektionen der Magie aus», fuhr er fort, anscheinend entschlossen, ihr sämtliche Verfehlungen vorzuhalten.

«Ja, und du weißt auch, warum, also solltest du nicht mir die Schuld dafür geben.» Sybil stützte sich auf und blickte Kenric finster an. «Ich wollte ja etwas lernen und mein Potenzial ausschöpfen. Und dann bin ich hier gelandet.»

«Willst du wirklich dein ganzes Potenzial ausschöpfen?» Der Blick aus seinen goldenen Augen bohrte sich beunruhigend in sie.

«Ja.»

«Dann sollten wir jetzt anfangen.»

Sybil fuhr sich mit der Zungenspitze über ihre trockenen Lippen. «Ich bin bereit.»

«Noch nicht, aber bald.» Seine Stimme verhieß dunkle Gelüste. Er kam näher und legte ihr eine Hand zwischen die Schulterblätter, um sie zu Boden zu drücken. Sie ließ ihn gewähren und machte es sich wie zuvor zwischen den Fellen gemütlich. Seine Hand wanderte tiefer, streichelte über ihren Po und drängte ihre Oberschenkel auseinander, bis er mit den Fingerspitzen über ihre Spalte fuhr.

Er neckte die kleinen Löckchen zwischen ihren Beinen, strich über ihre Schamlippen und erhöhte sanft den Druck, bis ihr sanftes Fleisch unter ihm nachgab. Mit einer Fingerspitze wagte er sich weiter vor und brachte sie zum Aufseufzen, als er ihr Innerstes erkundete.

Dann schob er den Finger tiefer in sie hinein, drang langsam vor, zog ihn heraus und wiederholte die Berührung.

Sybil fühlte, wie sich ihre inneren Muskeln unwillkürlich um seinen Finger zusammenzogen.

«Gefällt dir das, Hexe?» Kenric ließ seinen Finger erneut herausgleiten, nahm einen zweiten hinzu und testete ihre Reaktion, als er ihre feuchten Fältchen auseinanderschob. Statt einer Antwort stöhnte sie auf und wölbte sich ihm entgegen. Wenngleich sie noch nicht ganz bereit für einen weiteren Finger gewesen war, so war die verstärkte Dehnung doch nicht zu viel, sondern bewirkte, dass sie sich noch mehr nach ihm sehnte.

Ein dritter Finger drang in sie ein, streichelte und neckte sie, zog sich aus ihr heraus und strich hoch zu ihrem Kitzler. Als er sie dort berührte, fing sie an, mit den Hüften zu kreisen.

«Näher», murmelte Kenric und fuhr mit seinem Spiel fort, streichelte ihre empfindsame Liebesperle und schob anschließend den dritten Finger wieder in ihre enge Spalte hinein.

Sie war schon im Bassin kurz davor gewesen, doch hatte er sie gestoppt. Sybil konnte sich dennoch nicht beschweren. Sie öffnete ihre Schenkel weiter, reckte den Hintern und gab sich ganz dem intimen Streicheln seiner männlichen Hand hin, ohne dass sich weitere Stellen ihrer Körper berührten.

Er streichelte ihr Inneres, zog sich aus ihr heraus, um wieder ihren Kitzler zu reizen, bedeckte ihre Spalte mit seiner Handfläche und zeichnete mit einer Fingerspitze die Umrisse ihrer geöffneten Pforte nach, bevor er dann wieder zwei Finger abrupt in sie hineinstieß.

Sein Rhythmus variierte, und das jedes Mal, bevor sie sich darauf einstellen konnte. Sie zitterte vor sinnlicher Erwartung. Es fühlte sich so gut an. Und es war bei weitem nicht genug. Seine Fingerspitze auf ihrer geschwollenen Klitoris ließ sie innerlich erbeben, und seine Finger in ihr brachten ein frustriertes Sehnen nach mehr mit sich. Er drang nie tief genug in sie ein, verweilte nie lange genug.

Und wenn er sich ganz aus ihr herauszog, war sie jeglicher Berührung mit ihm entzogen.

«Auf die Knie.»

Ohne nachzudenken, erhob sie sich auf Hände und Knie. Und dann war er hinter ihr und ihren weit gespreizten Schenkeln, und sie spürte die geschwollene Spitze seines Schwanzes an ihrer feuchten Spalte. Er würde sie nehmen. Jetzt. Auf diese Art. Sie hielt den Atem an. Magie pulsierte in der Luft.

Er fühlte sich größer als erwartet an. Hart, heiß und männlich. Seine Hände packten sie an den Hüften, und dann schob er sich endlich in sie, und sie gab seinem Druck nach, als ihr weiches Geschlecht von ihm durchbrochen wurde und sie sich für ihn öffnete. Er schob sich unerbittlich tiefer in sie hinein, so tief, bis es nicht mehr weiterging, dehnte sie, bis er sie ganz ausfüllte und sie es kaum noch ertragen konnte. Er hielt sie fest an den Hüften gepackt, als sie sich hin und her warf, um sich der ungewohnten Dicke und Länge seines Schafts anzupassen.

«Vielleicht solltest du ihn rausziehen und es noch mal versuchen», schlug Sybil keuchend vor. «Ich glaube, wir brauchen eine andere Stellung.»

«Zu spät.» Er schwoll weiter in ihr an, und sie keuchte überrascht auf. Jetzt war er noch tiefer in ihr vergraben, dabei hatte er sich nicht einmal mehr bewegt.

«Was soll das heißen, es ist zu spät?» Sie warf ihm einen Blick über die Schulter zu. Er hatte die Kiefer fest aufeinandergepresst, seine Gesichtszüge waren hart, und seine Augen glitzerten im Dämmerlicht.

«Wie ich es sage. Es ist zu spät. Ich kann mich erst wieder herausziehen, wenn ich mich in dir verströmt habe.»

Sie sog harsch die Luft ein. «Was?»

«Das ist eine besondere Eigenschaft der Wölfe. Während des Geschlechtsverkehrs schwillt der Knoten des Mannes an und hält das Paar bis zum Erguss fest zusammen.»

Typisch Mutter Natur, dachte Sybil. Grausam und pragmatisch, wenn es um den Erhalt der Arten ging. «Guter Zeitpunkt, dies zu erwähnen.»

«Es hätte mir nicht mit einem Menschen passieren dürfen», grunzte Kenric. «Du bist keine Wölfin. Ich hätte es erwähnt, wenn ich geglaubt hätte, dass es passieren würde.»

Warum war es also geschehen?, lautete die Frage ohne Antwort. Sybil stützte ihren Oberkörper tiefer auf ihre Arme, bis sie einen bequemeren Winkel für sein Eindringen fand. Dabei strichen ihre geschwollenen Brustspitzen über das Fell unter ihr, und diese Extrastimulation wurde zu einer ständigen Liebkosung, als Kenric sich in ihr zu bewegen begann und ihren Körper mit seinen Stößen vor und zurück trieb.

Sie konzentrierte sich auf das enge Gefühl seines Schwanzes in ihrem Schoß und spürte, wie sich die sexuelle Spannung mit jedem Stoß kräftiger aufbaute. Er drang so tief in sie ein, dass es ihr den Atem verschlug. Die von seinem Schaft erzeugte Reibung in ihrem Liebestunnel wurde zu einem angenehmeren Gefühl, je feuchter sie wurde, was sein Eindringen erleichterte.

Und dann, als er erneut zustieß, wurde es noch viel angenehmer. Und schließlich ekstatisch.

«Kenric», stöhnte sie, «ja, o bitte, ja.»

Es war, als hätte er nur auf diese Worte von ihr gewartet, denn nun begann er in sie hineinzupumpen, so weit, wie es ging, während sie alles tat, um ihn noch tiefer in sich aufzunehmen.

SECHS

Sybils Welt bestand nur noch aus den weichen Fellen unter ihr und dem männlichen Körper hinter ihr, der mit ihr vereint war, und aus dem dicken Schaft, der sie unermüdlich ritt. Als sie das erste Mal kam, krümmte sie sich keuchend unter ihm, während er sie unablässig weiter stieß. Beim zweiten Mal dauerte es, bis sich der Orgasmus aufbaute, dafür hielt er länger an, eine scheinbar endlose Welle der Lust und Magie, die so intensiv war, dass sie glaubte, es kaum ertragen zu können. Stöhnend ließ sie die Hüften kreisen und presste sich noch dichter an Kenric, während sich ihre Spalte um ihn zusammenzog.

Und als es vorbei war, begann es von vorn. Kenric beschleunigte das Tempo, verlangte mehr von ihr und nahm sie heftiger. Als seine Stöße wieder kräftiger wurden, spürte sie den nächsten Höhepunkt herannahen. Sie schloss die Augen und machte sich innerlich für die unglaubliche Intensität bereit. Der harte männliche Schwanz in ihrem Inneren pulsierte und zuckte, und da wusste sie, dass auch er kurz davor war. Sybil ahnte bereits, dass sie diesen Höhepunkt gemeinsam erleben würden. Die Ekstase kam in Wellen, die ihren Liebestunnel dazu brachte, sich noch enger um seinen Schaft zu schließen und festzuklammern. Hinter ihr ertönte ein tiefes Grollen, dass ihr einen angstvollen Schauder über den Rücken jagte. Ihr wurde wieder bewusst, wer sie da von hinten nahm.

Gefährlich, dachte sie und drückte das Kreuz durch, um sich ihm noch besser darzubieten. Das hier war keine sichere Sache, aber es war ihr egal. Sie wollte es. Wollte ihn. Und darüber vergaß sie alles außer seinem Schwanz, ihrer Lust, seinem Tempo zu folgen und ihm eine willige Partnerin zu sein, während er sie ein ums andere Mal an eine Grenze führte, von der aus es kein Zurück mehr gab. Sie spürte, wie er in ihr pulsierte und ihr Schoß ihm im gleichen Rhythmus antwortete, dann steigerte er sich wie im Wahn und begann, heißes Sperma in ihr Innerstes zu spritzen.

Jetzt fickte er sie fast blindwütig und forderte sie zu einer ebenso wilden Reaktion heraus, und sie kamen gemeinsam so heftig zum Höhepunkt, dass sich seine Macht in ihr Fleisch eintrieb. Überrascht schrie sie auf, schockiert über das starke Brennen auf ihrer Brust. Hitze verbrannte ihre Haut, während sie von dem letzten ihrer Orgasmen noch völlig erschöpft war. Kenric hörte nicht auf zu stoßen, als wollte er seinen Samen noch tiefer in sie spritzen. Ihr Körper erschlaffte, dann ließ sie sich erschöpft mit ihm auf das Fell fallen, während er tief in ihr verharrte.

«Hexe?»

«Es hat funktioniert», brummte Sybil. «Ich habe gespürt, wie sich das Mal übertragen hat. Wie ein Brandzeichen.»

Er legte sich seitlich unter sie, blieb aber immer noch in ihr. Sanft streichelte er ihre Brüste. Sie keuchte auf, als sein Finger über die ersten beiden Spitzen eines Sterns fuhren und eine Art elektrische Entladung stattfand. Als reagierte das Mal auf denjenigen, der es übertragen hatte.

«Habe dich gezeichnet», murmelte Kenric.

Sein Schwanz in ihr zuckte, und Sybil fragte sich, ob sie sich den befriedigten Unterton in seiner Stimme nur einbildete. Sie fühlte sich tatsächlich von ihm gezeichnet, nicht nur dort, wo das Mal zu sehen war. Natürlich hatte sie früher schon Sex gehabt, doch noch nie hatte sie sich so sehr während des Akts in Besitz genommen gefühlt. So sehr gespürt, wie sie jemand vollkommen für sich beanspruchte.

«Darum ging es doch, nicht wahr?», sagte Sybil, um einen beiläufigen Tonfall bemüht.

«So ist es.» Er schob seine Hand tiefer und zwirbelte ihren geschwollenen Nippel zwischen Zeigefinger und Daumen, woraufhin sich ihr Schoß lustvoll zusammenzog. Er spürte es und schob ihr seinen Schwanz tiefer hinein.

«War's das jetzt mit uns?» Sie wollte nicht, dass es schon zu Ende war. So, wie er sie genommen hatte, wünschte sie vielleicht sogar, dass es nie aufhören möge.

«Nein.» Er gab ihre Brustwarze frei, legte seine Handfläche auf ihren Liebeshügel und berührte mit den Fingerspitzen die Stelle, an der ihre beiden Körper miteinander verbunden waren. «Wir werden erst nach einem Tag und einer Nacht fertig sein.» Er tastete nach ihrem Kitzler und streichelte ihn. «Bis dahin gehört mir dein Körper. Ich kann frei über ihn verfügen, und das gedenke ich auch auszunutzen.»

Sie atmete scharf ein bei dem köstlichen Kribbeln, das der entschlossene Klang seiner erregten Stimme in ihr auslöste.

«Verfüge über mich», lud sie ihn ein.

«Kannst du schon wieder stehen?»

Sybil blinzelte. «Äh, ja. Warum?»

Kenric zog sich so abrupt aus ihr heraus, dass sie von der plötzlichen Leere in ihrem Inneren überwältigt wurde. «Ich will, dass du dich über die Mauer da vorn beugst.» Er deutete auf eine halbhohe Felswand am anderen Ende des kleinen Raums.

Sybil gelang es, sich von ihrem Lager zu erheben. Dann ging sie zu der Stelle, die er ihr gezeigt hatte. Die Felsmauer bildete einen natürlich geformten Bock in Hüfthöhe. Wenn sie sich davorstellte, die Beine auf Schulterbreite auseinandernahm und sich vorbeugte, würde sie recht bequem stehen.

«Etwa so?», fragte sie über die Schulter hinweg und sog heftig den Atem ein, als sie feststellte, dass er bereits hinter ihr stand.

«Ganz genau so.»

Ihr Blick fiel auf seine Körpermitte, wo sein Schwanz steif aufragte. Dick, erregt und bereit. Ihre Spalte zog sich in gieriger Vorfreude zusammen.

«Bück dich», befahl Kenric. Sie stellte die Füße weiter auseinander und brachte sich in Position. «Noch tiefer. Bis ich deine rosa Möse sehen kann.»

Sie zog die Augenbrauen hoch. Und doch machten seine deutlichen Worte sie scharf. Sie stand völlig entblößt vor ihm und merkte, wie ihr Atem schneller ging, als er stumm hinter ihr stand und sie genau wusste, wohin er den Blick gerichtet hielt.

«Ist es das, was du mir anbietest?» Ein Finger glitt zwischen die feuchten Fältchen.

«Ja.» Ihre Stimme schwankte.

«Weich und bereit.» Er ließ einen zweiten Finger folgen und bewegte ihn kreisend in ihrer Muschi. Dann zog er die beiden Finger aus ihr heraus, und Sybil spürte, wie er seine Eichel an ihre Pforte legte und sich in Position brachte, um tief in sie einzudringen. Sie wartete gespannt ab, während die Sekunden verstrichen. Dann war es so weit, und er drang mit einem einzigen kräftigen Stoß rasch in sie ein. Sie war nicht weniger eng für ihn als beim ersten Mal, doch mittlerweile hatte sich ihr Liebestunnel seinem Umfang anpassen können, und sie war in der Lage, ihn auch ohne sanftes Eindringen in sich aufzunehmen.

«Dieses Mal werde ich dich hart rannehmen», ertönte seine Stimme hinter ihr. Und ihr Körper antwortete, indem ihr Herz einen Schlag aussetzte.

Kenric betrachtete den schmalen Rücken vor ihm, die runden Hüften und die sanften Kurven ihrer Pobacken, die jeden seiner Stöße abfederten. Die Hexe war schlank und wirkte sehr grazil mit ihrem zarten Knochenbau. Ihre Haut war wie blasses Porzellan. Sie konnte nicht kämpfen, sie konnte nicht weit laufen, und doch lag die Macht der Zerstörung in ihr. Er ließ den Blick höher schweifen und betrachtete ihren fein geschwungenen Nacken, in den er zu gern seine Zähne gebohrt hätte, und die zerzausten Locken, die danach riefen, dass er seine Hände darin vergrub.

Warum eigentlich nicht? Sie gehörte ihm. Er ließ seinen Überlegungen Taten folgen, glitt mit den Fingern in ihr Haar und ballte sie zur Faust. Dann zog er daran, riss zwar nicht an den Wurzeln, aber doch kräftig genug, um sich ihrer Aufmerksamkeit zu vergewissern. Er beugte sich über sie, begrub ihren Rücken unter seinem Oberkörper und berührte zunächst nur mit den Zähnen ihre sensible Haut, bevor er sie biss.

Sie reagierte mit einem unartikulierten Stöhnen und bäumte sich unter ihm auf. Ihr Schoß zog sich erneut eng um ihn zusammen, ein klares Zeichen, dass ihr sein grobes Lustspiel gefiel.

Doch zu grob sollte es auch nicht werden. Er sorgte dafür, dass sie sich nicht zu sehr verausgabte, und bearbeitete ihren Körper mit gemäßigter Zurückhaltung. Sie konnte den Druck nur bis zu einem gewissen Grad aushalten und als lustvoll empfinden. Doch wenigstens eine der kommenden Nummern würde sie einen Schritt weiter bringen. Er sehnte sich danach, sie an ihre Grenzen zu treiben. Und wenn seine Zeit mit ihr vorüber war, würde sie lernen, über sich selbst hinauszuwachsen. Und das wiederum würde sie auf das außergewöhnliche Vergnügen vorbereiten, das Ronans Bestrafung für sie vorsah.

«Hexe», murmelte er, die Stimme belegt vor Lust und der lange gehegten Abneigung gegen ihresgleichen. Er wollte sie nicht begehren. Warum hatte sich der Knoten geformt, als wären sie echte Gefährten?

«Wolf», entgegnete sie. «Küss mich.»

Sie küssen. Er hatte im Bassin den Fehler begangen und sie ausgiebig geküsst. Dann hatte sie den Spieß umgedreht und ihn fast verführt. Die Erinnerung an ihren Körper, der an ihm auf und ab geglitten war, und an ihr sanft gerötetes Gesicht, das ganz verträumt gewesen war, machte seinen Schwanz noch härter.

Hexen waren gefährlich. Er durfte das nicht vergessen, wie sehr sich sein Körper auch nach ihr sehnte. Doch er würde sie auf Abstand halten, während er sich gleichzeitig nahm, was sie ihm nur allzu willig anbot.

«Kenric», seufzte Sybil, und ihre seidige Liebesgrotte schloss sich um seinen eindringenden Schwanz. Es gefiel ihm, wie leidenschaftlich sie seinen Namen aussprach. Sie war unterwürfig und akzeptierte seine Überlegenheit und Stärke. Knoten oder nicht, er behielt das Heft in der Hand und würde sie zum Höhepunkt bringen, wenn er den Zeitpunkt für gekommen hielt, und das so oft, wie es ihm beliebte.

Sie bewegte ihre Hüften vor und zurück, hieß seine Stöße willkommen und umklammerte ihn. Als ihre inneren Muskeln zu erzittern begannen, wusste er, dass sie bald wieder so weit sein würde. Er knurrte, die Lippen dicht an ihrer Kehle, und biss sie in den Hals, nicht zu sanft, aber auch nicht so stark, dass er ihre Haut verletzte, während er sie mit gemessener Kraft von hinten nahm.

Als er sie zum zweiten Mal so weit hatte, dass sie für ihn kam, zog er sie an den Haaren zurück, bis ihr Oberkörper aufgerichtet war, was ihm ungehinderten Zugang zu ihren nackten Brüsten gewährte.

«Klein», sagte er, wohl wissend, dass diese Bemerkung sie anstacheln würde, während er mit den Daumenkuppen über ihre aufgerichteten Brustwarzen strich.

Statt einer Antwort legte sie den Kopf zurück und schmiegte sich an seine Schulter, was ihre Kehle in einer wenn auch unbeabsichtigten, aber dennoch unterwürfigen Geste entblößte, sodass sein Schwanz zu zucken begann. Ihre Lider, so dünn, dass sie fast transparent wirkten, waren halb gesenkt, und die braunen Wimpern bildeten einen starken Kontrast zu ihrer blassen Haut.

«Ist das etwa alles, was du mir zu bieten hast?», fragte er und knetete grob ihre Brüste, als wollte er ihre Reife testen und als ließe das Resultat zu wünschen übrig.

Das rief eine stärkere Reaktion hervor, als er geglaubt hatte. Hitze wallte dicht unter ihrer Hautoberfläche auf, dann schlug sie die Augen auf und verharrte reglos. Sie glühte mit einem Mal unter seinen Händen und krümmte sich, während sie gegen die dämonischen Kräfte in ihrem Körper ankämpfte, einem Körper, der viel zu grazil schien, um dagegenhalten zu können.

«Ich halte dich», rief er und verstärkte seinen Griff.

Ihr Atem ging nun schneller, fast schon keuchend, aber sie nickte und presste sich dichter an ihn.

«Denk an mich. Nur an mich», befahl er und streichelte ihre Brüste, fuhr mit den Händen über ihren Bauch bis zu den seidenen Löckchen zwischen ihren Schenkeln und tastete nach der empfindlichen Lustknospe, die sich unter ihrem schützenden Häutchen versteckt hielt. Sie musste sich ablenken, um die Hitze in ihrem Inneren loszuwerden. «Mach die Beine breiter.»

Sie gehorchte mit unruhigen Bewegungen, als weitere Hitzewellen in ihrem nackten Körper aufstiegen. Er ritzte mit einem Eckzahn über ihren Nacken, dann folgte er derselben Linie mit seiner Zunge, drückte ihren Oberkörper wieder nach unten, bis ihre nackten Brüste gegen den kühlen Felsen gepresst wurden und ihr Hinterteil steil in die Luft ragte.

Er nahm sie mit animalischer Lust und wusste, dass sie den Ausweg aus der Hitze, den er ihr gezeigt hatte, genommen hatte, denn ihre Haut erblasste wieder. Sie reagierte eifrig auf seine erneuten tiefen Stöße in ihre enge Spalte und hieß ihn willkommen, bis sie schließlich aufschrie, als das dicke Ende seines Penis ihren Muttermund berührte. Alles in ihr zog sich erneut zusammen, und sie wand sich, als die Lust wieder zunahm.

Er spürte, wie sich seine Eier zusammenzogen, und dann nahm er sie heftiger und schneller als zuvor und gab sich ganz dem animalischen Vergnügen hin, sich tief in ihr zu ergießen.

Als es vorbei war und er merkte, dass sich der Knoten löste, zog er sich aus ihr heraus. Sie bewegte sich nicht, kein Laut entrang sich ihrer Kehle. Kenric schlug ihr mit der flachen Hand auf das nackte Hinterteil.

«Steh auf.»

«Geht nicht.»

«Kein Durchhaltevermögen.»

«Die Jugend von heute.» Ihre Lippen verzogen sich zu einem befriedigten Lächeln, als sie auf sein Spiel einging und es parierte.

«Steh auf.» Er strich mit der flachen Hand über die einladende Rundung ihres Hinterteils. «Es sei denn, du willst, dass ich mich wieder darüber hermache.»

Sie bewegte sich ein wenig, dann blieb sie wieder liegen. «Tu, was du nicht lassen kannst.»

Konnte sie sich wirklich nicht mehr bewegen? Er schob die Hände unter sie und brachte sie in eine aufrechte Position. «Faule Hexe.»

«Wenn du willst, dass ich mehr Energie für Sex aufbringe, dann solltest du dafür sorgen, dass ich dir vorher nicht davonlaufen muss.» Sie beendete den Satz mit einem Gähnen.

Kenric beugte sich vor und nahm sie über die Schulter, so dass ihr nackter Po in die Höhe ragte. Sie ergab sich, und diese Geste der totalen Erschöpfung oder gar des absoluten Vertrauens brachte ihn zum Stirnrunzeln.

Er legte sie ohne viel Aufhebens auf den Fellen seines Lagers ab, was unter anderen Umständen ihren Protest hervorgerufen hätte, doch sie gab bloß ein zufriedenes Murmeln von sich und rollte sich zusammen. Es dauerte keine Sekunde, und ihre Atemzüge wurden gleichmäßig.

Kenric stieß sie mit dem Fuß an. «Habe ich dir erlaubt zu schlafen?»

Träge hob sie halb die Lider. «Reiz mich nicht, sonst kriege ich Lust, dir eine zu verpassen, doch dafür reicht meine Energie nicht mehr. Das wäre zu frustrierend.»

Er kam zu ihr, legte sich auf den Rücken und schob ihren schlanken Körper auf sich, damit er sie sicher in den Armen halten konnte. «Ruh dich aus.»

«Ja», stimmte sie zu und schmiegte sich so eng an ihn, als könnte nichts auf der Welt sie von ihm fortbringen.

Ihr lockiges Haar kitzelte ihn unterm Kinn, und ihre seidenweiche Haut fühlte sich auf seinem Körper exotisch an, während ihre weichen Brüste ihn unweigerlich daran erinnerten, wie feminin sie war. Der untrügliche Duft des Weiblichen stieg ihm in die Nase, gemischt mit einem scharfen Geruch nach Magie und einem feineren nach Kräutern. *Hexe.*

Er zog ein Fell über sie und steckte es rundherum fest, damit sie kein Lufthauch stören würde. Jetzt, wo die gefährlichen Hitzewellen abgeebbt waren, fühlte sich ihr Körper kühl an.

Sie hielt ihre Wange an seine Brust geschmiegt. «Kenric», murmelte sie.

Statt einer Antwort strich er ihr träge mit einer Hand über die Locken. Sie atmete aus, dann merkte er, wie ihr Körper erschlaffte, als sie vom Schlaf übermannt wurde. Er blieb ruhig liegen und umfasste mit seiner Hand schützend ihren Hinterkopf.

Kenric blieb wach und lauschte ihren Atemzügen, die mit einem Mal stockten und schneller wurden. Erneut stieg die Hitze von ihrer Haut auf.

«Hexe», rief Kenric barsch und schob eine Hand in ihr Haar und zog daran. Sie erwachte nicht, dabei fühlte sich ihre Haut mittlerweile siedend heiß an. «Sybil.» Er rief ihren Namen lauter aus, woraufhin sie sich ein wenig bewegte und einen bekümmerten Laut von sich gab, aber dennoch weiterschlief.

Die Hitze wurde intensiver. Wie hoch war die Temperatur, die ein menschlicher Körper ertragen konnte? Kenric glaubte, dass sie relativ gering war. Wollten die dämonischen Kräfte in ihrem Inneren ausbrechen, indem sie ihr menschliches Gefängnis zerstörten?

«Sybil», rief er im Befehlston. Ihre Wimpern flatterten ein wenig. «Wach auf. Kämpfe.»

Sie bewegte den Kopf und biss sich auf die Unterlippe, als müsse sie sich beherrschen, einen Zauberspruch auszusprechen. War sie im Begriff, ihren inneren Kampf zu verlieren? Die plötzliche Angst um sie ließ ihn rasch handeln. Er hob ihren Körper so an, dass sie rittlings auf ihm zum Sitzen kam und ihre Schenkel links und rechts von ihm lagen. Dann hob er sie hoch, bis ihre Möse über seinem steifen Schwanz lag, und hielt sie fest umschlungen, um mit einer Aufwärtsbewegung kräftig in sie zu stoßen.

Sie krümmte sich zusammen, umklammerte ihn und passte sich seinem Rhythmus an, um ihn hingebungsvoll ganz in sich aufzunehmen und die tobenden Kräfte in ihrem Inneren zu bekämpfen. Sie brachte ihn zu einem schnellen Orgasmus, anschließend wurde sie langsamer und fiel in ein gleichmäßigeres Tempo. Ihre Pobacken zuckten unter seinen Händen, während sie die Hüften kreisen ließ, um ihn noch tiefer in sich aufzunehmen. Sie bog sich ein wenig nach hinten, als er sich ein Stück aus ihr zurückzog, um dann wieder nach vorn zu kippen und das Gefühl des Eindringens ganz und gar zu genießen.

Er rieb sein Kinn über ihren Scheitel, grub seine Finger in ihr straffes Hinterteil und zog ihre Hüften näher zu sich heran, während er sich in ihre seidenweiche, feuchte Sanftheit bohrte. Dann ließ er eine Hand tiefer gleiten und streichelte ihre Hinterbacken und das Tal dazwischen, bis er ihre Rosette fand und die sensible Stelle mit den Fingerspitzen liebkoste. Sie krümmte sich und wackelte mit dem Po, während er ihren Anus unablässig weiterstreichelte.

«Du hast gern einen dicken, harten Schwanz in deiner Möse», murmelte er. «Wie gefiele dir einer hier drin?»

Sie erstarrte. «Ich weiß es nicht. Das habe ich noch nie ausprobiert.»

Kenric verstärkte den Druck seiner Fingerkuppe an ihrer engen analen Öffnung. «Wie fühlt sich das an?»

«Gut.» Sie wirkte so überrascht von ihrer Erregung, dass er fast gelächelt hätte.

Mindestens einer der anderen würde von hinten in sie eindringen wollen, während zwei weitere sie sich teilten. Wenn er sie jetzt ein wenig vorbereitete, würde sie es später leichter haben.

Als hätte sie Kadars Fähigkeit des Gedankenlesens übernommen, fragte sie: «Wird einer der anderen mich so wollen?»

«Ja.»

Sie schluckte. «Oh.» Dann hob sie den Kopf, um ihn aus ihren blauen Augen ernst anzusehen. «Ich weiß nicht, wie es um den Rest bestellt ist, aber ich habe einen guten Eindruck davon bekommen, wie Kadar ausgestattet ist. Ich bin mir nicht sicher, wie das funktionieren soll.»

Er stellte sie sich auf allen vieren vor, mit hochgerecktem Po, die rosige Öffnung weit gedehnt, während sich ein Penis in sie hineinschob. Stellte sich vor, wie er ihre Spalte ausfüllte und sie sich noch enger um ihn schmiegte und fast bis zum Limit gedehnt wurde, um zwei Liebhabern Lust zu verschaffen. Durch diese neue Form der Intimität wäre sie in der Lage, völlig ungeahnte Höhen zu erklimmen. Hätte er jetzt geglaubt, dass sie schon bereit wäre, hätte er keine Sekunde gezögert und die anderen eingeladen, sich zu ihnen zu gesellen. «Mit etwas Übung wird es leichter gehen.»

Sybil blickte ihn stumm an, dann streckte sie sich und schmiegte ihren Oberkörper an ihn. «Ich mag deine Hand an dieser Stelle.»

Kenric presste seine Fingerkuppe weiter mit leichtem Druck gegen ihre enge Öffnung, während er gleichzeitig ihre Spalte vögelte. Nach und nach erhöhte er den Druck, bis er die gesamte Fingerspitze in sie hineingeschoben hatte. Dann begann er, ihr Rektum mit sanften Bewegungen zu massieren. Sybils Atem ging schneller, und sie wurde feuchter, dann spürte er das vertraute Zusammenziehen ihrer inneren Muskeln um seinen steifen Schaft und wusste, dass der Höhepunkt nahte.

Auch er war kurz davor und stieß nun kräftiger zu, während er ihr den Finger tiefer in den Anus schob. Sie begann zu stöhnen, und ihre Bewegungen wurden unruhiger und drängender, was ihn dazu anstachelte, in sie hineinzuspritzen. Da sie kurz vor dem Höhepunkt mehr aushalten konnte, erhöhte er das Tempo und den Druck seines Fingers, doch sie hieß das zweifache Eindringen von Schwanz und Finger so leidenschaftlich willkommen, dass er mit einem

Schlag selbst kurz an der Schwelle stand. Schon ergoss er sich in ihre enge, einladende Hitze, da schrie sie auf und kam gleichzeitig mit ihm.

Danach schmiegte sich Sybil keuchend an seine Brust, und ihm gefiel, dass sie bis zur Erschöpfung auf ihn reagierte. Ihm gefiel auch, dass ihr Körper noch immer von vorne und hinten von ihm ausgefüllt war. Doch vor allem fand er ein ungehemmtes Vergnügen daran, dass sie in diesem Augenblick nur ihm gehörte.

Als Sybil aufwachte, war sie allein. Sie rollte sich zur Seite und verzog das Gesicht, als ihre Muskeln sich bemerkbar machten, dann setzte sie sich auf. Es fühlte sich ein wenig seltsam an. Ihr fiel wieder ein, wie Kenrics Finger in sie hinein- und wieder herausgeglitten war, während sie ihn heftig geritten hatte, und sie errötete. Das war ein interessantes Erlebnis gewesen, nicht unangenehm, doch offenbar hatte man dafür am nächsten Tag Schwierigkeiten beim Sitzen, was nur ein Zeichen dafür war, dass sie mehr Übung brauchte. Kenric hatte sie nur allzu deutlich wissen lassen, was die anderen von ihr erwarteten.

Sie schluckte schwer und dachte darüber nach. Die vierundzwanzig Stunden mit Kenric waren noch nicht vorüber, doch mittlerweile musste der nächste Tag angebrochen sein. Heute Abend würde sie das Bett mit einem anderen Mann teilen. Oder seine Höhle. Oder seinen Käfig. Nur die Göttin wusste, was sie als Nächstes erwartete. In der Zwischenzeit war sie das Sexobjekt eines Werwolfs, der, lechzend nach mehr, jeden Augenblick hier auftauchen konnte.

Der Gedanke brachte sie in Bewegung. Sie sprang auf die Füße und verließ die Höhle. Der Anblick der Wiesen im fahlen Sonnenlicht wirkte nicht weniger unergründlich als die beiden Monde in der Nacht zuvor. Jetzt waren die Farben ihrer Umgebung lebhafter, kräftiger, und die Beschaffenheit der Blumen und Pflanzen war deutlicher zu erkennen. Sie ähnelten nichts, was Sybil kannte. In der Entfernung glaubte sie einen Fluss rauschen zu hören, und es erschien ihr nicht unwahrscheinlich, dass er in einen unterirdischen Ozean mündete.

Sybil schritt über samtiges Gras und weiches Moos, bis sie wieder kühlen Felsen unter den Fußsohlen spürte. Wenn man den Weg kannte, war das Bassin nicht schwer zu finden. Das gedämpfte Licht in der Höhle blieb bei Tag und Nacht unverändert, was es unmöglich machte, die Tageszeit zu bestimmen. Doch auch die Position der Sonne über den Wiesen musste nicht zwangsläufig mit der der Außenwelt übereinstimmen. Vielleicht blieben ihr noch mehrere Stunden mit dem Wolf in Menschengestalt. Oder keine einzige mehr.

Sybil ließ sich ins Wasser gleiten, wusch sich, so gut es ging, mit den Händen und schwamm anschließend ein paar Runden, um ihre Muskeln zu lockern.

«Gut», sagte Kenric, und sie erschrak. «Schwimmen ist sehr gut für die Ausdauer.»

Sie stand auf, woraufhin ihr das Wasser bis knapp unter den Busen reichte. Ihre Nippel wurden steif, gereizt durch das warme Wasser und die kühle Luft. «Ich bin froh, dass du das so siehst.»

«Es ist ein Anfang.» Er bedeutete ihr mit einer Geste, näher zu kommen, was sie auch tat, während sie sich gleichzeitig fragte, ob er sie mit einem Kuss begrüßen würde. Oder sie auf den Boden werfen und ohne Umschweife in sie eindringen würde. Oder sie aus der Höhle zerren und zum Weglaufen zwingen würde, während er sie wegen ihrer schlechten Kondition kritisierte.

Alle Möglichkeiten erschienen ihr gleichermaßen denkbar.

Doch stattdessen überraschte er sie damit, dass nichts dergleichen geschah.

«Es ist an der Zeit, mit deinem Training zu beginnen.»

SIEBEN

«Meinem was?» Sybil starrte Kenric an, und vor ihrem inneren Auge erschien seine Gestalt in der Uniform eines Feldwebels. «Ich habe nur gescherzt, als ich von mir als deiner erbärmlichsten Rekrutin sprach, die du wohl jemals drillen musst.»

«Ich nicht.» Er winkte sie zu sich heran.

Sybil watete aus dem Bassin und spürte, wie der Wasserwiderstand an ihren Muskeln zog. «Ich glaube nicht, dass ich dafür schon in Form bin.»

«Du hast gesagt, dass du dein Potenzial ausschöpfen willst.» Kenric trat einen Schritt zurück, und der Blick aus seinen goldenen Augen war undurchdringlich.

«Ich und meine große Klappe.»

«Lass uns mit dem anfangen, was du weißt», fuhr Kenric fort, als hätte sie nichts gesagt.

«Ich kenne die Theorie, doch es fehlt mir an praktischer Übung. Man hat mir nur die grundlegendsten Zaubersprüche beigebracht. So etwas wie die Segnung von Gegenständen, einen Zauber wirken oder einen Bannkreis ziehen.» Und nun war sie das lebende Archiv einer ganzen Sammlung von Zaubersprüchen, die sie nicht anzuwenden wagte. Welch eine Ironie.

«Zaubersprüche sind dazu da, um Macht auszuüben. Die Macht dazu besitzt du, aber jetzt musst du lernen, sie zielgerichtet deinem Willen zu unterwerfen.»

«Wird mir euer Mal dabei helfen?», fragte Sybil hoffnungsvoll.

«Es hilft dir, die Kontrolle zu übernehmen, damit du die Macht steuerst und nicht von ihr gesteuert wirst.»

Sybil begann, die Titelmelodie von *Mission Impossible* zu summen, während Kenric sich bereitmachte, ihr die Konzentration für das gezielte Wirken von Magie beizubringen.

«Nutze das Mal», sagte er mit ruhiger, geduldiger Stimme und korrigierte ihre Haltung und die Position ihrer Hände. Er stand hinter ihr, und seine Hände berührten sie leicht und neutral. «Jetzt rufe die Macht an.»

Sie versuchte, die Hitze aus ihrem Körper an die Oberfläche zu zwingen. Von der Anstrengung begann sie zu zittern.

«Versuche es noch einmal. Streng dich nicht so sehr an.»

Sybil pustete sich die widerspenstige Locke aus dem Gesicht, ließ die Arme fallen und schwang sie zur Lockerung ein paar Mal hin und her. Dann brachte sie die Hände mit den Handflächen wieder nach außen auf Brusthöhe und konzentrierte sich. Nichts geschah. Weder Kribbeln noch Brennen. «Ich glaube, meine Energiereserven sind erschöpft.»

«Noch mal», forderte Kenric sie auf.

Sie seufzte. «Als ich dich einen Feldwebel nannte, hatte ich ja keine Ahnung, wie sehr ich damit recht hatte.» Sie konzentrierte sich und versuchte verzweifelt, die Macht hervorzurufen. Wenigstens ein kleines Aufglimmen. Dann ließ sie die Hände fallen. «Es hat keinen Zweck. Ich kann es nicht. Es geschieht immer nur unbeabsichtigt.»

«Eine unbeabsichtigte Reaktion kann durch Übung zu einer bewussten Kontrollnahme werden.» Sein Tonfall blieb sachlich, seine Miene undurchdringlich, als er sich vor sie stellte und sie ansah. «Noch einmal.»

Wieder hob sie die Hände und stellte sich vor, sie ihm um den Hals zu legen. Ein stechendes Gefühl bewirkte, dass sie die Hände aneinander rieb, und in diesem Augenblick blitzte ein Funke auf. «Oh.» Sie riss die Augen auf.

«Ich habe es dir doch gesagt.»

«Keine Frau kann einen Mann leiden, der sie darauf hinweist, dass er es ihr doch gesagt hat», meckerte Sybil. Doch sie konzentrierte sich wieder, ermutigt von dem winzigen Erfolg, bis Kenric ihr befahl aufzuhören.

«Genug.»

Sie nickte, da ihre Arme bereits vor Erschöpfung zitterten. Die kleinen Härchen in ihrem Nacken waren schweißnass. «Ich glaube, ich brauche noch ein Bad.»

«Ich habe nichts gegen eine Frau einzuwenden, die noch erhitzt vom Training ist.» Er leckte über ihre entblößte Brust. Seine Zunge an ihrer Brustspitze war ein verführerisches Gefühl. Sybil spürte, wie sie sich zusammenzog. Dann umschloss sein Mund die gesamte Knospe, saugte erst kräftig und gab sie dann frei, um die feuchte, rosafarbene Aureole mit der Fingerkuppe zu umkreisen.

«Wirklich?», brachte Sybil mühsam hervor.

Statt einer Antwort unterzog er die zweite Brust der gleichen Behandlung. Sie blickte nach unten und stellte fest, dass sein Schwanz steif und geschwollen war. Kenric folgte ihrem Blick, und in den Tiefen seiner goldenen Augen flackerte etwas auf.

«Du bist dran.» Er legte ihr die Hände auf die Schultern und drückte sie hinab, bis sie vor ihm kniete. Dann vergrub er die Fäuste in ihren kurzen Locken und brachte ihren Mund an seinen Schaft.

Sie küsste ihn der Länge nach von der Wurzel bis zur Eichel, dann fuhr sie mit der Zunge über die Spitze und kostete seinen salzigen männlichen Geschmack. Sie öffnete die Lippen, um seine Schwanzspitze in den Mund zu nehmen, musste ihn gleich darauf weit aufsperren, als er nach vorn stieß und sich tief in ihren Mund schob. Während sein Becken vor und zurück stieß, legte sie die Lippen eng um seinen Schaft und begann zu saugen. Er fühlte sich exotisch auf ihrer Zunge an und brachte sie zum Prickeln. Dann widmete sie sich wieder seiner Eichel, fuhr mit der Zunge der Länge nach über seinen Schaft und nahm ihn wieder in den Mund, den sie weit öffnete. Dabei hielt sie den Kopf so, dass er noch tiefer in ihre Kehle gleiten konnte.

«Wirst du mich trinken, wenn ich mich in deinem Mund ergieße?», wollte Kenric wissen.

Sybil nickte und erhöhte den Druck, mit dem sie ihn saugte, denn mit einem Mal war sie hungrig nach seinem

Geschmack und dem flüssigen Beweis, dass sie ihm Lust verschafft hatte.

«Vielleicht später.» Er zog sich aus ihrem Mund zurück. Sybil protestierte sanft und vergrub das Gesicht in seinem Schoß. Sie glitt tiefer und begann, mit der Zunge seinen straffen Hodensack zu lecken. Er ging auf die Knie und blickte sie an. «Leg dich auf den Rücken.»

Sie tat wie ihr geheißen, wobei ihre Brustwarzen vor Vorfreude anschwollen und ihr Schoß sich zusammenzog. Wie oft er sie inzwischen auch berührt haben mochte – sie konnte nie genug davon kriegen.

«Öffne die Schenkel.»

Sie stellte die Füße auseinander.

«Weiter.»

«Ist es so recht?» Sybil öffnete sich ihm, indem sie ihre Beine noch stärker anwinkelte und die Knie weiter spreizte.

«Ja.» Kenric betrachtete sie einen Moment lang, dann ließ er den Kopf sinken, um erst den einen, dann den anderen Nippel zu liebkosen und an ihm zu saugen, bis sich ihr Schoß als Reaktion auf seine Liebkosung noch enger lustvoll zusammenzog. Er fuhr mit den Zähnen über die Rundungen ihres Oberkörpers und leckte über die Mulde ihres Schlüsselbeins.

«Leg den Kopf zurück.»

Sybil hob das Kinn und schloss die Augen, als sie spürte, wie sein Mund über die empfindliche Haut ihrer schutzlosen Kehle strich. Dann glitt er an ihr hinunter und leckte über den Rand ihrer Vulva. Einmal. Zweimal. Beim dritten Mal umkreiste seine Zunge ihren Kitzler und leckte ihn, dann glitt er tiefer und tauchte tief in sie ein.

Er sog an ihr, schmeckte ihre Möse, bis sie zitterte und keuchte und die Hüften in stummer Einladung kreisen ließ. Kenric hob den Kopf und betrachtete sie in ihrer ungestümen Hingabe. Er legte eine Hand zwischen ihre Schenkel und spielte mit seinen Fingerspitzen an ihrer feuchten Scham, liebkoste sie und glitt sanft zwischen ihre geschwollenen Schamlippen, bis er zu ihrem Kitzler gelangte, den er ebenfalls streichelte.

«Dreh dich um.»

Sybil rollte sich auf den Bauch und atmete scharf ein, als er sie an den Hüften hochzog. Ihre Beine waren weit gespreizt, ihr Hinterteil ragte in die Höhe, und ihr Kopf war auf ihre Hände gebettet.

Dann kniete er sich zwischen ihre Schenkel, schob zwei Finger in ihre feuchte Hitze und benetzte mit ihren Säften ihre gut zugängliche Rosette, bevor er ihr erst einen, dann einen zweiten Finger in den Anus schob.

Sie keuchte und hätte fast vergessen, Luft zu holen, als er sie dehnte. Zwei Finger waren fast schon nicht mehr zu ertragen, aber gleichzeitig war das ungewöhnliche Gefühl der Penetration ein Vergnügen für sich. Sie stöhnte leise auf und wölbte das Kreuz, was ihn dazu ermunterte, erneut in sie einzudringen, die Finger in ihr zu spreizen und wieder herauszuziehen, bis sie nur noch von seinen Fingerkuppen gehalten wurde.

Kenric bedeckte ihren Schoß mit seiner freien Hand und ließ zwei weitere Finger in ihre feuchte Hitze gleiten, um sie zu öffnen und ihre Spalte ebenso zu liebkosen, wie er es gerade mit ihrem Rektum tat.

«Gefällt dir das, Hexe?»

«Ja.»

Er zog seine Hände aus ihr zurück, und sie spürte, wie er seinen Schwanz anlegte und die Eichel zwischen ihre Schamlippen schob, die sanft und feucht darauf warteten, ihm Einlass zu gewähren. Er drang mühelos in sie ein, und sie bäumte sich auf, um ihn noch tiefer in sich aufzunehmen.

«Nicht einschlafen, Hexe, ich bin noch nicht fertig mit dir.» Das gutturale Knurren zauberte ein Lächeln auf Sybils Gesicht, als sie sich ihm zuwandte. Sie lag schwerelos in seinen Armen, während er sie wusch und das offensichtlich ausnutzte, um sie ungehindert am ganzen Körper zu berühren.

«Du machst mich fertig», sagte sie. Nach ihrer Trainingseinheit hatte er sie von hinten genommen und ihr mit langen, gleichmäßigen Stößen eine Kostprobe seines beträchtlichen Durchhaltevermögens gewährt.

«Du brauchst mehr Training, wenn dich schon das Hinknien vor mich und meinen Schwanz erschöpft.»

«Du unterschätzt dich.» Sie lächelte ihn träge an.

«Befriedigt?» Kenric knetete ihre kleinen Brüste, während er sprach, und ihr Lächeln vertiefte sich.

«O ja.»

Er liebkoste die sensiblen Brustwarzen mit großer Raffinesse, und wieder wurde sie am ganzen Körper von Lust erfasst. Sybil schlang die Beine um seine Taille und brachte sich in eine stabile Haltung. Sie war wie betrunken vor Wollust und konnte dem Drang nicht widerstehen, sich noch enger an ihn zu schmiegen. Kenric hakte die Arme unter ihre Achseln und brachte sie in eine aufrechte Position, bei der ihre Nippel über seine Brust rieben. Durch die intime Berührung wuchs ihr Verlangen schmerzhaft.

«Hexe.»

«Das klingt, als ob es etwas Schlimmes sei.» Sie legte ihm die Arme um den Nacken und küsste ihn eifrig mit geöffneten Lippen, umspielte seine Zunge mit ihrer. Mit einem Knurren erwiderte er gierig ihren Kuss, eroberte ihre Lippen und drang tiefer in ihren Mund ein, um sie seiner Dominanz zu unterwerfen, die sie willig akzeptierte.

Als er den Kuss beendete, war sie atemlos, und ihr rauschte das Blut in den Ohren. Ihre Lippen waren geschwollen.

«Ich habe wenig für Hexen übrig.»

«Wirklich?» Sie rieb ihren Bauch gegen seinen anschwellenden Penis. «Hätte ich nicht für möglich gehalten.»

«Bis auf eine.» Kenric umklammerte ihre Taille und hob sie ein wenig an, bis seine geschwollene Eichel zwischen ihren geöffneten Schenkeln lag.

«Und dann heißt es immer, es gebe keine Romantik

mehr.» Sybil grinste ihn an, dann schmiegte sie den Kopf unter sein Kinn, als er ihren Körper herunterzog und bis zur Wurzel in sie eindrang. Ihr Atem ging schneller, als sie das mittlerweile vertraute Anschwellen spürte und wusste, dass sich gerade der Knoten formte, der ihre Körper bis zum Höhepunkt aneinander band.

«Du willst es romantisch?» Er hielt ihre Hüften unerbittlich fest, während er sie pfählte. «Erwartest du süße Worte von dem Mann, mit dem du die Nacht verbringst? Oder lieber süße Erfüllung?»

Sybil rann in Gedanken an die vor ihnen liegende Nacht ein Schauder über den Rücken. Was auch immer ihr bevorstand, mit Romantik würde es wenig zu tun haben. «Sei still», wisperte sie, denn sie wollte diesen Augenblick festhalten. Und diesen Mann. Wenn sie zu ihrem nächsten Lover überging, würde alles anders werden.

«Was ist mit der darauffolgenden Nacht? Wenn der Mann, an den ich dich weiterreiche, dich wiederum weiterreicht und dein Körper sich schmerzhaft nach Erfüllung sehnt?» Seine tiefe Stimme war ein verführerisches Raunen, das vor ihrem inneren Auge das Bild einer Reihe liebeswütiger Männer entstehen ließ, die sich einer nach dem anderen über sie hermachten. Ihre Hände, so viele an der Zahl, würden eine wahre Sinnesflut in ihr auslösen. Ihr Liebestunnel zog sich zusammen, und ihr Atem ging schneller. Dann rief ein alarmierender Gedanke eine weniger angenehme Reaktion in ihr hervor.

Sie spürte das Kribbeln und Brennen zunächst an den Handflächen, dann breitete es sich über ihre Arme aus. «Aufhören.»

«Wir werden dich alle fünf genießen», fuhr Kenric unbarmherzig fort, während er sich noch tiefer in sie bohrte. «Einer nach dem anderen. Oder auch gemeinsam. Wieder und wieder.»

Diese Vorstellung war zweifellos sehr erotisch, aber wie würde die Realität aussehen? Seine deutlichen Worte erregten und verwirrten sie zugleich. Was, wenn es zu viel für sie wäre? Das brachte sie durcheinander. Ihre heftige Reaktion auf Kenric und seine Art, ihren Körper in Besitz zu nehmen, brachte die Hitze in ihr, die ein Ventil suchte, zu neuer Kraft. Phantomflammen tanzten auf ihren Armen.

«Brennendes Verlangen?» Er hielt sie noch fester und nahm sie jetzt mit wütenden Stößen. «Vergehe vor Verlangen. Für mich, Hexe. Mach die Beine breit, während ich dich hart nehme.»

Sybil kämpfte darum, die Kontrolle zu behalten. Sie spreizte die Beine noch weiter, um seinem dicken Schwanz Einlass zu gewähren, während sie all ihre Kraft aufbot, um die Flammen zu vertreiben. Fast hätte sie ihren Augen nicht getraut, als das Feuer verebbte und die stechende Hitze mit sich nahm.

«So ist's gut, Hexe.» Kenrics Hand glitt über ihr Rückgrat nach oben, dann ballte er sie in ihrem Haar zur Faust, zog ihren Kopf an den Haaren zurück und bedeckte ihren Mund mit seinem. Er hörte nicht auf, sie zu küssen, auch nachdem er sich schon lange in ihren Schoß ergossen hatte.

Viel später bewegte sich Sybil leicht, als sie spürte, wie Kenric ihr über den nackten Po strich.

«Noch mal?», fragte sie, nicht ganz sicher, ob sie sich eine positive Antwort wünschte. Je öfter er sie nahm, desto stärker überfiel sie das Gefühl, als verlöre sie etwas von sich selbst an ihn. Etwas, von dem sie sich nicht sicher war, dass sie es mitnehmen würde, wenn sie ihn verließ.

Was, wenn es mit allen Wächtern so sein würde? Wenn sie sie nacheinander nahmen, bis nichts mehr von ihr übrig war? Sie konnte ihnen nicht das Wasser reichen, schließlich waren sie übernatürliche Männer. Und sie war bloß eine unfähige Hexe mit einem kleinen Busen. Sie standen auf Partnertausch, Analverkehr, Sadomasochismus und wer weiß was sonst noch alles. Dabei hatte sie stets gedacht, dass Oralverkehr mit einem Fremden bereits das höchste der Gefühle war.

«Nein.»

Dennoch hörte er nicht auf, sie zu streicheln, und sie ließ ihn gewähren. Noch war sie nicht bereit, auf diesen Kontakt zu verzichten. Die Stunden mit ihm waren intensiver und intimer gewesen, als sie gedacht hatte, und sie war noch nicht bereit, sich von ihm zu lösen.

Seine Hand verfolgte die Kurve ihres Rückgrats und glitt wieder tiefer bis zum Ansatz ihrer Pobacken. Dann schob er sie zwischen die Innenseiten ihrer zusammengepressten Schenkel.

Sybil nahm auf sein stummes Drängen hin die Beine ein wenig auseinander, und daraufhin streichelte er ihr Geschlecht und liebkoste es, als wollte er die animalische Lust wettmachen, mit der er sie im Bassin genommen hatte.

«Dreh dich um.»

Sie rollte auf den Rücken und hielt die Beine leicht gespreizt. Kenric stützte sich auf einen Ellenbogen, während er mit der anderen Hand über ihren Körper strich, die Mulde an ihrer Kehle nachzeichnete, über ihre Brüste und ihren flachen Bauch fuhr und ihren Liebeshügel bedeckte. Seine Hand blieb ein Weilchen auf ihrem Schoß liegen, dann reizte er die kleinen Löckchen, und Sybil merkte, wie ihr die Kehle eng wurde. Sie war froh, dass er nichts sagte, denn das bedeutete, dass er das auch nicht von ihr erwartete. Sie war sich nicht sicher, ob sie etwas herausbringen würde.

Doch selbst wenn sie dazu imstande gewesen wäre, was hätte sie sagen sollen? «Ich habe den Knoten gespürt, was hat er zu bedeuten?» Oder, schlimmer: «Ich glaube, ich werde sterben, wenn du mich nicht regelmäßig bis ans Ende meines Lebens mit Streicheleinheiten verwöhnst»?

Er hatte geklungen, als hätte er an einem Mundvoll Kieselsteine zu kauen, als sie ihn dazu gebracht hatte zuzugeben, dass er sie begehrte. Daher gab es wohl nichts, was sie jetzt sagen konnte und was er auch hören wollte.

Kenric streichelte sie ein letztes Mal, dann erhob er sich und streckte ihr eine Hand entgegen, um ihr aufzuhelfen. Er hielt ihre Hand nicht länger fest, während sie sich gemeinsam in Bewegung setzten. Stattdessen ließ er sie los und ging voran, so dass ihr nichts anderes übrigblieb, als ihm zu folgen. Sie blickte an sich hinab und sah das Mal. Noch vier weitere Tage und Nächte, dann wäre der Stern vollendet.

Doch der Plan ging allmählich auf, und sie behielt immer länger die Kontrolle. Das Fragment, das sie nun auf der Brust trug, erlaubte ihr mittlerweile, die Flammen zu zähmen, die ausbrachen, wenn Kenric sie herausforderte. Sie würde überleben, würde lernen, dass Ding in ihr zu beherrschen und das verdammte Portal zu schließen. Es war ein fairer Handel.

Ihre Kehle war wie zugeschnürt und machte ihr das Atmen schwer. Sie leistete keinen Widerstand, als Kenric sie tiefer in die dämmrige Höhle zu einem großen Felsen führte und ihr dort Hand- und Fußfesseln anlegte. Nun stand sie da, die Arme weit über den Kopf gestreckt, sodass ihre nackten Brüste noch besser zur Geltung kamen, und ihre Beine waren durch die Fesseln so weit gespreizt, dass ihre entblößte Spalte gut sichtbar war. Sie saß auf dem Po, ein Stück zurückgelehnt auf dem kalten Stein, die Füße einige Zentimeter über dem Boden.

«Ein Geschenk, das dich besänftigen soll, Drache», rief Kenric laut.

Dann hörte sie das Schaben von Klauen auf Stein, sah eine Stichflamme aufblitzen, und mit einem Mal kam das gigantische Ungeheuer zum Vorschein und trottete auf sie zu. Sein geschuppter Schweif schlug von einer Seite zur anderen wie bei einer Katze, die ihre Beute erspäht hatte und zum Sprung ansetzte.

«Hoffentlich ist sie keine Jungfrau mehr», schnurrte der Drache.

«Nicht zwischen den Schenkeln», bemerkte Kenric. «Sie kann dich aufnehmen.»

«Kann sie das?» Das Monstrum legte den Kopf schief und betrachtete sie prüfend. «Sie wirkt sehr schmal.»

«Eine enge Passage garantiert höchsten Genuss.»

Dass die beiden so unverblümt in ihrer Gegenwart über sie sprachen, hätte sie wütend machen sollen. Doch stattdessen fand sie es … erregend. Die Anspannung machte sich in ihrem Unterleib bemerkbar und sandte wollüstige Vorfreude durch ihren ganzen Körper.

Der Drache summte, dann schlang er seinen Schuppenschweif um eines ihrer Beine. «Du sagst, zwischen den Schenkeln sei sie keine Jungfrau mehr. An welcher Stelle ist sie noch nie mit einem Mann zusammen gewesen?»

Kenric streckte die Hand aus und streichelte beiläufig ihre Spalte, während ihr Körper mit schockierender Intensität auf seine Liebkosung reagierte. Sie bockte mit den Hüften, um seiner Hand entgegenzukommen. «Sie hat noch nie ihre Pobacken für einen Schwanz geöffnet», fuhr er fort, während er ihre Muschi unablässig neckte.

«Wie süß», schnurrte Kadar. «Dann werden wir sanft vorgehen.»

Kenric tätschelte ein letztes Mal das lockige Vlies, glitt über ihren Kitzler und begann, ihn zu reiben. Die Berührung durchfuhr sie wie ein elektrischer Schlag, und ihr ganzer Körper begann vor Verlangen zu pulsieren. Trotz oder vielleicht auch wegen der Tatsache, dass er sie, an ausgestreckten Armen und Beinen gefesselt, nackt seinem Freund überließ.

Sybil atmete scharf ein und fragte sich, ob er noch weitergehen würde. Er hatte gesagt, dass sich alle über sie hermachen würden. Einzeln und gemeinsam. Die Intensität des Augenblicks zeigte ihr, wie sehr ihm diese Vorstellung gefiel.

Kenric spielte mit ihren Brüsten und registrierte die Reaktion ihres Körpers, als sie ihr Kreuz durchdrückte und sich ihre Brustwarzen zusammenzogen. «Wenn du brav bist, Hexe, dann wird der Drache dich lecken.»

Dann ging er davon und ließ sie mit dem Drachen allein.

«Ich glaube, deine Phantasie mit der Jungfer und dem Drachen ist ausgereizt.» Nebel umkreiste seine Gestalt, und als er sich klärte, stand ein nackter Mann mit bronzefarbenem Haar vor ihr. Doch der Schuppenschweif war geblieben. Sybil blickte erst dorthin, dann hob sie den Blick und sah dem Mann wieder ins Gesicht. Der zuckte mit den Schultern. «Du hast gesagt, dass du bereit bist, das Bett mit mir zu teilen. Hast du dir nicht denken können, dass es ein exotisches Erlebnis wird?»

«Ich habe mir keine Gedanken über die Einzelheiten gemacht», gab Sybil mit heiserer Stimme zu. «Beim letzten Mal, als ich dich nackt sah, ist mir der Schweif nicht aufgefallen.»

«Du warst zu sehr mit meiner Vorderseite beschäftigt.» Kadar schenkte ihr ein wissendes Lächeln.

Sybil spürte den Schweif wie eine Schlange an ihrem Oberschenkel hochgleiten, dann bewegte sich das zugespitzte Ende zwischen ihre Pobacken.

«Ein jungfräulicher Hintern», sagte Kadar. «Ich hoffe, dir ist klar, dass das nicht mehr lange so sein wird.»

«Ich hoffe, dir ist klar, dass du nicht hineinpasst», protestierte sie. Ihr Mund war mit einem Mal wie ausgetrocknet.

«Ich passe hinein, wo immer ich hineinzupassen wünsche», klärte er sie auf.

Sybil riss die Augen auf, als die Schwanzspitze unbeirrt den gewissen Punkt suchte, ihn fand und lockend gegen die enge Rosette tippte und sie umkreiste. Schließlich gab die Öffnung unter dem Druck nach, und er begann, in sie einzudringen.

«Köstliche Enge», sagte Kadar wohlwollend. «Ich werde dich sehr genießen.»

Die ungewohnte Liebkosung war nicht unangenehm. Das Ende des Schuppenschweifs entsprach ungefähr der Breite von zwei Fingern, und diese hatte Kenric bereits in sie eingeführt. Sie blinzelte, als ihr dieser Moment wieder einfiel. Hatte er sie für das hier vorbereiten wollen? Und wenn dem so war, hieß das, dass er ihr gegenüber rücksichtsvoll war? Oder seinem Freund?

«Arme Sybil, so verwirrt.» Kadar grinste sie anzüglich an, während er mit ihr spielte. «Stahl und Fels sind kalt, aber du wirst immer heißer. Der Mann, mit dem du die letzten vierundzwanzig Stunden verbracht hast, hat dich gerade an einen anderen Mann weitergereicht. Und dass du so für mich zur Schau gestellt bist, macht dich an. Deine kleinen, harten Brustwarzen haben sich fest zusammengezogen, und als Kenric deine Möse vor meinen Augen gestreichelt hat, wolltest du, dass er weitermacht.»

Ihr Atem ging unregelmäßig. «Das ist pervers.»

«Ist es das? Warum? Hast du dich nicht in seinem Bett vergnügt?»

Sybil spürte, wie ihr die Hitze in die Wangen stieg. «Doch.»

«Hat es dich nicht angemacht, als du gemerkt hast, wie sehr es mir gefiel, ihm zuzusehen, als er mit dir spielte? Und hat es dir etwa keine Freude bereitet, dass ich dabei zugesehen habe, wie er dich berührte?»

«Ähm.» Sie konnte nicht verhehlen, dass ein Teil von ihr es tatsächlich genossen hatte, für die Lust dieses Fremden in Ketten gelegt worden zu sein. Und dass es ihr gefallen hatte, wie Kenric sie vor ihrem Publikum so intim berührte. Sie stellte sich vor, wie der Drache zwischen ihren Schenkeln stand und sich in ihr bewegte, während sie hilflos gefesselt war und noch weitere Augenpaare sie dabei beobachteten. Pure Lust schlug in Wellen über ihr zusammen, und ihr wurde schwindelig.

«Warum hast du deinen exhibitionistischen Neigungen bislang nie nachgegeben?»

Sybil blinzelte. «Äh. Nun ja. Es war nie so weit gekommen.»

Kadar rieb ihr Rektum mittlerweile mit gleichmäßigen Bewegungen und betrachtete sie mit wissendem Blick.

«Soll ich ihn zurückholen, damit er zusehen kann, wie ich dich zum Höhepunkt bringe?»

«Nein!» Ihr Schoß wie auch ihr Anus zogen sich unwillkürlich zusammen, und die ungewohnte Penetration sorgte für bislang unerforschte Reaktionen in ihrem zarten Fleisch. «Oh!»

«O ja.» Kadar wandte den Kopf. «Kenric!»

«Nein, tu das nicht!» Ihr Körper reagierte mit einer Mischung aus Lust und Panik.

Kadar lachte und zog die Spitze seines Schuppenschweifs aus ihr heraus. «Ich werde dich reiten und einen der anderen zusehen lassen, bevor ich dich gehen lassen muss. Und es wird dir gefallen.»

Diese Vorstellung erregte sie weit mehr, als dass sie sie empörte. Und so begriff sie, dass er recht hatte. Sie starrte ihn stumm an, unsicher, ob sie die kommenden Ausschweifungen fürchten oder sich ihnen leidenschaftlich hingeben sollte.

«Sybil, vergiss bitte nicht, dass ich deine Gedanken lesen kann. Ich weiß, was du wirklich willst. Du bist fast gekommen bei der Vorstellung, dass dein Werwolf uns hier erwischt. Du, nackt an den Felsen gefesselt, während ich mit deinem Hinterteil spiele.»

Tatsächlich wäre sie bei seinen Worten beinahe gekommen. Sein leises Lachen war fast unerträglich vielsagend. Sie blickte ihn finster an, woraufhin er noch breiter grinste.

«Du wirst wütend, und das macht dich noch schärfer. Du bist mir ausgeliefert, ich kann mit dir tun, was ich will, und sei es, dass ich noch mehr Zuschauer dazuhole, die alle mit ansehen, wie ich mich mit dir amüsiere, oder sie machen sogar mit. Und das gefällt dir. Dir gefällt der Gedanke, mit mehreren Männern gleichzeitig Sex zu haben.»

Sybil sog scharf den Atem ein, als sie die Bedeutung seiner Worte erfasste.

Kadars Miene wurde wieder sachlich. «Du hast keine Ahnung, welche versteckten Sehnsüchte in dir schlummern.

Du hast ihnen nie nachgegeben, und noch vor einer Woche hättest du sie schlichtweg abgestritten. Vielleicht wärst du sogar davon überzeugt gewesen, die Wahrheit zu sagen.»

Sybil erwiderte nichts. Was hätte sie schon sagen sollen?

«Es ist alles gut, Sybil.» Kadar kam näher und legte ihr eine Hand an die Wange. «Mir gefällt, wonach du dich sehnst. Und dass du mich willst, auch wenn du gleichzeitig Kenric so stark begehrst, dass es dich am ganzen Körper schmerzt.»

Sybil biss sich auf die Lippe und schloss die Augen. Nun fühlte sie sich wirklich ganz und gar entblößt. Sie hatte keine Geheimnisse mehr.

«Keine», stimmte Kadar ihr zu. «Ich weiß sogar, dass du dir jetzt wünschst, ich möge dich nehmen, wie du so vor mir liegst, angekettet und mit weit gespreizten Beinen.»

Er schob seine Finger in ihr Haar und streichelte sie sanft. «Du bist mit einem Mann zusammen, der deine Gedanken lesen kann und sie erotisch und erfreulich verführerisch findet. Du besitzt die Freiheit, dein Begehren mit Partnern auszuleben, die dir mehr bieten können, als du dir jemals hättest träumen lassen.»

«Was ist, wenn es mir zu sehr gefällt?», fragte sie und schlug die Augen auf. «Was, wenn ich von dem Sex mit Kenric, dir oder den anderen abhängig werde?»

«Abhängigkeiten sind destruktiv.» Er tupfte federleichte Küsse auf ihre Augenbrauen und ihre Wangen. «War es denn schmerzhaft für dich, dich der Lust des Wolfs nachzugeben?»

Nein. Ja. Sie hätte nicht gedacht, wie stark sie ihn begehren würde, wie allumfassend ihre Sehnsucht nach ihm wäre. War nicht darauf vorbereitet gewesen, wie es sein würde, wenn er wegging.

«Verwechsele Gefühle nicht mit Schwäche.» Kadars Stimme war nur noch ein Flüstern, als seine Lippen über ihre Mundwinkel strichen. «Er hat dich mit dem Mal gezeichnet, du bist an ihn gebunden. Wenn wir fertig sind, wirst du an jeden von uns gebunden sein. Deswegen wirst du auch nur allzu gern in unsere Betten zurückkehren. Und das ist keine Einbahnstraße, Hexe.»

Oh. Ihre Augen wurden rund, als sie begriff. Dann nahm Kadars Mund von ihren Lippen Besitz, und ihre Lider flatterten, bevor sie die Augen schloss.

ACHT

Der Kuss des Drachen übertraf alles, was sie sich je vorgestellt hatte. Seine festen, sinnlichen Lippen glitten mit unwiderstehlicher Geschicklichkeit über die ihren und umschmeichelten sie, bis sie ihren Mund öffnete und er den Kuss vertiefen konnte. Dazu neckte er sie sanft mit der Zungenspitze, bis sich ihre Lippen weiter teilten und seine Zunge in ihren Mund eindringen konnte und ihn erforschte, nach ihrer Zunge tastete und sie lockte, die seine zu umspielen.

Das Spiel machte sie atemlos, und schon bald wünschte sie sich nichts sehnlicher, als dass er ihre Brüste berührte. Kadar lachte leise auf und legte seine Hand auf ihre Brust. Sein Daumen neckte den geschwollenen Nippel, bis Sybil sich seiner Handfläche entgegenwölbte, um ihn noch mehr zu spüren. Er drückte sanft zu, und sie stöhnte an seinen Lippen.

Kadar trat näher und ließ seinen geschwollenen Penis zwischen ihre geöffneten Schenkel gleiten. Das dicke Ende berührte ihre feuchte Spalte, eine intime Berührung, bei der ihr ganzer Körper von Lustschaudern erfasst wurde.

Sie begriff, dass er genau wusste, wie gut sich das anfühlte, wenn sie seine Zunge umspielte und er ihr antwortete, indem er mit seinem dicken Schwanz ihre Spalte rieb. Und er kannte auch das Entzücken, dass sie in kleinen Wellen durchströmte. Wusste, dass sie sich auf ihn eingestimmt und ihn als Liebhaber akzeptiert hatte und jetzt den Augenblick herbeisehnte, an dem er ihre Schamlippen öffnen und in sie eindringen, sie weit dehnen würde, und dass sie Mühe haben würde, ihn ganz aufzunehmen.

«Das weiß ich alles und noch viel mehr», murmelte Kadar mit verführerischer Stimme. «Ich weiß, dass es dir gefallen würde, wenn ein weiterer Liebhaber dazukäme und deinen Körper für mich vorbereiten würde. Du wolltest, dass Kenric bleibt und dein süßes Fleisch streichelt, bis du feucht bist für mich. Und du wolltest, dass ich ihm dabei zusehe, wie er dir seine Finger hineinschiebt, dich öffnet und auf mich vorbereitet, damit du mich tief in dir aufnehmen kannst.»

Das zu leugnen wäre zwecklos. Stattdessen antwortete sie ihm wortlos mit Lippen und Zunge, während ihr Körper vor Lust vibrierte.

Seine Hände wurden forscher, streichelten ihren Körper und erkundeten jede Kurve, jede Mulde und jede Wölbung. Er streichelte die Unterseite ihres nackten Hinterns, die weichen Innenseiten ihrer Oberschenkel, ihren grazilen Brustkorb und die sensiblen Brustspitzen, die hervorstanden und nach mehr Aufmerksamkeit zu betteln schienen.

Kadar beendete langsam den Kuss und nagte sanft an ihrer Unterlippe, bevor er den Kopf senkte und erst einem, dann dem anderen Nippel seine Aufmerksamkeit schenkte. Er kostete sie, als sei sie ein seltener Leckerbissen.

«Das bist du wirklich, weißt du», sagte er, dicht an dem Tal zwischen ihren Brüsten. «Hexen sieht man in letzter Zeit nicht mehr so oft.»

«So selten sind wir nun auch nicht», protestierte Sybil.

Er hob den Kopf und sah ihr mit starrem Blick in die Augen, und zum ersten Mal fiel ihr auf, dass er geschlitzte Pupillen hatte wie eine Katze.

«Sybil, es sind fast alle Hexen verschwunden. Es gibt kaum noch welche deiner Art, die meisten sind im Lauf der

Zeit Verbindungen mit menschlichen Wesen eingegangen, die über keinerlei magisches Wissen verfügen. Jede Generation scheint sich weniger gut auf ihre ursprünglichen Fähigkeiten besinnen zu können.»

Sie blinzelte verblüfft. «Wie kann das sein? Ich gehöre doch zu einem Hexenzirkel. Wie jede andere Hexe meines Familienzweigs auch. Da kann es wohl kaum stimmen, dass wir selten geworden sind.»

Seine Miene wirkte mit einem Mal alarmiert. «Sybil, was für ein Zirkel? Kann dieser kontrollieren, wo du dich gerade befindest?»

«Ich habe keine Ahnung, wovon du sprichst.»

«Zeig es mir mit deinen Gedanken.»

«Das ist ja wie mit einem Vulkanier», dachte sie benommen, schloss die Augen und versuchte sich vorzustellen, was er sehen wollte. Das Gesicht ihrer Mutter. Ihrer Großmutter. Das der Hohepriesterin des Zirkels und der anderen Hexen. Sie waren zwölf, Sybil eingeschlossen. Dann spürte sie, wie er die Erinnerung an ihre Mutter und Großmutter hervorzog. Plötzlich waren da die regennasse Brücke und das kleine Auto, das von der Fahrbahn abgekommen war. Die alte Trauer übermannte sie wieder mit aller Kraft, doch Sybil schob sie zitternd beiseite.

«Schsch. Es tut mir leid, dass meinetwegen alles wieder hochgekommen ist.» Kadar nahm sie in die Arme und hielt sie fest an sich gedrückt. Als sie die Umarmung erwidern wollte, quietschten die Ketten protestierend auf.

«Schon gut.» Tränen brannten in ihren Augen, doch sie blinzelte sie weg. «Das ist schon lange her.»

«Dein Herz sagt, es sei erst gestern gewesen.» Er küsste sie auf den Scheitel. «Sybil, du glaubst, dass du dir diesen Ärger zufällig eingehandelt hast, doch in Wahrheit bist du nur mit knapper Not davongekommen. Dein ganzes Leben hast du in Gefahr geschwebt. Die Mitglieder deines Zirkels haben dich nicht beschützen wollen, ganz im Gegenteil, sie haben dich als Beute für die Dämonen benutzt.»

«Was?» Sybil riss den Kopf hoch und hätte ihm dabei fast einen Kinnhaken verpasst. «Was sagst du da?»

Kadar umfasste ihr Gesicht mit den Händen. «Ich sage, dass sie genau wissen, wer du bist, und dass sie seit Generationen auf diesen Tag gewartet haben. Dein Familienzweig wurde absichtlich in Unwissenheit gelassen, damit du keine Macht erlangst. Möglicherweise bist du die letzte Nachfahrin der Hexe, die das Buch der Dämonen zuerst besessen hat, und damit so etwas wie das einzige Ventil, das es nutzen kann.»

Sie starrte ihn völlig schockiert an und schüttelte ungläubig den Kopf. «Das ist nicht möglich.»

«Wirklich nicht? Sie wussten, dass das Buch schon einmal existiert hat, dass es einer Hexe gehört hat und dass es unvorstellbare Macht besitzt. Diese Macht würde ihnen gehören, solange du ebenfalls zu ihnen gehörst.»

Wieder und wieder schüttelte Sybil den Kopf, dann merkte sie, dass sie am ganzen Körper zitterte. Ihr war kalt bis ins Mark.

Kadar gab ein leises Schnauben von sich und löste ihre Hand- und Fußfesseln. Dann nahm er ihren erschlafften Körper in die Arme und hielt sie an seiner breiten Brust fest. «Ich wollte dich vom ersten Augenblick als meinen Schatz, als du meine Höhle betreten hast», sagte er betont heiter. «Du hast meine Pläne ruiniert.»

«T-tut mir leid», murmelte sie mit klappernden Zähnen.

«Unsinn.» Er zog sie fester an sich, und der gutmütige Klang seiner Stimme ließ die Schelte liebevoll klingen. «Es gibt nichts, wofür du dich entschuldigen müsstest. Na ja, es sollte dir natürlich leidtun, dass du nicht herrlich durchgevögelt wurdest, während du nackt an den Felsen gekettet warst, aber das holen wir später nach.»

Sie lachte kurz auf, verstummte jedoch sofort wieder, als das Zittern ihres Körpers unkontrollierter wurde.

Kadars Höhle war wunderschön, opulent und exotisch geschmückt wie bei *Tausendundeine Nacht*. Das riesige

Himmelbett war mit seidenen Vorhängen ausgestattet, und auf dem orientalischen Teppich lagen jede Menge Kissen einladend verstreut. Die Farben und Düfte vermischten sich zu einem sinnlichen Traum. Es duftete nach Zitronen, Gewürzen und noch etwas, das faszinierend und nicht zu definieren war.

«Ich wusste, dass es dir gefallen würde.» Kadar lächelte sie an, aber seine Augen waren ernst vor Sorge. Er legte sie auf das Bett, streckte sich neben ihr aus und zog sie an sich, bevor er mehrere Lagen Samt und Seide über ihnen ausbreitete und sie in seine Wärme hüllte.

«Du bist so nett zu mir», sagte sie und schmiegte sich an ihn. «Danke.»

«Und du liegst nackt in meinem Bett», erwiderte er. «Ebenfalls danke.»

Sie lächelte und merkte, wie ihre Schockstarre allmählich nachließ. Sie überließ sich seiner tröstlichen Umarmung, wenn sie sich auch nur allzu deutlich der Tatsache bewusst war, dass sie nackt im Bett eines Fremden lag. Der noch immer deutlich spürbar erregt war.

«Der Appetit der Drachen ist legendär», sagte Kadar und schob sein Becken vor, woraufhin sein riesiger Penis ihren Bauch berührte. «Wir sind auch bekannt für unsere Geduld.»

«Du bist einfach wunderbar.» Sie glitt an seinem Körper empor, bis sie auf Höhe seiner Lippen war, küsste ihn und spürte, dass ihr dabei wieder warm wurde.

«Ich habe gelogen», sagte er mit heiserer Stimme, als sie den Kuss schließlich beendete. «Ich bin überhaupt nicht geduldig, ich will dich sofort unter mir haben, nackt und mit gespreizten Schenkeln. Und ich will endlich in dich eindringen. Jetzt.»

Sybil wagte sich vor und strich über die Dornen und Wulste an der Wurzel seines Penis. Sie gaben unter der Berührung nach, waren weich und überraschend biegsam statt scharfkantig und starr, wie sie erwartet hatte.

«Die tun nicht weh», versicherte ihr Kadar. «Ganz im Gegenteil.»

Sie fragte sich, wo er sie überall damit liebkosen konnte, wenn er sich tief in ihr vergraben hatte, und merkte, wie sie feucht wurde, als sie sich die Stimulation an ihrer Knospe und ihren Schamlippen vorstellte. Sie umfasste seinen Schaft und streichelte ihn der Länge nach. «Du bist riesig.»

«Du bist dehnbar.»

«Alles hat seine Grenzen.»

«Ich werde dafür sorgen, dass du sie vergisst.»

Genau das wollte Sybil. Wollte, dass er sie vergessen machte und alles im weißen Nebel der heißen Ekstase unwichtig wurde.

Kadar drehte sie auf den Rücken und rollte sich auf sie, wo er ihr ein Bein zwischen die Schenkel schob, sie auseinanderdrückte und an ihr herabglitt, bis seine Lippen ihren Kitzler berührten. Sybil schloss die Augen, als sie von einem sinnlichen Ansturm überwältigt wurde.

Mit warmen, flinken Lippen erforschte er die zarten Fältchen ihres Geschlechts, trank ihre Liebessäfte und berührte jede empfindliche Stelle mit genau dem richtigen Druck von Zunge und Fingern in genau der richtigen Reihenfolge.

Er lutschte und saugte an ihrer Vulva, bis sie so nass und bereit war, dass sie vor Lust zitterte und ihm das Becken einladend entgegenhob. Behutsam schob er seine Finger in ihre enge Lustgrotte, während seine Zähne ihren Kitzler fanden, ihn wieder losließen, um an der empfindlichen Knospe zu saugen, bevor er mit der Zunge darüberleckte. Sie warf sich ungestüm auf dem breiten Bett hin und her, krallte ihre Finger in den Stoff und kam mit ungeheurer Wucht.

Kadar ließ sie gar nicht erst von dem Höhepunkt herunterkommen, den er ihr verschafft hatte. Stattdessen legte er sich auf sie und richtete seine Schwanzspitze an ihrer Spalte aus, während sie noch immer von den Nachwehen des Orgasmus geschüttelt wurde. «So ist's gut», murmelte er und schob das Becken vor, bis seine Eichel zwischen ihren nassen Schamlippen verschwand. «Nimm meinen Schwanz in deine süße, weiche Möse auf.»

Unwillkürlich schlossen sich ihre inneren Muskeln um ihn, aber ihre Enge war kein Hindernis, als er seinen Schaft unerbittlich weiterschob.

«Du bist so groß», murmelte sie und hob die Lider, um in seine außergewöhnlichen Augen zu blicken.

«Und du so feucht und willig», entgegnete er, schob sich noch ein Stückchen tiefer und dehnte ihren Liebestunnel. «Meine Zunge hat dir schon sehr gefallen, aber es war nicht genug, stimmt's? Und meine Finger auch nicht. Deine süße Möse will nur meinen dicken, steifen Schwanz.»

Sybil stöhnte bei seinen Worten, gepaart mit der erotischen Invasion ihres Körpers. «Ja», gab sie zu. «Ich will, dass du mich ganz ausfüllst.»

«Ich schiebe ihn dir so tief hinein, dass du dich nicht mehr bewegen kannst», versprach Kadar, und ließ seinen Worten prompt Taten folgen, bis sie seine Eichel an ihrem Muttermund spürte. Ihre Spalte war bis zum Äußersten gedehnt, sodass Sybil an die Schwelle zwischen Lust und Schmerz geraten war. Dann berührte die geränderte Wurzel seines Schwanzes ihren Kitzler, und diese zusätzliche Stimulation brachte ihre Sinne zum Explodieren.

«Kadar.» Sie versuchte, Luft zu holen und sich unter ihm und in ihrem Inneren zu entspannen.

«Sybil», raunte er. «Deine seidenweiche Möse ist so empfindlich und mein Ständer so dick und warm. Wenn ich mich in dir bewege, ist das wie eine Massage. Ich finde jeden Punkt und reize jeden Nerv.»

«Mmm», stimmte sie zu und hob vorsichtig das Becken an, um seinem langsamen Stoßen entgegenzukommen. Weitere Wulste berührten ihre vor Lust geschwollenen Schamlippen, und wieder stöhnte sie auf.

«Es fühlt sich unglaublich gut an, in dir zu sein.» Er küsste sie auf die Wange. «Mach die Beine breiter, schling sie um meine Taille. Gib mir mehr.»

«Gieriger Drache.» Doch auch sie war gierig, schlang ihm die Beine um die Taille und hob einladend ihr Becken an, damit er besser in sie hineingleiten konnte.

«Nimm dir meinen Schwanz», knurrte Kadar. «Alles. Wieder und wieder.» Er legte den Mund auf ihre Lippen und schob seine Zunge dazwischen. Er ritt sie mit kleineren Stößen, als könnte er es nicht ertragen, sich mehr als drei oder vier Zentimeter aus ihrer seidenen Umklammerung zurückzuziehen, bevor er wieder tief in ihre Lustgrotte eindrang, bis seine dicke Eichel mit jedem Stoß an ihren Muttermund stieß und sie vor Wonne aufstöhnte, während sie seine Küsse hemmungslos erwiderte.

Seine Zunge umspielte die ihre, während sein Schwanz wieder und wieder in sie hinein- und wieder herausglitt. Sie vergaß zu atmen – und alles andere, bis auf das unbeschreiblich sinnliche Entzücken, das in ihr wuchs und immer größer wurde. Alle Muskeln in ihrem Liebestunnel spannten sich an, als sie vom Höhepunkt übermannt wurde und ihre seidenweiche Enge Kadars Schwanz molk, der daraufhin zu zucken begann. Sein Schaft schwoll an, zuckte nochmals, dann spritzte er heiße Flüssigkeit in ihre Höhle, während sie sich unter ihm wand und stöhnte und der Orgasmus sie wie eine endlose Welle überspülte. Seine Stöße wurden heftiger, mit einem Mal brüllte er auf und kam und pumpte seinen heißen Samen in schier endlos währenden Schüben in sie hinein.

«Süße Hexe», brummte Kadar, als er schließlich auf ihr ruhte. «Deine zarte Möse hat jeden Zentimeter meines Schwanzes in sich aufgenommen. Und jeden Tropfen.»

«Das sollte mich eigentlich anekeln», murmelte Sybil. «Warum erregt es mich dann, wenn du so sprichst?»

«Weil du scharf auf mich bist.» Er stützte sich auf die Ellenbogen und sah ihr mit wissendem Blick ins Gesicht.

«Ich bin heiß, und du willst mich. Und dann hörst du, wie sehr ich dich will, und fühlst dich begehrenswert und sexy. Ich will, dass du dich begehrenswert und sexy fühlst. Das erhöht meine Chancen, dich wieder ficken zu dürfen.»

«Das musst du doch sowieso», erwiderte sie. «Du hast mich noch nicht gezeichnet.»

«Das ging bei diesem Mal noch nicht.» Er zog sich sanft aus ihr heraus, rollte sich auf den Rücken und holte sie zu sich heran, bis sie mit ausgestreckten Armen und Beinen auf ihm lag. «Du warst noch nicht bereit für die gleichzeitig stattfindende anale Penetration.»

Sybil berührte vorsichtig die Tätowierung auf seiner Brust. «Mit der Spitze deines Schuppenschweifs? Ist das Teil der Prozedur?»

«Ja.»

«Das ist aber …»

«Heiß.» Kadar zog sie zu sich herunter, bis sie in Kussweite kam, und bemächtigte sich mit hartem, drängendem Verlangen ihres Mundes. «Du wirst so heftig kommen, dass du vielleicht erblinden wirst.»

Sie quietschte alarmiert auf, vielleicht auch vor erregter Vorfreude, und dann hörte man eine ganze Weile lang nichts mehr als leises Stöhnen und Seufzen.

«Danke», meinte Sybil leise, als sie wieder zu sprechen imstande war. «Du sorgst dafür, dass ich mich bei dir sicher fühle.» Und begehrt, ergänzte sie in Gedanken.

«Du bist bei mir sicher», bestätigte Kadar und streichelte ihren Rücken und die Wölbung ihres Hinterteils. «Du kannst dich bei jedem von uns sicher fühlen.»

«Außer bei dem sadistischen Elf», schimpfte sie.

«Es ist seine Methode, dir zu zeigen, wie viel du ihm bedeutest.»

«Wie wär's mit Blumen?»

«Du wirst noch Gefallen an seiner Art finden.»

Sie schnaubte deutlich hörbar an seiner Brust. «Sehr unwahrscheinlich.»

«Du scheinst ja wirklich Angst vor ihm zu haben.» Kadars amüsierter Unterton machte sie wütend.

«Das ist nicht lustig.» Sie wand sich aus seinem Griff und versuchte, von ihm herunterzusteigen. Es kostete ihn nicht viel Mühe, sie wieder zurückzuholen und so auf sich zu positionieren, dass ihre Schenkel rechts und links von ihm lagen und ihre Pforte dabei seinen dicken Schwanz berührte.

«Doch, das ist es. Die seit Jahrhunderten mächtigste Hexe erzittert bei dem Gedanken, mit dem Vertreter einer Rasse ins Bett zu gehen, die für ihre Liebeskünste bekannt ist. Wenn sich Elfen paaren, lassen sie Blumen sprießen und Meere steigen.»

«Lassen wohl eher Veilchen und blaue Flecken sprießen.» Sie schmiegte sich bekümmert an Kadars Brust. «Er wird mir wehtun, und ihr alle lasst es zu.»

«Ich denke, du hast mehr Angst, dass es dir gefallen könnte, als davor, was Ronan mit dir anstellen wird.»

«Ich will nicht mehr von ihm sprechen.» Sie wiegte sich vor und zurück, wodurch ihre Spalte der Länge nach über seinen Schwanz rieb.

«Feigling.»

«Ungeheuer.»

«Ein gieriges Ungeheuer, das sich nach deinem Fleisch verzehrt», stimmte Kadar ihr zu. «Bist du bereit, dich der Lust eines Drachen zu unterwerfen?»

«Ja.» Sie wollte von ihm gezeichnet werden. Wollte das köstliche Gefühl seines Schafts, der sie vollkommen ausfüllte, spüren. Außerdem war sie gespannt auf die exquisite Penetration ihres Anus mit dem spitzen Ende seines Schuppenschweifs, während sein breiter Schwanz sie bis zum Anschlag dehnte und die dicke Eichel ihren Muttermund berührte.

Die Luft schien sich plötzlich zu verdichten, und dann waren sie von pulsierender Magie umgeben, deren Rhythmus in ihrem pochenden Körper ein Echo fand.

«Schlimm, wie sehr du mich willst.» Kadar lachte laut auf

und schob seinen Schuppenschweif an ihrem Oberschenkel hinauf.

«Das Ding ist obszön», murmelte sie, was sie jedoch nicht daran hinderte, einladend mit dem Po zu wackeln.

«Es ist völlig normal für meine Spezies. Außerdem hat es dir gefallen.»

«Ja, das hat es», gab sie zu und erinnerte sich an die Sinnesexplosion, die so ganz anders gewesen war als alles, was sie bislang erlebt hatte.

Schon spürte sie ein sanftes Tasten des Schweifendes an der engen, gekräuselten Öffnung zwischen ihren Pobacken. Bislang unbekannte Nerven wurden gestreichelt und liebkost, dann folgte eine Art Druck, dem ihr Körper jedoch nachgab, und nach dem ersten Schock der Penetration schob sich die Spitze langsam in ihren Anus. Sie sog scharf den Atem ein, als er tiefer in sie hineinglitt, und auf den Schock folgte ein magisches Gefühl, das ihren Körper durchströmte.

«Das ist ein guter Anfang», sagte Kadar. «Bald, wenn du rittlings auf mir sitzt, deinen heißen Arsch steil in die Luft reckst, wirst du einen zweiten Schwanz aufnehmen können, und zwei von uns werden dich zur gleichen Zeit nehmen.»

«Wie kommst du darauf, dass mir das gefallen könnte?», fragte Sybil und wölbte einladend den Rücken, um sich seinen Stößen darzubieten.

Er lächelte bloß.

Sybil gab einen unartikulierten Laut von sich, als er mit seinen Liebkosungen fortfuhr, überrascht von ihrem Appetit auf Sex. Sie war vollkommen erschöpft gewesen, als Kenric sie an den nächsten Mann weitergereicht hatte, der an der Reihe war. Und doch war sie jetzt nur allzu bereit für eine zweite Runde mit Kadar.

«Das ist Magie», meinte der Drache, als er ihren Gedanken gelesen hatte. «Du hast dich verpflichtet, einer Sexgöttin zu dienen, und bist bereits einmal gezeichnet worden. Jetzt kannst du die zweite, dritte, vierte und fünfte Übertragung des Mals kaum noch erwarten und wirst unersättlich bleiben, bis das Ritual komplett vollzogen wurde.»

Unersättlich? Bei jedem von ihnen?

«Nimm mich jetzt», knurrte er mit zusammengebissenen Zähnen, hob das Becken, stieß von unten in sie hinein und unterbrach sie in ihren Gedanken. Mit festem Griff hielt er ihre Hüften umfangen, zog sie zu sich herunter und vergrub sich tief in ihrem Inneren.

Sybil stöhnte auf, als er sich zurückzog, wieder tief in sie hineinrammte, sich wieder aus ihr zurückzog und ihre Enge erneut mit seiner ganzen Länge ausfüllte. Wieder. Und wieder. Sybils Anus dehnte sich und verstärkte das Gefühl der Enge ihres Unterleibs, des unglaublichen Ausgefülltseins, als sie ganz und gar in Besitz genommen wurde. Mit jeder ihrer Bewegungen entstand eine Magie, die sie vollkommen in ihren Bann schlug.

«Kadar.»

«Ich halte dich.» Er ließ mit einer Hand ihre Hüften los und liebkoste ihren nackten Oberkörper, während sie sich dem Rhythmus seiner Stöße überließ.

Von der zusätzlichen Liebkosung seiner Hände erregt, schrie sie auf, bockte und krümmte sich und wünschte, dass die Welle der Lust, die sie fortzuspülen drohte, nie enden möge.

Er hielt ihr Becken fest umklammert und nahm sie mit schnellen, unerbittlichen Stößen.

«Kadar, es geht nicht mehr.»

«Doch, es geht alles in dich hinein. Ich werde jetzt kommen, und auch das geht hinein. Nimm mich, Hexe.»

Er schob sein Becken vor, um sich noch tiefer in ihren Schoß zu rammen, und spielte mit der zarten Öffnung zwischen ihren Pobacken, bis sie laut aufschrie und von einem gewaltigen Orgasmus völlig mitgerissen wurde. Er brüllte ebenfalls, als er ebenso heftig kam und sich die aufgestaute Magie zwischen ihnen mit aller Macht entlud.

NEUN

«Ich glaube, du hast mich völlig erledigt», flüsterte Sybil lange Zeit später. Ihre Stimme war noch heiser von ihren Lustschreien, die sie ausgestoßen hatte, als sie sich gegen die Peniswurzel des Drachen gedrängt hatte, die für den sinnlichen Genuss vorzüglich ausgestattet war. Es war tröstlich zu wissen, dass auch Kadars Stimme nach seinem Gebrüll, das eines echten Drachen würdig war, rau klang.

Wo die anderen auch sein mochten, solange sie auf demselben Planeten weilten wie sie, hatten sie definitiv seinen Orgasmus mitbekommen. Sybil wand sich innerlich, als sie sich die Reaktionen vorstellte.

Kadar lachte leise in sich hinein. «Reiner Neid», beruhigte er sie. «Und du bist nicht erledigt, du kannst nämlich noch reden.»

«Nur flüstern, mein Hals ist noch rau.»

«Dein Hals ist sexy. Ich möchte daran knabbern.»

Prompt ließ er seinen Worten Taten folgen, und sie wand sich und kicherte hilflos und stumm.

«Sexy Hexe.» Er senkte den Mund und leckte über das Mal auf ihrer Brust, das nun zu zwei Fünfteln vollendet war. «Steht dir gut.»

Seine Lippen kühlten das Brandzeichen. Dann umschlossen sie ihre Brustwarzen und begannen zu saugen. Er ließ die harte Knospe los und leckte darüber, als ob ihr Geschmack ihn süchtig machte.

«Genau so ist es», knurrte er. «Ich will mich an deinen Brüsten gütlich tun und dich dann weit spreizen und solange zwischen den Beinen lecken, bis du auf meiner Zunge kommst.»

«Ich glaube nicht, dass ich noch mal kommen kann. Nie wieder. Für den Rest meines Lebens.»

«Wie schade, denn ich habe durchaus vor, noch mal in dir zu kommen, und es würde mir viel mehr Spaß machen, wenn du es ebenfalls tätest.»

«Aber du wirst trotzdem dein Vergnügen finden, auch wenn ich nicht komme.»

«Selbstverständlich.» Kadar rang sie nieder und drückte ihren Körper mit seinem nieder. «Es ist nun mal unmöglich, dass ich meinen Schwanz in deinen Schoß versenke und dabei kein Vergnügen empfinde.»

«Du kannst doch unmöglich schon wieder hart sein.» Sie starrte ihn ungläubig an. Er lachte auf, dann küsste er sie nicht gerade sanft und mit kaum versteckter Lust.

«Du machst mich scharf. Halt still, Hexe, ich muss dich schon wieder haben. Jetzt.»

«Du bringst mich wirklich noch um, wenn du so weitermachst.»

Seine Lippen bemächtigten sich ihrer. Sie öffnete sich ihm, dann nahm sein Körper den ihren erneut gefangen. Er war sehr geduldig und ausdauernd, und als er kam, erreichte auch sie den Höhepunkt. Als sie einschlief, waren ihre Gliedmaßen mit seinen verschlungen, und er hielt sie fest in den Armen, als bewachte er einen kostbaren Schatz.

Sybil schob sich vorsichtig unter dem schlafenden Kadar hervor und richtete sich auf. Er murmelte etwas, als sie sich bewegte, schlief jedoch weiter. Sybil zog die Knie an die Brust und schlang die Arme um ihre Beine, während sie dasaß und ins Leere starrte.

Das Mal war weiter gewachsen, der Stern hatte nun schon vier Spitzen, und sie spürte den Unterschied. Fast schien er auf ihrer Haut zu summen wie die Saiten eines Instruments. Abaran und Adrian würden den Stern vervollständigen, Ronan war derjenige, der den geschlossenen Kreis darum zog.

Bei dem Gedanken an ihn begann sie zu zittern.

«Ist dir kalt?» Kadar war erwacht und zog sie zurück ins

Bett, wo er seine Hände über ihren nackten Körper gleiten ließ. «Ich wärme dich.»

«Hör auf. Ich kann nicht schon wieder», beschwerte sich Sybil und gab ihm einen Klaps auf die Finger.

«Warum nicht? Tut dir etwas weh?» Stirnrunzelnd stützte er sich auf den Ellenbogen, um sie besser betrachten zu können. «Hexe, was tut dir weh?»

«Nichts. Mir geht es gut.»

«Prima, ich kann nämlich keine unglücklichen Frauen in meinem Bett gebrauchen, schließlich habe ich einen Ruf zu verlieren. Sie sind stets alle glücklich und zufrieden. Wenn es dir nicht genauso geht, sehe ich mich gezwungen, dich so lange kommen zu lassen, bis du schreist vor Lust.»

Sie schnaubte. «Wie reizend von dir.»

«Ja, so bin ich.» Er zog sie mit einem Arm zu sich heran. «Was hat dich geweckt? Hat dir jemand Angst eingejagt? Sag mir, wer es war, und ich werde sie alle töten und dir jedes Glied einzeln servieren.»

Sybil stellte sich eine Katze vor, die stolz eine blutige Maus auf die Türschwelle ihres Herrchens legte, und biss sich auf die Lippe, um ein Lächeln zu unterdrücken. «Niemand.»

«Das sagst du nur so.» Er ließ sich in die Kissen zurückfallen und zog sie mit sich, umfasste dabei ihren Hinterkopf mit einer Hand, während er ihre Wange an seine Schulter drückte. «Du kannst es mir sagen», bot er ihr an.

«Du wirst mich auslachen.»

«Aber nein, ich lache nicht.» Er streichelte sie beruhigend. «Wie könnte ich mich über etwas amüsieren, das dir Kummer bereitet?»

Sie schwieg. Dann flüsterte sie den Namen. «Ronan.»

«Deine Angst vor ihm ist unbegründet.»

«Er wird mir wehtun.» Sie erschauderte unwillkürlich vor Angst. «Und ich muss es zulassen.»

«Sybil.» Er zog sie fester in die Arme. «Du fürchtest nicht ihn, sondern dich selbst.»

«Und es wird nicht nur einmal geschehen», fuhr sie fort, als habe er nichts gesagt. «Einmal die seine, immer die seine. Ich muss immer wieder zu ihm zurückkehren, und es wird nie aufhören.»

Kadar stieß den Atem aus, der ein wenig nach Rauch roch. «Wenn er dir das Leben zur Hölle macht, werde ich ihm Einhalt gebieten. Aber Ronan ist einer von uns. Er ist ein Schattenwächter wie Kenric und ich. Hat dir irgendetwas von dem, was ich mit dir angestellt habe, nicht gefallen?»

«Nein.» Weit gefehlt. Kadar ging sehr sportlich an den Sex heran. Und es war noch nie so vergnüglich gewesen, Fleißpunkte beim Aerobic zu sammeln. Durch ihn fühlte sie sich fast schon athletisch.

«Hat Kenric dein Missfallen erregt?»

Sie spürte, wie ihre Gefühle aufwallten, und tat ihr Bestes, um es vor Kadar zu verbergen. «Nein. Nichts dergleichen.»

Seine Stimme wurde sanfter und signalisierte ihr, dass er ihre Gefühle, für die sie keine Worte fand, verstand. «Wie war der Sex mit ihm?»

Der Sex mit Kenric war so überwältigend gewesen, dass es sie erschütterte. Allein bei der Erinnerung könnte sie in tausend Stück zerspringen. «Ähm, der Knoten hat mich überrascht, aber ich will mich nicht beschweren.»

«Der Knoten war geschwollen?» Kadar verstärkte den Druck seiner Arme, hielt sie aber so behutsam, als sei sie zerbrechlich.

«Es hat mir nichts ausgemacht.» Beinahe hätte es sie in den Wahnsinn getrieben. Der Wolf hatte sie mit Haut und Haar für sich beansprucht und sie fast um den Verstand gevögelt, und selbst jetzt bekam sie immer noch kaum zwei zusammenhängende Gedanken zustande.

«Du hast ihn schon begehrt, noch bevor du uns gestattet hast, dich mit dem Mal zu zeichnen. Aber wenn du ganz die seine werden willst, musst du auch uns akzeptieren, so lautet die Abmachung.» Kadar schwieg einen Moment lang. «Er hat bestimmt eine Bemerkung fallenlassen, was er von Hexen hält, oder?», fragte er dann.

««Ich habe wenig für Hexen übrig»», ahmte Sybil Kenrics todernste Stimme nach und fragte sich, warum seine Worte sie so stark verletzt hatten. Aber so war es, ein stechender Schmerz, der so tief ging, dass es sie schockierte.

«Nun, die Hexen haben ihn und sein ganzes Rudel getötet. Das hat ihn schwer getroffen. Schließlich ist er der Alpharüde, es war seine Pflicht, sein Rudel zu beschützen. Und noch viel mehr, es war sein ganzer Lebensinhalt.»

Sie sog scharf den Atem ein. «Oh.»

«Sie haben auch mich und die meinen umgebracht», fuhr der Drache fort.

Sybil zuckte zusammen. «Und wen noch?»

«Wir fünf und unsere gesamte Armee kamen nicht gegen die vereinte Macht der abtrünnigen Hexen und der Dämonen aus dem Schattenreich an. Eigentlich waren die Hexen unsere Verbündeten gewesen, aber sie sind uns in den Rücken gefallen – wegen des Buchs. Wir haben nichts von dem Verrat geahnt und wurden völlig überrascht.»

«Oh.» Sybil erstarrte. «Als ich Kenric nach dem Buch fragte, erwähnte er etwas von einem Handel, den die Hexen geschlossen hatten. Doch er hat weder gesagt, dass er selbst dabei war, als alles geschah, noch, dass er deswegen gestorben ist.»

«Er kann den Anblick seiner abgeschlachteten Leute nicht vergessen. Und auch nicht vergeben, denke ich.»

Sie atmete zitternd aus. «Also hasst Kenric mich und das Buch, das in mich gefahren ist.»

Kadar tätschelte ihr nacktes Hinterteil. «Ich glaube kaum, dass er dich hasst. Aber es ist sehr wahrscheinlich, dass er die Erinnerungen hasst, die deinetwegen wieder hochkommen.»

«Na toll.» Ihr Ton verriet, dass sie das Gegenteil dachte.

«Vergiss, was geschehen ist. Konzentriere dich auf die Gegenwart. Du solltest mich jetzt küssen.»

Was sie auch tat. Eine zärtliche Berührung, die er rasch zu ungestümer Hemmungslosigkeit werden ließ. Dann beendete er den Kuss abrupt, nahm sie mit einem Schwung auf die Arme und verließ das Bett.

«Komm, Hexe, ich weiß, was dir fehlt.»

«Weißt du das?», fragte Sybil skeptisch, legte ihm aber trotzdem den Arm um den Nacken und schmiegte sich an ihn.

«In der Tat. Du brauchst frische Luft und Bewegung. Sollst den Wind in deinem Haar spüren.»

«Den Wind … o nein, Kadar.»

«O doch.»

Minuten später hielt Sybil seinen langen schuppigen Hals so fest von hinten umklammert, als hinge ihr Leben davon ab, und presste ihre Beine in seine Flanken, während er hinter ihrem Rücken die Schwingen ausbreitete. Seine Klauen krallten sich in einen Felsvorsprung über einem tiefen Abgrund.

«Mir wird gleich schlecht», jammerte Sybil.

«Sei keine Heulsuse», spottete Kadar. «Welche Hexe hat schon Angst vorm Fliegen?»

«Hexen fliegen nicht.»

«Und das weißt du, weil du schon so viel Zeit mit ihnen verbracht hast?»

«Sie fliegen nicht», wiederholte sie, unsicher geworden. «Das sind bloß Gerüchte.»

«Gerüchte, die man Geschichte nennt.» Und mit diesen Worten erhob sich der Drache in die Lüfte.

Kadar hatte sie getriezt, allein die Göttin wusste, wie sehr. Sie beschloss, es ihm heimzuzahlen. «Was hat es eigentlich mit dir und diesem abartigen Schuppenschweif auf sich? Dient er dir als Extrahand oder so?»

«Ganz genau. In meiner menschlichen Gestalt hat er eher etwas von einem rudimentären Anhängsel, das sich aber sehr wirkungsvoll einsetzen lässt.»

«Oh.» So konnte man es natürlich auch betrachten.

«Siehst du den toten Baum da rechts von dir auf dem Felsvorsprung?», rief Kadar. «Entzünde ihn.»

«Wie bitte?»

«Zielübung», ertönte seine fröhliche Antwort. «Wir testen, wie weit du kommst.»

«Ich komme überhaupt nicht weit.» Sie klammerte sich fester an ihn. «Ich kann ja nicht einmal eine Kerze anzünden, ohne ein Streichholz zur Hand zu nehmen.»

«Du hast einen Funken erzeugt. Kenric ist dein Fortschritt aufgefallen.»

«Ihr glaubt also wirklich, dass ich die Flammen kontrollieren kann?»

«Mit genug Zeit und Training, ja. Und das Siegel der Göttin muss vollendet sein, damit du die dämonische Magie in dir brechen und beherrschen kannst.» Kadar wandte den Kopf so weit zurück, dass sie in eines seiner wunderschön schillernden Augen blicken konnte. «Glaubst du etwa, wir hätten gescherzt, als wir sagten, wir würden dich zu einer von uns machen? Die Hexen sind einmal unsere Verbündeten gewesen. Deine Macht wird nicht nur dir allein nützen.»

Und würde das den Verrat der Vergangenheit wettmachen? «Sieh nach vorn, damit du weißt, wohin du fliegst», erwiderte Sybil mit gepresster Stimme.

«So etwa?» Er stieß so steil hinab, dass ihr flau im Magen wurde, dann setzte er zu einem Rückwärtslooping an, während sie kreischend seinen Hals umklammerte.

«Du machst es falsch, Hände in die Luft!»

«Verrückter Drache!»

«Hasenfuß.» Er ließ sich im Sturzflug auf den Baum zu fallen, den er ihr gezeigt hatte. «Entzünde ihn, oder ich drehe das nächste Mal gleich zwei Loopings.»

Feuer machen. In Ordnung. Dieses Element befand sich bereits in ihr, sie musste es nur noch heraufbeschwören. Außerdem zeigte es sich ohnehin ständig ohne ihr Zutun, also dürfte es nicht so schwer sein. Sie starrte den Baum an und dachte: *Verbrenne.*

Eine Rauchwolke stieg auf, und kurz darauf leckten Flammen an den toten Zweigen, die deutlich hörbar knackten.

«Heilige Scheiße», flüsterte Sybil.

«Braves Mädchen.» Kadars Schuppenschweif glitt liebkosend über ihr nacktes Bein. «Jetzt noch einmal.»

Er stieß nach unten und erhob sich wieder, durchpflügte die Lüfte und zeigte auf dieses und jenes Ziel, doch Sybil gelang nach ihrem anfänglichen Erfolg nicht mehr als ein kleines Rauchwölkchen, was ihre Frustration wachsen ließ, während sie sich zusehends ausgelaugter fühlte.

«Es reicht», stellte Kadar fest. «Du bist so erschöpft, dass du eben schon fast heruntergefallen wärst.» Er kreiste in der Luft und nutzte dann eine Strömung, die ihn empor- und zurück zu seiner Höhle trug. Er landete, die Schwingen ausgebreitet wie Fallschirme, dann faltete er sie ordentlich zusammen. «Runter mit dir.»

Sybil ließ sich halb von seinem Rücken heruntergleiten, halb fiel sie und landete prompt auf ihrem Hintern. Er hob sie auf seine Vorderbeine und trug sie zurück zu seiner Höhle. «Ich bin zu schwer», protestierte sie.

«Mir wäre auch eine ausgewachsene Kuh nicht zu schwer.»

«Okay, *so* schwer bin ich dann doch nicht.»

Kadar lachte und ließ sie los, als sie an dem Felsen vorbeikamen, an den sie angekettet gewesen war. «Folge mir.»

Das tat sie und stellte fest, dass er neben seinem opulent ausgestatteten Gemach auch eine tiefe Badewanne besaß, die verdächtig nach Marmor aussah. «Sind diese Wasserhähne etwa aus Gold?»

«Glaubst du etwa, dass sich Drachen mit billigen Imitaten zufriedengeben?»

«Wahnsinn.» Sybil berührte das Metall vorsichtig mit der Fingerspitze.

«Gold ist kostbar, aber Juwelen sind besser.» Er nickte in Richtung der Badewanne. «Da fällt mir etwas ein. Steig schon mal rein, ich komme gleich wieder.»

Das ließ sie sich nicht zweimal sagen. Die Luxuswanne war groß genug, um darin schwimmen zu können, was in Anbetracht von Kadars Größe – sowohl als Mensch als auch als Mann – keine Überraschung war. Sie entdeckte duftendes Badesalz in einer goldenen Schale und streute eine Handvoll davon in das laufende Wasser, nachdem sie die goldenen Hähne aufgedreht hatte.

Als Kadar in seiner männlichen Gestalt zurückkehrte, hatte sie sich bereits gründlich gewaschen, ihr Haar ausgespült und lag nun herrlich entspannt bis zum Kinn in dem warmen Wasser.

«Komm her, Hexe.»

«Ich habe einen Namen», erwiderte sie, kam jedoch an den Rand der Wanne geschwommen, als er sich näherte.

«Ich weiß. Und der ist ganz entzückend.» Kadar beugte sich vor und gab ihr einen Kuss, erforschte ihre geschwungenen Lippen und ihren Mund, während er zu ihr in die Wanne kletterte und sie dann zu sich auf den Schoß zog. Er küsste sie nun mit äußerster Konzentration, Geschick und heiterer Sinnlichkeit, was zur Folge hatte, dass ihr Herz heftig schlug und ihr ein Kribbeln durch den ganzen Körper fuhr. «Beug mal den Kopf vor.»

Das tat sie, während er seine Hand öffnete und eine zarte Kette an einem Finger herabbaumeln ließ. «Was ist das?»

«Ein Geschenk.» Er befestigte den Verschluss an ihrem Nacken und glättete dann die Kette, sodass der tropfenförmige Anhänger zwischen ihren Brüsten lag. «Diamanten mögen nicht unbedingt die besten Freunde eines Mädchens ein. Aber es schadet auch nicht, sie zu besitzen.»

Sie schnappte überrascht nach Luft. «Kadar, ist das etwa ein Diamant? Was hast du getan? Bist du ins Smithsonian-Museum eingebrochen?»

Er lachte. «Er ist nicht ganz der Hope-Diamant, wenn er auch fast so groß ist. Ich habe ihn auf anständige Art erworben, und jetzt gehört er dir.»

Sybil berührte die schillernde Oberfläche, unter der ein

kaltes Feuer glänzte, und spürte, wie es sich mit dem Feuer in ihr zu einer Art singendem Echo verband. «Das ist nicht bloß ein Juwel, stimmt's?»

«Nein. Es stammt aus dem Feenreich. Alte Magie. Der Diamant ist wie eine Linse, die dir hilft, deine Kräfte zu bündeln.»

Allein durch seine Größe war der Diamant von unschätzbarem Wert. Sein magischer Wert jedoch dürfte diesen um ein irrwitzig hohes Maß übersteigen.

«Wenn du überlegst, was er wohl gekostet haben dürfte, dann denk auch dran, was es uns kosten wird, wenn du in falsche Fänge geraten solltest», sagte Kadar. «Du brauchst ihn, und ich hätte gern, dass du ihn besitzt. Du darfst dich jetzt bei mir bedanken.»

«Danke.» Ihre Stimme klang so schwach, wie sie sich fühlte.

«Ich hatte mir eigentlich eine körperlichere Geste vorgestellt, um ehrlich zu sein. Gern etwas Nonverbales.»

Sybil lachte. «Jede Wette.»

«Doch erst sollst du ein wenig verwöhnt werden, schließlich wirst du deine Kräfte noch brauchen.» Seine Augen glühten vielsagend, und sie spürte ihre Reaktion in ihrem Schoß.

Kadars Vorstellung davon, wie sie am besten wieder zu Kräften kam, beinhaltete zunächst ein ausgiebiges Bad. Anschließend bat er sie, sich der Länge nach auf einem Leintuch auszustrecken, und massierte sie von Kopf bis Fuß mit einem wohlriechenden Öl, wobei er keine Stelle ihres Körpers ausließ und einigen verstärkt seine Aufmerksamkeit schenkte. Er bearbeitete die Muskeln ihres Hinterteils, teilte die Pobacken und bedeckte ihren Anus mit dem Öl, um anschließend ein winziges bisschen davon in ihren Hintern zu geben, während sie noch immer auf dem Bauch lag.

Als sie sich umdrehte, verteilte er das Öl großzügig auf ihren Brustwarzen und ihrer Spalte, nachdem er es zuvor auf ihren Armen, ihrem Bauch, dem Becken, der Kehle und ihrem Hals verteilt hatte. Er ließ sich Zeit, bis er sicher sein konnte, dass ihre Spalte schlüpfrig eingeölt war. Dabei glitt er mit den Fingern hinein, um es auch dort aufzutragen.

«Kadar», murmelte sie mit heiserer Stimme, während seine Finger sie zwischen den Schenkeln verwöhnten.

Schon bald führte er sie zu dem Felsen zurück, an den Kenric sie gekettet hatte. Sie hob die Arme und gestattete ihm, die Ketten an ihren Handgelenken zu befestigen. Dann stellte sie die Beine weit auseinander und sah ihm zu, wie er sie auch an den Fußgelenken fesselte.

«Wie fühlt sich das an?», fragte Kadar und sah zu ihr auf.

Verdorben. Aufregend. «Gut.»

«Du siehst wie das passende Geschenk für einen Drachen aus», klärte er sie auf. «Nackt und feucht glänzend. Die Brüste vorgereckt zur Freude eines jeden männlichen Wesens, das dich so vorfindet. Dein Körper feucht, weich und bereit.» Er tätschelte ihren Venushügel, während er mit ihr sprach. «Jeder kann dich ansehen. Jeder kann deine rosigen Brustwarzen berühren. Zwischen deine Schenkel greifen und seine Finger in deiner rosigen Spalte versenken. Vor dir knien, um deinen Nektar zu trinken. Vor dir stehen, um dich zu pfählen.»

Ihr Atem ging schneller, und ihre Brustwarzen hatten sich zusammengezogen und schienen um Aufmerksamkeit zu betteln, während ihre Lustgrotte nach mehr verlangte.

Kadar stand vor ihr, ging ein paar Schritte nach rechts und links und bewunderte sie von allen Seiten. Er streichelte ihr über die Hüften und ließ seine Handfläche über ihre Brüste wandern. «So zart, so erregend.»

Und so bereit. Worauf wartete er noch?

Er küsste sie mit brennender Leidenschaft, was sie ebenso lustvoll erwiderte. Seine Hand wanderte zwischen ihre Schenkel und legte sich auf ihre Scham, und während er seine Zunge zwischen ihre Lippen gleiten ließ, schoben sich seine Finger gleichzeitig in sie hinein. Sie stöhnte an seinem Mund. Der Kuss schien nicht enden zu wollen. Seine Hand streichelte ihre Spalte mit verführerischem Geschick. Er fuhr mit dem Daumen über ihren Kitzler, ließ seine Handfläche auf ihrem Liebeshügel kreisen und schob seine Finger mit kreisenden Bewegungen tiefer in ihre Lustgrotte.

Mit einem Mal unterbrach er jäh den Kuss und wandte den Kopf Richtung Eingang. «Ich bin gleich wieder da.»

Sybil hielt den Atem an. Mit weit aufgerissenen Augen sah sie erst zu Kadar, dann folgte sie seinem Blick zum Eingang der Höhle, wo Abaran mit einem fiebrigen Glanz in den Augen stand.

Der dunkelhäutige Dämon sah noch muskulöser aus, als sie ihn in Erinnerung hatte. Sein nackter, glänzender Oberkörper und seine Arme wirkten wie gemeißelt. Er trug lederne Hosen, die seine Beine eng umschlossen, und sein rasierter Kopf fügte seiner Erscheinung eine aggressive Note hinzu. Er wirkte von Kopf bis Fuß bedrohlich, der absolute Traum jeder wilden sexuellen Phantasie.

Offensichtlich hegte auch sie die eine oder andere davon, denn ihre Brustwarzen versteiften sich, und ihre Spalte zuckte, als sie ihm in die schwarzblauen Augen starrte, die sie ausdruckslos anblickten.

«Komm für mich», flüsterte Kadar und küsste sie auf die empfindliche Stelle hinter ihrem Ohr. «Er sieht uns zu. Beobachtet dich. Zeig ihm, worauf er sich freuen kann.»

«Ich kann nicht», wisperte sie zurück. Doch dann fing er an, einen verborgenen Punkt in ihrem Inneren zu streicheln, während seine andere Hand an ihr hochwanderte und mit ihren Brustwarzen spielte. Ihr Atem ging schneller. Kadar verstärkte den Druck in ihrem Schoß, und sie begann zu zittern.

Es war pervers, dass es ihr so gut gefiel. Dass sie es liebte, mit Kadars Fingern in ihrer Spalte erwischt zu werden, während sie nackt und mit weit gespreizten Schenkeln an den Felsen gekettet war.

«Aber nein», drang Kadar in ihre Gedanken ein, als er sich ein Stück zur Seite bewegte, um Abaran einen besseren

Blick zu gewähren, während er sie unablässig mit der Hand streichelte. «Dir gefällt es, wenn sein Blick auf dich gerichtet ist, während ich dich berühre. Du magst diese Stellung und auch dass du nichts dagegen tun kannst. Er sieht zu, wie ich meine Finger in dich hineinschiebe und stellt sich vor, dass es sein Schwanz ist, der in dir steckt.»

Sie stöhnte leise auf.

«Du sieht wunderhübsch aus, so willig. Deine Haut ist sanft gerötet, deine Beine weit gespreizt. Und du reitest meine Hand.» Kadar küsste sie auf die Schulter, sorgsam darauf bedacht, sie nicht vor Abarans Blicken zu verdecken. «Und wenn du kommst, bist du noch schöner. Ja, so ist es richtig.»

Seine geflüsterten Worte hatten sie angespornt und zusammen mit der heißen Wonne, die seine Finger in ihr auslösten, brachten sie sie an die Schwelle. Sie stöhnte abermals und bäumte sich hilflos in ihren Fesseln auf, bockte die Hüften und ließ das Becken auf seiner Hand kreisen.

Langsam zog Kadar seine Finger aus ihr heraus und streichelte ihre Spalte. Dann küsste er sie innig und ließ sie so zurück, wie sie war: Nackt, allen Blicken ausgesetzt und fast unerträglich erregt.

Er unterhielt sich mit Abaran, doch ihre Stimmen waren zu leise, als dass sie etwas hätte verstehen können. Sie verharrte, hin und her gerissen zwischen Scham und dem Wunsch nach Erlösung.

Dann hatten die beiden Männer ihre Unterhaltung beendet und kamen auf sie zu. Sie schluckte schwer und fragte sich, was wohl als Nächstes geschehen mochte. Abaran streckte die Hand aus und umfasste ihre Brüste, als wollte er ihr Gewicht und ihre Straffheit prüfen. «Sehr schön.»

Ihr Körper zuckte bei der ersten Berührung seiner Hände zusammen. Sybil blickte dem Dämon in die Augen und sagte nichts. Sie war sich nur allzu sehr ihrer sexuellen Begierde und seiner Anwesenheit bewusst. Dann sehnte sie sich nur noch nach dem, was folgen sollte.

Er nahm ihre Brustwarze zwischen Daumen und Zeigefinger und zwickte sie. Sie sog scharf den Atem ein. Seine Hände fühlten sich heiß an, als verfügte er über eine höhere Körpertemperatur als sie, und seine Haut erinnerte an feines Leder. Er zupfte an ihr, und die Reizung fuhr auf direktem Weg in ihren Schoß.

«Empfindsam», fügte er mit wohlwollender Stimme hinzu. Er ließ ihre aufgerichteten Brustwarzen los und fuhr mit beiden Händen über ihren Oberkörper, wobei er ihre Nerven mit jeder Berührung zum Vibrieren brachte.

«Sie springt wunderbar schnell darauf an», fügte Kadar hinzu und strich ihr anerkennend über die Hüfte. Bei der sinnlichen Berührung von beiden Männern gleichzeitig drohten ihr vor Lust die Beine unter ihr nachzugeben. «Wenn du ihren Kitzler so streichelst, fährt sie fast aus der Haut vor Lust.»

«Ach ja?»

«Überzeuge dich selbst», meinte Kadar grinsend. Sybil beschloss, sich keinesfalls unter der Berührung zu winden und damit preiszugeben, wie erregt sie war. Abaran legte eine Hand auf ihren Liebeshügel. Er begegnete ihrem Blick und hielt ihn gefangen, während er an der intimen Stelle zudrückte, um dann mit den Fingerspitzen über den Rand ihrer Schamlippen zu gleiten. Er penetrierte sie noch nicht, aber, o Göttin, er liebkoste sie vor Kadars Augen, der sie ihm anbot wie ein Geschenk.

Abaran ließ eine Fingerspitze langsam und träge über ihren Kitzler gleiten. Sybil wimmerte, als das Gefühl sie wie ein Stromschlag durchfuhr. Abarans Gesichtszüge verzerrten sich hungrig. «Ich kann es gar nicht erwarten, bis ich an der Reihe bin», sagte er, dann wandte er sich Kadar zu. «Ich habe gesehen, wie sehr sie deine Hand zwischen ihren Schenkeln genoss. Wie hat ihr dein Schwanz gefallen?»

Kadar grinste, und seine weißen Zähne blitzten auf. «Ich werde es dir zeigen.»

Ihr fielen wieder seine Worte von vorhin ein, dass er sie vor Publikum nehmen würde. Nun würde er das in die Tat umsetzen, und ihr blieb keine andere Wahl, als ihn gewähren zu lassen.

ZEHN

Sybil keuchte auf, als Abaran einen Schritt zurücktrat, damit Kadar sich zwischen ihren Schenkeln in Position bringen konnte. Er hielt seinen dicken Schaft in der Hand und führte ihn an ihre Lustgrotte. Sybil spürte den wachsenden Druck, als seine Eichel zwischen ihre Schamlippen glitt und ihre Bereitschaft für ihn nur allzu deutlich wurde.

Er würde sie nehmen, während sie hilflos angekettet war, und Abaran würde ihnen dabei zusehen. Sie würde sterben. Und jeden Augenblick kommen.

«So ist's recht, öffne deine süße Möse für mich», sagte Kadar und schob sich tiefer in sie hinein. Dann beugte er sich vor und küsste sie, schob seine Zunge in ihren Mund, wie er auch ihren Liebestunnel beharrlich mit seinem Schwanz ausfüllte. Er war hart, breit, fordernd und unwiderstehlich. In dieser Position hatte sie wenig Spielraum, um ihm das Eindringen zu erleichtern, und nun begriff sie, weshalb er das Öl zuvor so großzügig auf ihrem Geschlecht und ihren Wölbungen verteilt hatte. Ohne wäre es ihr vermutlich nicht möglich gewesen, die Dehnung auszuhalten. Jetzt war sie so vollkommen ausgefüllt, dass sie sich nicht mehr bewegen konnte.

Er stieß in sie hinein, kam wieder heraus und gab ihr jedes Mal ein paar Zentimeter mehr, bis er so tief in ihr war, wie es ihre Stellung erlaubte. Sybil erschauerte und zerrte an ihren Ketten. Dann spürte sie, wie sein geschuppter

Schweif ihren Oberschenkel umschlang. Sie erzitterte, als ihr klarwurde, was nun folgen würde.

Das zugespitzte Ende tastete nach ihrem Anus und drang so plötzlich in sie ein, dass es brannte. Ein heiserer Aufschrei entrang sich ihrer Kehle, als die doppelte Penetration sie bis zum Anschlag weitete und jede Empfindung um ein Mehrfaches verstärkte.

Kadars Zunge spielte mit ihrer, und er ließ sein Becken vor und zurück schnellen, um noch tiefer mit seinem Schaft in sie einzudringen. Sie spürte das Pulsieren und wusste, dass er nicht mehr weit von seinem Höhepunkt entfernt war.

Es würde nicht mehr lange dauern, wurde ihr vage bewusst, und das war auch gut so, denn auch sie würde nicht mehr lange durchhalten. Sie wand sich unter ihm und stieß hilflose Schreie aus, als Kadar sie mit seinem dicken Schaft pfählte und die Lust so groß wurde, dass sie es kaum noch aushielt. Abaran beobachtete sie, sah und registrierte ihre hemmungslosen Reaktionen auf alles, was Kadar tat. Damit verriet sie, wie sehr sie es liebte, einen Zuschauer bei dieser intimen Begegnung zu haben. Und sie liebte jeden Zentimeter, den Kadar in sie stieß.

Sie bäumte sich auf, buckelte und bockte, als sie kam, und auch Kadar brüllte vor Befriedigung, als er sie noch einmal härter nahm und sich mit heftigen Stößen in ihr ergoss.

Sybils Körper erschlaffte, und sie ließ sich gegen die Fesseln sinken, bis sie nur noch von Kadars Körper gestützt wurde.

Er lachte leise und zufrieden und schob sein Becken noch einmal vor, um seinen erregenden Schwanz an ihre Vulva zu pressen. «So mag sie es», rief er Abaran über die Schulter hinweg zu, während er ihre Brustwarze zwischen den Fingern rollte.

Abaran kam daraufhin näher, umfasste eine Pobacke und drückte sie. «Offensichtlich gefällt der Hexe, was du mit deinem Schweif anzustellen vermagst.»

Kadar grinste ihn an. «Ich denke, ihr werdet großen Gefallen aneinander finden.»

Er gab Sybil einen letzten harten, tiefen Kuss, während er noch in ihr war. «Ich hasse es, dich verlassen zu müssen, Hexe.»

Ihre Augen weiteten sich, als sie den Sinn seiner Worte begriff. «Kadar?»

«Unsere Zeit ist vorbei.» Er zog sich Zentimeter für Zentimeter aus ihr heraus, als wollte er den Augenblick hinauszögern, in dem ihre beiden Körper endgültig voneinander getrennt waren. Als seine Eichel aus ihr glitt, fühlte sie sich verlassen. Mit ihm fühlte sie sich tapfer und in der Lage, Abaran gegenüberzutreten. Ohne ihn war sie ängstlich und alles andere als eine erotische Gespielin. Sie protestierte leise.

«Ah, mach dir keine Sorgen.» Kadar trat einen Schritt zurück. Sein schlaffer Penis hatte noch immer eine beeindruckende Größe und hing vor seinen Oberschenkeln herab. «Abaran wird dich richtig rannehmen.»

Sie wandte den Blick ab, weil sie nicht wollte, dass er die Panik in ihren Augen sah. Wie sollte sie das hier bloß überstehen? Sie hatte sich so schamlos verhalten wie eine Pornoqueen, und Abaran würde nun glauben, dass sie alles mitmachte. Und vielleicht würde sie das sogar, wenn er sie berührte. Sie spürte, wie sich ihre Grenzen verschoben und sie sich im Beisammensein mit diesen Männern zu verlieren schien.

Kadar hielt sie wieder an sich gepresst, sodass Sybil den Felsen an ihrem Rücken deutlich spürte. Seine Worte waren nur für sie bestimmt, als er flüsterte: «Verlierst du dich? Oder findest du zu dir selbst?»

Abaran brachte einen Arm zwischen sie und schob Kadar zurück. Sein Blick, mit dem er Sybil bedachte, war so grimmig, dass sie ins Straucheln geraten wäre, hätte sie auf den Beinen gestanden. «Verweigerst du dich mir etwa?»

«Wie bitte?» Sie starrte ihn verwirrt an.

«Ob du dich mir verweigerst?», wiederholte Abaran langsam und deutlich. «Verschmähst du mein Bett?»

Sybil spürte, wie ihre Wangen flammend rot wurden. «Nein. Ich meine, nicht doch. Ich verweigere mich nicht, ich …» Sie unterbrach sich, verwirrt von ihren eigenen Worten, durch die sie in eine Art verbalen Strudel geraten zu sein schien.

«Lass es gut sein», sagte Kadar zu Abaran. «Unsere kleine Hexe ist in jeder Hinsicht empfindsam, und du jagst ihr Angst ein.» Er strich ihr über die Wange und richtete seine nächsten Worte an sie. «Du bist ein Schatz, der geteilt, nicht gehortet werden will. Es ist an der Zeit, dass ich dich gehen lasse. Abaran hat lange genug warten müssen.»

«Abaran könnte sich auch geduldiger zeigen», sagte der Dämon schroff und zog den Arm zurück, den er wie eine Schranke zwischen Sybil und Kadar geschoben hatte. Dabei fuhr er einladend über ihren nackten Bauch. «Vielleicht hilft es ihr, wenn wir sie uns erst teilen, bevor ich sie ganz von dir übernehme.»

«Würde dir das gefallen?» Wieder streichelte ihr Kadar sanft über die Wange und zeichnete mit den Fingerknöcheln ihren Kiefer nach, während er ihr die Frage stellte.

Sybil stellte sich vor, wie sie in der festen Umklammerung dieser beiden Männer gefangen wäre. Sie, kniend, die Lippen fest um Kadars Schaft geschlossen, während der andere sich hinter ihr in Stellung brachte … Sie schluckte, dann hatte sie die Sprache wiedergefunden. «Nein. Danke, Abaran, das ist sehr großzügig von dir, aber wenn jetzt deine Zeit gekommen ist, sollten wir gehen.»

«Sie wünscht es sich», erklärte Kadar seinem Kameraden. «Sie möchte sich bloß nicht in deine Phantasien und deine Wünsche einmischen.»

Wenigstens hatte er nichts von ihrer Phantasie erwähnt, die auszuleben sie zu feige war. Dafür war Sybil ihm dankbar. Möglicherweise war er jedoch einfach zu selbstsicher und davon überzeugt, dass es ihnen doch gelingen würde, sie zu überzeugen.

«Wie nett von ihr.» Abaran warf ihr einen abschätzenden Blick zu, bei dem ihr ein Schauder über den Rücken lief, der nicht allein von Furcht gespeist war. Vielmehr mischte sich auch Interesse hinein. Vorfreude. Begierde. «Ihre Position beschränkt die Wahl der Möglichkeiten, ist aber für das Vorspiel durchaus interessant.»

Die beiden Männer standen nun links und rechts von ihr, und mit einem Mal fühlte sich Sybil wie ein Vogel zwischen zwei Katern. Beide ließen ihre Hände über ihre Brüste wandern und sorgten dafür, dass sich ihre Brustwarzen aufstellten und ihr Puls auf die synchronen Berührungen reagierte. Abarans Hand glitt tiefer, bis er ihren Liebeshügel besitzergreifend umschloss.

«Du bist weicher, nachdem du genommen wurdest», sagte er und grub seine Fingerspitzen in ihre zarten Fältchen. «Noch immer bereit und so feucht, dass du ohne Widerstand noch mehr aufnehmen kannst.»

Sybil schloss die Augen und stellte sich seinen Penis vor, der sich in ihre Öffnung drängte und mühelos in ihren durch das sinnliche Liebesspiel vorbereiteten Körper eindrang, bis sie ihn ganz in sich hatte. Seine Fingerspitzen bewegten sich prüfend tiefer, dann glitten drei Finger in ihren engen Liebestunnel.

Abaran fachte ihre Reaktion weiter mit seinem Fingerspiel an, während Kadar ihre Brustwarzen mit der Zunge verwöhnte. Sybils Körper zog sich eng vor Lust zusammen. Abaran sah sie durch halb geschlossene Lider an, und sie stellte fest, dass es ihr schwerfiel, seinem Blick auszuweichen. «Wirst du kommen, wenn ich die Hand zwischen deinen Beinen habe und der Drache uns zusieht?»

Sie keuchte auf und begriff, dass sie schon fast so weit war. Sie würde kommen, wild vor Lust, während Abaran ihre Spalte mit seinen Fingern ausfüllte. Er rieb mit der

Kuppe seines Daumens über ihren Kitzler. Sie stöhnte, unfähig, ihre Reaktion zu verbergen, woraufhin er die Liebkosung wiederholte, sich genüsslich Zeit ließ und jede ihrer Reaktionen sekundenlang auskostete. Auch als sie ihm ihr Becken entgegenschob und Kadars geschicktem Mund ihren Oberkörper darbot.

«Oder soll ich mich zwischen deine Schenkel stellen und dir zeigen, für wessen Schwanz du ab sofort die Beine breitmachst?», fragte Abaran. «Ihn in deinem Schoß versenken, damit du dich um ihn zusammenziehst, während du kommst?»

Sybil spürte, wie sie ein mächtiges Zittern durchlief. Ein Teil von ihr wünschte sich nichts mehr, als dass er sie hart und schnell nahm. Seine Augen glänzten, und sie bemerkte, dass sie von einem fast dunkelvioletten Blau waren, so blauschwarz wie der Nachthimmel. Er sah aus wie der dämonische Liebhaber uralter Überlieferungen, jemand, der aus alten dunklen und schrecklichen Zeiten voller verborgener Sehnsüchte stammte.

«Bitte», wisperte sie, ohne genau zu wissen, ob sie ihn bat, so mit ihr zu verfahren oder zu warten.

«Bitte?» Abarans Miene wurde wild. Er ließ sie los, als er mit beiden Händen seine Hose öffnete, sie jedoch nicht auszog, sondern nur seine Erektion aus ihrem Gefängnis befreite. Sybil starrte wie gebannt darauf. Sein Penis erinnerte in seiner gebogenen Form an einen Krummsäbel. Abaran ging auf sie zu und stellte sich zwischen ihre Schenkel. Dann stützte er sich rechts und links von ihrem Kopf am Felsen ab, als wollte er ein paar Muskelübungen machen. Kadar bewegte sich zur Seite, um seinem Gefährten das Eindringen in Sybil zu erleichtern, die nicht anders konnte, als zu fragen: «Wird es wehtun?»

Abarans Lächeln wurde breiter. «Warte es ab.»

Das war eigentlich nicht sehr beruhigend, doch da Kadar in ihrer Nähe war, vertraute sie ihm.

Der erste heiße Kontakt mit seiner Männlichkeit geschah, als Abaran mit seinem Schwanz wie zur Begrüßung über ihre Schamlippen strich. Sie atmete scharf ein. Sein Blick hielt den ihren gefangen, während sie darauf wartete, dass er sie in Besitz nahm.

Er fand ihre Pforte und drang langsam und beharrlich in sie ein, während ihre Sinne bei der intimen Berührung des unbekannten Mannes Kapriolen schlugen. Sein gekrümmter Schwanz verstärkte den Druck an genau den richtigen Stellen, und sein Körper lag schwer auf ihrem und drückte sie gegen den Felsen, dessen raue Oberfläche die Haut ihrer Pobacken abschürfte. Sein muskulöser Brustkorb presste gegen ihre Brüste, und sein heißer Körper, der sich wie feines Leder anfühlte, lag auf ihr. Sie spürte, wie Lustströme durch ihre Adern jagten.

«Ich bin in dir», stöhnte er lustvoll. «Aber noch nicht so tief wie beim nächsten Mal. Da will ich dich unter mir haben, deine Beine auf meinen Schultern. Und später auf den Knien, mit hochgerecktem Hintern. Ich will dich auf jede erdenkliche Art nehmen, immer und immer wieder.»

Er zog sich zurück und schob sich wieder in sie hinein, während er mit ihr sprach, und seine kräftigen Muskeln bewegten sich, als er sie langsam und gleichmäßig stieß. «Wessen Schwanz hast du in dir, Hexe?»

Sybil schluckte mehrmals, völlig verloren in dem köstlichen Gefühl, als er seine Lenden tief in ihrem Schoß versenkte.

«Deinen.»

«Sag meinen Namen.»

«Abaran», stöhnte sie.

Er wandte sich Kadar zu. «Befreie sie.»

Sybil hätte fast frustriert aufgeschrien, als sich Abaran jäh aus ihr herauszog. Er stand neben ihr, während Kadar die Fesseln löste. Dann zog Kadar sie mit dem Rücken an seine Brust und schmiegte seinen Schwanz zwischen ihre Pobacken. Er fuhr mit den Händen über ihren Brustkorb, umfasste ihre Brüste und bot sie Abaran dar, der sich nach vorne beugte und abwechselnd an ihren Brustwarzen sog. Sybil keuchte und atmete schneller.

Abarans Mund hinterließ brennende Spuren auf ihren empfindlichen Spitzen, und als er fester zu saugen begann, entrang sich ihrer Kehle ein Wimmern. Dass Kadar sie hielt, während sich ein anderer Mann an ihren Reizen gütlich tat, machte das Erlebnis noch erotischer.

«Ich habe dir doch gesagt, dass du es willst», murmelte Kadar, und dabei streiften seine Lippen ihr Ohrläppchen. «Es fühlt sich unglaublich gut für dich an, in meinen Armen zu liegen, während er deine süßen Kurven erforscht. Du hast es auch genossen, als er uns beobachtet hat, während ich zwischen deinen Schenkeln stand und es dir besorgte. Und du wirst es mögen, mich als Zuschauer dabeizuhaben, wenn er in deine feuchte, heiße Spalte stößt und dein Körper noch ganz weich ist, nachdem du gerade erst für mich gekommen bist.»

Sie zitterte, da sie genau wusste, was er meinte. Gleichzeitig von zwei Männern genommen zu werden. Einer von vorn. Der andere von hinten. «Kadar, ich denke nicht, dass ich das kann.»

«Sch.» Er küsste sie auf die empfindliche Stelle unter ihrem Ohr und tupfte Schmetterlingsküsse auf ihren Nacken. «Denk nicht so viel. Fühle. Fühle, wie viel Wonne wir dir bereiten können.»

Abaran hob den Kopf und sah ihr in die Augen. «Du gehörst jetzt mir, Hexe. Ich kann mit dir alles tun, wonach mir der Sinn steht.»

Sie schluckte hörbar, dann fing sie an zu zittern, und ihre Beine drohten unter ihr nachzugeben.

«Hab keine Angst», sagte Kadar und streichelte wie beiläufig über ihre Hüften, was ihre Nerven zum Vibrieren brachte.

«Fürchte dich.» Abarans Lippen bemächtigten sich ihrer mit einem hungrigen, brutalen Kuss. Seine Zunge stieß gegen ihre Lippen und verlangte, eingelassen zu werden. Als sie dem Druck nachgab, schien seine Zunge ihren Mund ganz auszufüllen. Sie keuchte auf, als sich sein Geschmack entfaltete: sündig, herb und köstlich, und allein seine Zunge war unglaublich verführerisch und intim.

Als er den Kuss beendete, waren ihre Lippen geschwollen und leicht geöffnet. Ihr Atem ging stoßweise, während sie ihn aus weit aufgerissenen Augen anstarrte.

Er war der Dämon, der es geschafft hatte, dass sie ihn begehrte. Und dass sie sich danach sehnte, dass sein aufgerichteter Schwanz in sie hineinglitt, dass seine Haut die ihre berührte und dass das süße Ziehen entstand, wenn sein Mund ihre Brustspitze umschloss, seine Lippen rücksichtslos gegen ihre pressten und sie sich ihm öffnete, um ihn zu schmecken und von ihm gekostet zu werden.

ELF

«Mir gefällt der Ausdruck in deinen Augen.» Abarans Lippen verzogen sich zu einem zufriedenen Lächeln, bevor er seinen Mund grob auf ihre geöffneten Lippen presste und sie förmlich verschlang, seine Zunge in ihren Mund stieß und wieder zurückzog. «Dieser Ausdruck, der besagt, dass du jetzt mir gehörst und dass du mir nicht traust.»

Er fuhr mit der flachen Hand über ihre Brüste und drückte sie, eine grobe Liebkosung, die ihr wehgetan hätte, wäre sie nicht so erregt gewesen. Ein Zittern durchlief ihren Körper, und als sie sich hilfesuchend an Kadar lehnte, spürte sie seinen aufgerichteten Schaft an ihrer Haut. Sybil schluckte, als sie merkte, dass er schon wieder erregt war. Abaran hingegen lachte, als er ihre Reaktion bemerkte, und sah Kadar an.

«Oh, sie ist köstlich. So heiß. Und voller Angst. Ich weiß

nicht, was sie mehr fürchtet, dass ich sie zwingen könnte, es gleichzeitig mit uns beiden zu treiben, oder dass ich genau das eben nicht tue.»

Beides. Sybil erbebte und stellte sich vor, wie die beiden Männer sie pfählten und unbarmherzig ihre Schwänze in ihr zartes Fleisch trieben.

«Ich kann mich nicht entscheiden, was ich lieber möchte», fuhr Abaran fort und presste seinen Körper an sie. «Dich auf Händen und Knien vor mir zu haben und meinen Schwanz in deiner Möse zu versenken, während du es Kadar mit dem Mund besorgst, oder deinen heißen, engen Hintern zu rammen, während er dich von vorne nimmt.»

Mit brutaler Sinnlichkeit glitten seine Hände über ihren Körper. «Oder vielleicht möchte ich dich vor allem ganz für mich allein? Meiner Herrschaft ausgeliefert.»

«Die Wahl liegt bei dir», sagte Kadar, während er Sybil sanft über die Arme strich. «Wenn du sie teilen willst, dann freue ich mich über deine Großzügigkeit, doch wenn du sie lieber allein für dich haben willst, dann solltest du ihre ungeteilte Aufmerksamkeit auch genießen.»

«Und was sagst du dazu, Hexe?» Abaran starrte ihr in die Augen und verlangte eine Antwort.

«Tu mir nicht weh.» Die geflüsterten Worte waren ihr entschlüpft, bevor sie es sich hätte anders überlegen können.

«Dir nicht wehtun?» Er schüttelte den Kopf und grub seine Zähne in ihre Unterlippe. «Das kann ich dir nicht versprechen. Doch es gibt so viele Arten von Schmerz. Du tust mir gerade weh, denn meine Eier schmerzen vor Gier, mich endlich in dir verströmen zu können. Und meine Muskeln schmerzen vor Zurückhaltung.»

«Zurückhaltung?» Sie fürchtete sich, diese Frage zu stellen, und tat es trotzdem.

«Wenn ich mir gestatten würde, dich so zu berühren, wie ich es gern hätte, würdest du dich vielleicht weigern, mit mir allein zu sein.»

«Nimm sie», sagte Kadar. «Deine Instinkte haben längst

gewonnen. Wenn du sie gezeichnet hast und sie dann noch teilen willst, ruf mich, und ich werde kommen.»

«Ich hätte nicht gedacht, dass ich mich so wenig unter Kontrolle haben würde», erwiderte der Dämon mit rauer Stimme. «Aber sie ist eine Hexe, und sie riecht nach Sex und dämonischer Energie.»

«Behandle sie gewissenhaft», riet Kadar, schob Sybil in Abarans Arme und trat zurück. Die Tatsache, dass der in der Kunst des Gedankenlesens bewanderte Kadar sich bemüßigt fühlte, eine solche Warnung auszusprechen, trieb Sybil Tränen in die Augen, und sie schluckte schwer.

Abaran erkannte ihre verräterische Reaktion, und seine Miene wurde gefährlich. «Du gehörst mir. Fürchtest du dich etwa, mit mir zu kommen?»

«Ja.» Sie fuhr sich mit der Zungenspitze über die trockenen Lippen, die von seinen Küssen geschwollen waren. «Lass uns gehen.»

Er zog überrascht die Brauen hoch. «Tapferes Geschöpf.»

Oh, wenn sie es bloß wäre. Aber wenn sie schon nicht tapfer war, dann wenigstens fair. Mit zitternder Hand berührte sie das glänzende Mal auf seiner Haut. «Wenn du bereit bist, mir das Mal zu übertragen, dann bin ich bereit, es von dir zu empfangen. Du hättest mir nicht helfen und dich meinetwegen in Gefahr begeben müssen.»

Er bedeckte ihre Hand mit seiner. «Ich bin unsterblich. Hattest du tatsächlich Angst um mich?»

Sybil hob kaum merklich die Schultern. «Du magst unsterblich sein, aber ich denke, du kannst trotzdem bluten. Und doch hast du dich zwischen mich und die Angreifer gestellt. Ja, ich habe mich um dich gesorgt.»

Kadar lachte überrascht hinter ihr auf. «Das hat sie wirklich getan. Sie hat sich um uns alle gesorgt.»

Sybil wandte den Kopf und sah ihn finster an. «Hör auf, dich über mich lustig zu machen. Es hätte jedem von euch etwas zustoßen können. Und das wäre meine Schuld gewesen.»

«Sie ist ein Goldstück», meinte der Drache kopfschüttelnd. «Jetzt geh schon, bevor ich mich wieder in ihren Schoß versenken will.»

«Dafür wird sie viel zu beschäftigt sein.» Abarans Augen glitzerten gierig, dann hatte er sie auch schon hochgehoben und sie sich über die Schulter geworfen, sodass ihr nackter Po steil nach oben ragte. Er rieb mit der Hand über ihre verlockenden Rundungen, während er sie davontrug.

Die unverblümt erotische Zärtlichkeit ließ sie innerlich erzittern. Jetzt gehörte sie ihm, und er hatte vor, sie auf alle erdenklichen Arten zu nehmen.

Ihre Brustwarzen hatten sich zusammengezogen und rieben gegen seinen festen Rücken, dessen Muskeln hart wie Stahl und wie mit Leder ummantelt waren. Er ist ein wandelnder Fetisch auf zwei Beinen, dachte sie benommen, und wenn ihr das Gefühl von Leder auf ihrer nackten Haut weiterhin so gut gefiel, würde sie noch zu seiner Sklavin werden.

Sie war nicht in der Lage, ihre Aufmerksamkeit auf etwas anderes zu richten als auf seinen Körper, der sich an ihrem rieb, als er mit weit ausholenden Schritten rasch davonging. Und auf seinen herben Duft. Die erotische Erinnerung an seinen exquisit gekrümmten Schaft in ihr. Die Gewissheit, dass sie ihm in den nächsten vierundzwanzig Stunden ganz ausgeliefert sein würde, war erregend und beängstigend zugleich.

Doch wenn ihr das Alleinsein mit dem Dämon jetzt schon schwerfiel, wie würde es dann erst mit dem Elf werden, der auf Schmerzen stand?

Abaran legte sie auf ein weiches Bett, und Sybil stellte verblüfft fest, dass sie bereits an ihrem Ziel angekommen waren. Sie zwang sich, den Blick von Abaran abzuwenden, der gerade dabei war, seine Hose auszuziehen.

Die Wände waren mit dicken Ranken bedeckt, aus denen wachsartige Blumen hervorsprossen, und der Boden sah aus, als sei er mit weichem Moos bedeckt. Sein Bett war aus dunklem Holz geschnitzt, mit einer dicken Matratze, und die Laken schienen aus Seide zu sein.

«Ist es Nacht?», fragte Sybil mit vor Aufregung zugeschnürter Kehle.

«Ja.» Abaran stand über ihr, völlig nackt. «Sieh nach oben.»

Das tat sie und entdeckte viele Sterne. Anscheinend besaß der Raum keine Decke und öffnete sich in den Himmel. «Sind die Blumen echt? Nachtschattengewächse?»

«Ja.» Er legte ihr die Hände auf die Oberschenkel und drückte sie auseinander, um sich dazwischenschieben zu können.

Sybil erbebte, als er über ihr aufragte. Dann legte er sich auf sie und bedeckte ihren Körper mit seinem. Dieses unbeschreibliche Gefühl seiner warmen Haut, die sich wie Leder anfühlte, würde sie wohl stets aufs Neue erregen, dachte sie und fragte sich, ob er sich wohl häufig genug auf sie legen würde, um diese Vermutung zu bestätigen.

Unmöglich im Voraus zu wissen.

«Ist dir kalt?» Abarans Stimme war unerwartet freundlich.

«Nervös.» Sie legte ihm die Hände auf die Schultern, unsicher, ob ihre Berührung erwünscht war, und wenn ja, wie er es gern hätte. «Ich versuche, mit dem nicht enden wollenden Strom fremder Liebespartner zurechtzukommen.»

Er lachte auf, ein tiefer Laut, der sie in Alarmbereitschaft versetzte und ihr Schauder über den Rücken jagte. «Wir sind doch nur zu fünft.»

«Nur», wiederholte Sybil ironisch und streifte mit den Lippen seine Wange. Die Beschaffenheit seiner Haut bereitete ihr auch an dieser Stelle Vergnügen und verführte sie dazu, die Liebkosung unbewusst zu wiederholen.

Abaran stieß einen wilden, hungrigen Laut aus, der sie erstarren ließ. Dann lag sein Mund auch schon auf ihren Lippen und schien sie zu verbrennen. Seine Zunge forderte, eingelassen zu werden, schob sich grob in ihren Mund

und rieb gegen ihre Zunge. Er ließ die Hüften an ihr kreisen, schob ihre Beine weiter auseinander und brachte sich an ihrem Schoß in Position. Doch dann beendete er ohne Vorwarnung den Kuss und erhob sich.

«Dreh dich um. Wenn ich noch eine Sekunde länger auf dir liegen bleibe, werde ich in dich eindringen. Ich will dich aber zuerst berühren.»

Das gutturale Timbre seiner Stimme ließ sie erbeben, aber sie rollte sich dennoch auf den Bauch. Ihre Pobacken zogen sich zusammen, als er mit der Hand darüberstrich, sie war nervös.

«Hat dich der Wolf auch so genommen?» Abarans Fingerkuppe fuhr durch die Furche zwischen ihren Hinterbacken. Ihre weiche Haut zuckte unter seiner Berührung.

«Nein.»

«Nein? Und hat der Drache etwas Größeres als die Spitze seines Schuppenschweifs hineingeschoben?» Abaran drückte seinen Finger gegen ihren Anus, streichelte und umwarb die empfindliche Stelle.

«Nein», keuchte sie.

«Nein.» Abaran schob seinen Finger tiefer in die Öffnung, die Kadar so sorgsam eingeölt hatte und die nun so glitschig war, dass er leicht in sie eindringen konnte. Er schob seinen Finger noch tiefer in sie hinein. «Warum nicht?» Ein zweiter Finger gesellte sich dazu und dehnte sie, bis es fast wehtat, obwohl Kenric sie ähnlich verwöhnt hatte und trotz Kadars analen Spielereien.

«Zu eng», brachte Sybil mühsam heraus, während ihr Körper versuchte, sich den fremden Eindringlingen anzupassen. Als Abaran einen dritten Finger in sie hineinschieben wollte, stöhnte sie auf und wollte sich abwenden.

«Zu eng.» Er hielt sie an der Hüfte unten, sodass sie ihm nicht entkommen konnte, und arbeitete sich mit dem dritten Finger weiter in sie vor. «Zu eng für einen Schwanz? Oder das hier?», fragte er und stieß immer kräftiger in sie hinein. Wieder stöhnte Sybil bei dem ungewohnten Gefühl auf und hätte sich am liebsten entzogen, während sie gleichzeitig versucht war, den Rücken zu krümmen und ihm entgegenzukommen.

«Ja.» Ihre Stimme klang rau und erregt. Sie biss sich auf die Lippen, als er sie weiter befingerte und sie begann, das ungewohnte Gefühl zu genießen.

«Ah, so heiß und eng.» Er zog seine Finger einen nach dem anderen aus ihr heraus und liebkoste anschließend die rosige Öffnung, die er zuvor geentert hatte. «Und so bereit.»

«Gar nicht. Niemals.» Sie schluckte schwer angesichts der Vorstellung, wie leicht er sich in Position bringen, gegen ihre Öffnung drücken und sich in ihr enges Rektum schieben könnte.

«Das werden wir schon bald ändern.» Von seinem Flüstern überlief sie eine Gänsehaut am ganzen Körper, aus Angst und freudiger Erwartung. «Fürs Erste will ich, dass du für mich kommst.»

Abaran legte sich der Länge nach auf sie und schob seine Beine zwischen ihre Schenkel, dann ließ er eine Hand unter ihren Körper gleiten und legte seine ledrige Handfläche auf ihren Liebeshügel. Seine Fingerspitzen berührten dabei leicht ihr Geschlecht, ohne in sie einzudringen. Sein dicker, langer Penis schmiegte sich zwischen ihre Pobacken, und er begann, das Becken vor und zurück zu bewegen und sich der Länge nach von dem Tal zwischen den beiden Rundungen verwöhnen zu lassen. Zwei seiner Finger bewegten sich zwischen ihren Fältchen, öffneten sie und penetrierten sie, während er mit der Handfläche ihren Kitzler massierte.

«Oh», wisperte Sybil und ließ ihr Becken an seiner Hand rotieren. «Abaran, das fühlt sich so gut an.»

«Nicht so gut, wie sich mein Schwanz in dir anfühlen wird.»

Bei seinen Worten zog sich alles in ihrem Unterleib zusammen. Jetzt schob Abaran einen dritten Finger in ihre Spalte und verstärkte den Druck, während sie erneut die

Erinnerung an seinen verführerischen Schwanz überfiel und vor Lust erbeben ließ.

Nun bewegte sich sein Schwanz zwischen ihren Pobacken im gleichen Rhythmus wie seine Hand. Ihr Verlangen wuchs und wurde zu einer unbändigen Gier. Sie keuchte und sehnte sich nach etwas, das unerreichbar schien. Als die Spannung in ihrem Körper zunahm, bewegte er seine Finger schneller in ihr, während er seine Handfläche gegen ihre Klitoris rieb. Sybil wäre fast vom Bett gefallen, als sie zum Orgasmus kam und ihr Körper zuckte.

Sie ließ sich ermattet unter ihm zurücksinken und zitterte noch von den Nachbeben ihres Höhepunkts, während er zwischen ihre Pobacken pumpte und mit einem heiseren Schrei schließlich ebenfalls kam. Heiße Flüssigkeit ergoss sich über ihren Rücken und die Rundungen ihres Hinterns. Abaran stieß weiterhin zwischen ihre Backen und rieb das Ejakulat in ihre Haut ein.

Eine Hand hielt er auf ihren Liebeshügel gepresst, während er langsam seine Finger aus ihr herauszog und ihr hauchzarte Küsse auf den Nacken tupfte. «Süß», murmelte er und küsste sie auf die Schulter.

Sybil lachte leise auf. «Süß? Du hast gerade auf meinem Hintern abgespritzt.»

«Und du bist gerade in meine Hand gekommen.» Die er nun unter ihr hervorzog, bevor er sich neben ihr ausstreckte und sie mit trägen Bewegungen am ganzen Körper streichelte.

Abaran berührte die empfindlichen Punkte an ihrer Wirbelsäule, die Rückseite ihrer Beine, ihre schmalen Knöchel. Er liebkoste ihre Arme und ihren Brustkorb, rollte sie auf den Rücken und fuhr fort, ihren Bauch, ihre Kehle, die empfindsame Unterseite ihrer Brüste und ihre Brustwarzen zu streicheln, die sich bei der Berührung aufrichteten.

Ein wohliges Prickeln durchlief sie. Mochte sie auch noch verunsichert sein, was den Dämon anbelangte, so konnte sie doch nicht verhehlen, dass ihr Körper nach seiner Berührung gierte. Sie wollte mehr von ihm. Die seidenen Laken unter ihr und das Gefühl von rauem Leder an allen Stellen, die er berührte, entzückten sie.

«Süße Hexe», hauchte Abaran und küsste sie. Ihre Lippen öffneten sich einladend seiner Zunge und gestatteten ihm, einzudringen und die ihre zu umspielen. Sein herber Geschmack berauschte sie, während sie seine zärtliche Geste, mit der er ihr über das Haar strich, als beruhigend empfand. «Ich bin froh, dass ich dich hierhergeführt habe. Dieses erste Mal will ich dich nicht mit einem anderen teilen.»

«Soll das heißen, dass du keinen Dreier mehr willst?», fragte Sybil.

«Nein.» Er formte seine Hand um ihren Busen und drückte ein wenig zu. «Ich will dich erst teilen, nachdem ich dich gezeichnet habe. Nur zu gern möchte ich mich tief in deinen süßen Hintern versenken, während der Schaft eines anderen Mannes bis zum Anschlag in dir steckt und du kommst.»

Sybil erkannte, welche Freuden dies für sie bereithielt, aber nicht, wo sie für ihn lagen. «Warum?»

«Weil es dich zur Ekstase bringen wird, und das wiederum erhöht das Vergnügen, das du deinen beiden Partnern verschaffen wirst.» Er zwickte sie in die Brustwarze, dann strich er sanft über die Unterseite ihrer Brüste, und dieser Gegensatz von Grob und Sanft bewirkte, dass sie am ganzen Körper eine Gänsehaut bekam. «Denn ich will, dass du weit mehr Lust verspürst, als du jetzt glaubst, aushalten zu können. Dann wirst du noch enger, und ich will fühlen, wie du mich so eng umklammerst, dass ich mich nicht mehr zurückhalten kann.»

«Oh.» Sie legte ihm eine Hand auf die Brust und erforschte seine muskulöse, ledrige Haut mit winzigen Bewegungen. «Ich dachte, für den Mann wäre dies kein gesteigertes Vergnügen. Ich hielt es bloß immer für eine weibliche Phantasie.»

«Die dir Angst einjagt», fügte Abaran hinzu. «Ich will etwas mit dir erleben, das dir Angst einjagt. Der Drache durfte dich reiten, während ich zusah, und er war dabei, als ich dir einen ersten Eindruck von meinem Körper verschaffte. Ich will, dass du deine Schenkel für einen anderen Mann spreizt, während ich mich mit deinem heißen Arsch vergnüge, und zwar weil ich es dir befehle.»

Sie lehnte den Kopf gegen seine Schulter, weil ihr von seinen Worten sogar im Liegen schwindelig wurde. «Es macht dich an, wenn deine Partnerin Angst hat?»

«Es geht mir nicht um die Angst.» Er fuhr ihr sanft über das Haar. «Sondern um die Unterwerfung.»

«Ich bin allein und liege nackt neben einem Dämon», murmelte Sybil. «Ich habe immer noch Angst.»

«Weil du befürchtest, es könnte dir mit der Zeit gefallen?» Da war ein wissender Ton in Abarans Stimme. Und sie reagierte darauf und auf seinen Duft und die Nähe seines Körpers, indem sich ihr Schoß zusammenzog.

«Nicht ganz.» Sie befürchtete, dass das schon längst geschehen war. Es hatte ihr gefallen, unterwürfig vor Kenric zu knien, während er sie mit animalischer Lust von hinten nahm. Und ebenso sehr hatte sie es geliebt, für Kadar in Ketten gelegt und zur Schau gestellt zu werden, ein exhibitionistisches Vergnügen, das sie sich nie zuvor ausgemalt hatte. Nicht minder entzückt war sie über die Intensität des Orgasmus gewesen, den Kadar ihr verschafft hatte, indem er sie wild gestoßen hatte, während Abaran zusehen durfte.

«Nein? Wovor hast du dann Angst?»

Sie rieb ihre Wange an seiner. «Ich habe Angst, dass ich noch viel mehr von dir will, wenn das hier vorbei ist.»

«Wie eine Droge», erwiderte Abaran. «Das erste Mal ist umsonst, danach bist du für immer süchtig.»

«So ungefähr», bestätigte Sybil nickend.

Sein Schwanz richtete sich unübersehbar auf, wurde hart und schwoll an. «Das gefällt mir.»

«Ich dachte, Ronan sei der Sadist.»

«Ich denke, ich will deine Sucht befriedigen.»

Hitze breitete sich auf ihrer Haut aus. Sybil sog scharf die Luft ein und kämpfte darum, die Oberhand zu behalten. «Abaran.»

«Ich kann es fühlen.» Er streichelte sie, von den Brüsten bis zu den Hüften, schien fast in ihrer erhöhten Körpertemperatur zu schwelgen. Seine Berührung machte es schlimmer, als wollte die dämonische Magie in ihrem Inneren ausbrechen und sich in seinen Dämonenkörper bohren. Das Fieber stieg an, Flammen explodierten und hüllten sie vom Scheitel bis zur Sohle ein.

«Du brennst für mich», murmelte Abaran und ließ seine Zunge zwischen ihre Lippen gleiten, während sie erschauerte, innerlich verbrannte und seinen exotischen Geschmack trank.

«Du machst alles noch schlimmer», keuchte sie, als er ihren Mund freigab.

«Ich werde es noch viel besser machen.» Er zog sich ein Stück zurück, und Sybil musste zweimal hinsehen, als sich ein Paar Flügel aus seinen Schultern entfalteten. Abaran legte sich neben sie auf den Rücken, umfasste ihre Taille und hob sie auf sich. Als sie auf ihm lag, presste er eine Hand auf ihren Po und die andere auf ihren Rücken, als würde er die Hitze absorbieren, die sie ausstrahlte. Seine Flügel umschlossen sie wie einen Kokon.

«Jetzt mache ich dich zu der meinen», stieß Abaran mit belegter Stimme hervor.

Die Hitze war unerträglich. Sybil wollte sich wegdrehen, doch seine Hände hielten sie fest, und die ledernen Flügel lagen so eng an ihr, dass sie die Flammen erstickten. «Lass mich los.»

«Du brauchst mich.» Die Hände des Dämons packten sie an den Hüften und hoben sie im passenden Winkel an. Das Mal summte auf ihrer Brust, und die Luft war von Magie getränkt. Abaran zog sie an sich herab und hob gleichzeitig sein Becken. Er drang grob und rasch in sie ein, und sie stöhnte auf ob der ungewollten Lust, als er sie dehnte.

«Ich will nicht auf euch angewiesen sein.» Sybil kämpfte gegen den Drang an, ihn zu reiten, spreizte die Beine jedoch weiter, um ihn tiefer in sich aufzunehmen.

«Vielleicht wollen auch wir nicht von dir abhängig sein.» Er suchte ihren Mund und fuhr mit den Zähnen über ihre Unterlippe. Ein scharfer Schmerz durchzuckte sie, der sofort vergessen war, als seine Zunge sinnlich in ihren Mund glitt.

Sie stand in Flammen. Und schmolz dahin, schien sich förmlich aufzulösen und gab ihre Hitze durch den Kuss an ihn weiter, während sein harter Ständer zwischen ihren Beinen in sie stieß. Sie ergab sich dem unnachgiebigen Druck seiner Finger, die sich in ihren Po gruben und sie bewegungslos machten, während er von unten in sie hineinstieß, was sie schlichtweg entzückte.

Ihre Brüste waren gegen seine Brust gepresst, ihr Becken war fest in seinem Griff, als er in sie pumpte. Ihr Atem ging nur noch stoßweise, bis die Flammen schließlich verebbten.

«Siehst du», flüsterte Abaran an ihren Lippen. «Ein Feuer ist bereits gelöscht, jetzt ist das nächste dran.»

Sie wiegten sich, ihre Körper miteinander vereint und nach Erlösung gierend. Er brachte sie an den Rand der Erlösung und darüber hinaus, brachte sie dazu, den Rücken zu krümmen und schließlich in einem Höhepunkt zu erstarren, und erst dann fiel er in ihren Rhythmus ein und spritzte seinen heißen Saft in sie, während sich gleichzeitig zwischen ihnen ein Schub magischer Energie entlud.

ZWÖLF

Als Abaran sehr viel später seine Flügel öffnete, hielt sich Sybil, die Wange an seiner Schulter, eng an ihn geschmiegt, ihre Schenkel an seinen, ihre Liebesmuskeln eng um seinen dicken Schaft geschmiegt, der noch immer tief in ihr steckte.

«Schon abhängig geworden?» Abaran fuhr mit einer Hand über die Rundung ihres nackten Hinterteils, während er sie mit der anderen fest an sich gedrückt hielt.

«Vielleicht.» Eine andere Erklärung gab es eigentlich nicht für ihre leidenschaftliche Hingabe an drei verschiedene Männer. Nicht, dass diese auf irgendeine Art austauschbar gewesen wären.

«Wie fühlt sich das Mal auf deiner Brust an?»

Sie stieß den Atem aus und pustete sich die widerspenstige Locke aus dem Gesicht. «Mittlerweile gut. Während der Übertragung brennt es ziemlich.»

«Das würde erklären, warum du dich so aufgebäumt und geschrien hast, als du gekommen bist.»

«Nein, das kam von dem Elektroschocker zwischen deinen Beinen, den du als Penis bezeichnest.»

Abaran lachte, ein tiefes Brummen voller männlicher Befriedigung. «Er gefällt dir.»

«Offensichtlich gibt es nichts, was mir nicht gefällt. Ich unterwerfe mich, ich mag Voyeurismus und Exhibitionismus und Sex mit wechselnden Partnern. Wer hätte das gedacht?» Mit dem flapsigen Ton überspielte sie, dass es ihr in Wirklichkeit die Kehle zuschnürte.

Abaran drückte ihr Hinterteil. «Warte, bis Ronan dich in die Finger kriegt.»

Sie erzitterte. «Ich wünschte, der Wolf hätte mich einfach umgebracht.»

«Das meinst du nicht so.»

«Nein, tue ich nicht. Aber ich bin trotzdem ratlos, wie ich mit alldem hier umgehen soll.»

«Ich finde, dass du sehr gut zurechtkommst.» Er rollte sich mit ihr herum, sodass er auf ihr zu liegen kam. Sein Schwanz, der noch immer tief in ihr war, fing an zu pulsieren und war wieder prall vor Lust.

«Schon wieder?», fragte Sybil ungläubig, was sie jedoch nicht davon abhielt, ihn mit den Armen und Beinen zu umschlingen und sich unter ihm aufzubäumen. Sie spürte das gleiche Begehren wie er und merkte, wie sehr ihr Körper bereits auf ihn eingestellt war. Dies war nicht die erschütternde Intensität, mit der sie Kenric begehrte, oder die heitere Lust, die sie mit Kadar geteilt hatte. Es war eher wie die Anziehungskraft zweier Magneten.

«Ich will nicht, dass du auf Entzug kommst, weil ich dich zu lange auf den nächsten Schuss warten lasse.»

«Wie großzügig von dir», sagte Sybil in einem ironischen Tonfall. Doch ihr Liebestunnel strafte sie eindeutig Lügen, da er sich allzu eifrig um ihn zu schließen begann.

«Sei so gut und achte darauf, nicht das Bett in Flammen zu setzen», bat Abaran, dann fing er an, sich in ihr zu bewegen.

Sybil erwachte und fühlte sich angenehm entspannt, wenn sie auch eine leichte Katerstimmung verspürte. Sie streckte sich und rollte sich auf den Bauch, genoss das Gefühl der Wildseide auf ihrer nackten Haut.

Sie fühlte sich überraschend sicher angesichts der Tatsache, dass sie im Bett eines Dämons lag. Offenbar hatte sie eine Selbstsicherheit, die für sie selbst schwer zu begreifen war. Sie trommelte mit den Fingern auf das Laken und dachte über Kadars Mutmaßung nach, dass sie vermutlich ihr Leben lang in Gefahr geschwebt hatte. Dabei hatte sie es für vollkommen sicher gehalten, bis sie spontan einem Impuls gefolgt und ihr Leben zusammen mit ihrer Wohnungstür in Staub und Holzsplitter aufgegangen war.

Wenn er recht hatte, dann stand nun ihre gesamte Welt Kopf.

Der Zirkel hatte sie nicht davor bewahren wollen, dass sie bei der einfachen Anwendung eines Dreisatzes gleich eine Explosion verursachte. Er hatte sie vielmehr auf der Suche nach dem dämonischen Werk bewusst dumm gehalten, damit sie die bestmögliche Beute abgab.

«Wem kann ich vertrauen?», fragte sich Sybil laut. Den weisen Frauen, die sie ihr Leben lang gekannt hatte? Oder den fünf Männern, die sie mit Haut und Haaren verführten und ihre Seele eroberten?

Ob sie es wollte oder nicht, sie brauchte alle fünf von ihnen. Abaran hatte gesagt, dass sie auch nicht gern von ihr abhängig waren.

Das war verständlich, wenn man bedachte, was beim letzten Mal geschehen war, als sie sich mit den Hexen verbündet hatten.

«Genug.» Genervt von ihren Gedanken, sprang Sybil aus dem Bett und ging barfuß nach draußen. Da sie nicht auf die Strecke geachtet hatte, als sie auf dem Weg hierher über Abarans Schulter lag, hatte sie keine Ahnung, wo sie sich befand. Sie hörte das Plätschern eines Flusses und beschloss, ihm zu folgen, bis sie zu einer Anhöhe kam, von der aus man den Fluss überblicken konnte.

Ob Hexen wirklich fliegen konnten? Es war sicher nicht schlecht, dass unter ihr Wasser floss, während sie sich darin übte. Sybil schätzte den Abstand ab und beschloss, dass sie lediglich nass werden würde, sollte die Antwort nein lauten.

Sie wippte auf den Fußballen und blickte nach unten. Keine Flügel. Und ein Besen war zu lächerlich, um überhaupt darüber nachzudenken.

«Levitare!», sagte Sybil laut. Welcher Zauberspruch wäre jetzt wohl angebracht? Doch selbst wenn sie es wüsste, würde sie ihn dann aussprechen? Auch auf die Gefahr hin, dass es die falschen Worte waren und ihr grässliche Konsequenzen drohten? Nein, keine Zaubersprüche. Was bedeutete, dass sie es so schaffen musste …

Sie schloss die Augen und rief die prickelnde Hitze in ihre Handflächen. Rasch breitete sich das Brennen über ihre Arme und ihren gesamten Körper aus. Sie spürte, wie ihr ein Wind durchs Haar fuhr, der eben noch nicht da gewesen war. Dann hüllten die Flammen sie ein, was jedoch nicht wehtat. Vielleicht lag es daran, dass sie nicht dagegen ankämpfte. Oder weil die drei Fünftel des Mals ihre innere Kräftebalance neu ausgerichtet hatten. Auch schien ihr Kadars Anhänger zu helfen, denn er sang mit dem Feuer, das sie heraufbeschworen hatte.

Sybil konzentrierte sich auf die aufkommende Energie und gab sich ihr hin. Als sie die Augen öffnete, schwebte sie über dem Boden. Sie jubelte und konnte es gleichzeitig kaum fassen. Dann breitete sie die Arme aus und lehnte sich vor, doch da erloschen die Flammen bereits, und sie fiel wie ein Stein in den Fluss.

Abaran wartete am Ufer auf sie, als sie sich fertig gewaschen hatte. «Hast du das Bad genossen?»

«Ja, danke.» Sybil ließ das Wasser an ihrem Körper abtropfen und kam zu ihm an Land. «Hast du mir ein Handtuch mitgebracht?»

«Du hast selbst keines? Was ist passiert? Bist du in den Fluss gefallen?»

«Ja.»

Der dunkle Dämon grinste. Dann brach er in Gelächter aus.

Sybil richtete ihre Handflächen auf ihn aus, rief das Feuer herbei und schleuderte es in seine Richtung. Abaran taumelte ein paar Schritte zurück, fand das Gleichgewicht wieder und hob in gespielter Unterwerfung die Hände. «Das ist neu. Hast du geübt?»

«Ja. Und eine Minute lang bin ich sogar über das Wasser geschwebt.»

«Zeig es mir.»

Sie konzentrierte sich, beschwor das Feuer herauf und erhob sich ein paar Zentimeter über den Boden. Doch abermals versiegten die Flammen, und sie schlug hart auf. «Je mehr von dem Mal übertragen wird, desto besser gelingt es mir, die Flammen zu kontrollieren. Und das hier ist auch hilfreich.» Sie berührte die Kette mit dem Anhänger.

«Gut.» Seine Miene wurde ernst. «Du wirst jede Hilfe benötigen, die du kriegen kannst.»

«Um mich gegen die bösen Dämonen zu wehren? Oder damit ich nicht eine von ihnen werde?»

«Beides.»

Sybil schlang die Arme um ihren Oberkörper, da ihr mit einem Mal kalt geworden war. «Abaran, du bist doch der Experte. Erzähl mir von den Dämonen, die uns angegriffen haben. Was sind das für Wesen? Und wie kann man sie bekämpfen?»

Er drehte sie an der Schulter in Richtung des Pfads, der zu seinem Unterschlupf hinaufführte. «Dämonen der Verlockung. Sie greifen an, sobald sie eine Lücke in deiner Abwehr finden», antwortete er, während sie den Pfad hinaufkletterten. «Und nutzen deine Schwäche gegen dich. Im Augenblick ist dein Mangel an Kontrolle eine Schwäche, die auf mächtigere Kräfte sehr einladend wirkt.»

«Also ist Angriff die beste Verteidigung?»

«Das wäre zumindest ein Anfang.»

Sybil hatte den höchsten Punkt des Pfads erreicht und sah auf den Fluss hinab. «Ja, aber was nützt mir am meisten bei einer Begegnung mit dem Feind?»

«Das kommt darauf an. Wenn du ihm in die Hände gefallen bist, greifst du zu sämtlichen Techniken, Taktiken und Waffen, über die du verfügst. Was immer die größte Aussicht auf Erfolg und Überleben verspricht.» Abaran legte ihr eine Hand aufs Kreuz. «Du solltest lieber drinnen bleiben, wo man dich nicht so gut aufspüren kann. Insbesondere wenn du mit Kräften spielst, die sie gut ausfindig machen können.»

«Verstehe.» Sybil setzte sich wieder in Bewegung. «Konntest du sie auch anpeilen?»

«Was glaubst du, wie ich dich gefunden habe?»

Sie blieb wie angewurzelt stehen und sah ihn an. «Zieht dich die Macht an?»

«Ich will sie nicht für mich beanspruchen, falls du das meinst.» Abaran fuhr mit der Hand über ihren nackten Oberarm. Sie erbebte bei der Berührung. Ein Schatten fiel über seine mitternachtsblauen Augen. «Aber dich zu berühren heißt auch, meiner Art so nah zu kommen wie seit Jahrhunderten nicht mehr.»

Sie blinzelte. «Ich fühle mich für dich wie eine Dämonin an?»

«Es ist mehr eine Resonanz. Eine Art energetische Signatur, wenn du so willst.»

Das erklärte auch die magnetische Anziehungskraft, die sie bei ihren Berührungen spürte. «Hm.»

«Wir sollten nicht hier draußen bleiben.» Er griff nach ihrer Hand und brachte sie in Deckung. «Du bist noch zu verletzlich.»

«Du etwa nicht? Sogar Superman besaß Kryptonit.»

«Ich bin nun wirklich kein Grünschnabel mehr.»

Sybil runzelte die Stirn. «Aber du bist ein Dämon. Und du hast dich gegen sie gestellt. Dafür werden sie dich hassen.»

Seine Zähne blitzten gefährlich auf, als er grinste. «Aber ich gehöre nicht zu den Dämonen der Verlockung, und ich habe die volle Kontrolle über meine Kräfte.»

Sie hätte ihn gern gefragt, welcher Art von Dämon er entsprang, aber da hatte er ihr schon seine Hände um die Taille gelegt und sie zu sich herangezogen, sodass sich ihre Körper berührten. Sein gekrümmter Penis schwoll an und streifte ihren Bauch.

«Hey.» Sybil hob den Kopf und sah ihn stirnrunzelnd an.

«Glaub ja nicht, dass du mich einfach nur berühren musst, um mich abzulenken … oh.»

Sie unterbrach sich, als er sie anhob und an seinen Oberkörper presste. Mit den Händen umfasste er ihr nacktes Hinterteil.

«Leg deine Beine um mich.»

Sie tat es und umschlang ihn mit Armen und Beinen, um nicht zu fallen. Er ging mit ihr zum Bett, ließ sie daraufsinken und legte sich auf sie. Seine lederartige Haut rieb gegen ihre Brustspitzen, die sich prompt aufrichteten, und sein Gewicht auf ihr ließ sie voller sinnlicher Vorfreude erbeben.

«Wir bekommen gleich Gesellschaft.»

«Kadar?»

Abarans Penis stupste leicht zwischen ihre Beine. «Nein.» Er rieb mit der Eichel über ihre Schamlippen, und ihr Körper reagierte auf die intime Liebkosung, indem sich ihre Spalte öffnete und feucht wurde.

Abarans Zunge umspielte die ihre, während er sich langsam in sie schob und sie ganz ausfüllte. Er drang wieder und immer wieder in sie ein, hartnäckig, verführerisch, fordernd, bis sie kurz davor war zu kommen. Dann zog er sich ganz aus ihr heraus und ließ sie zitternd und erregt zurück.

«So grausam», murmelte sie.

Abaran drehte sich mit wissender Miene zu ihr um. «Erzähl mir mehr davon, nachdem ich dich zum Mittelpunkt deines ersten Dreiers gemacht habe.

«Habt ihr schon ohne mich angefangen?»

Sybil wandte sich beim Klang von Kenrics Stimme um, getrieben von dem unwiderstehlichen Wunsch, ihm ins Gesicht zu sehen. Als sie seinen Blick einfing, stockte ihr angesichts seiner unverhohlenen Lust der Atem, und sie brachte es nicht fertig, die Augen von ihm abzuwenden. Dabei wurde sie von einem fast schmerzhaften Sehnen erfasst, und zwar nicht nach Sex, obwohl sich jede einzelne Faser ihres Körpers nach ihm verzehrte. Es ging tiefer, war ursprünglicher und nicht in Worte zu fassen.

Kenric erblickte Sybil, die ausgestreckt unter Abaran lag, und spürte, wie sein Schwanz zu zucken begann. Die Luft war erfüllt von ihrer Erregung. Sinnlich und hingebungsvoll lag sie mit geröteten Wangen da, die Lider halb gesenkt. Zwischen ihren gespreizten Beinen glitzerte ihre Spalte feucht und einladend. Eine Einladung, die Kenric zu akzeptieren gedachte.

Ihr Haar lag in sandfarbenen und sonnengebleichten Strähnen ausgebreitet auf dem Seidenlaken. Er hätte es gern berührt und herausgefunden, ob es sich so weich anfühlte, wie er es in Erinnerung hatte. Und er wollte ihre Haut streicheln, das Gefühl, seidenweiche Lebendigkeit unter seinen Händen zu spüren, statt sich mit der bloßen Erinnerung begnügen zu müssen, die ihn in den letzten beiden Nächten verfolgt hatte. Er wollte ihre Brüste umfassen, die Handflächen gegen ihre aufgerichteten Brustwarzen reiben und hören, wie sie scharf den Atem einsog. Wollte von ihrem Mund Besitz ergreifen und ihre leidenschaftlichen Schreie, an die er sich noch immer so gut erinnerte, mit einem Kuss ersticken.

Er wollte sie.

Seit zwei Tagen und Nächten verfolgte ihn ihre Stimme und ihr Duft und lockten ihn. Er wäre ein Dutzend Mal beinahe zu ihr gekommen, und wäre sie eine Wölfin, so hätte er seine Gefährtin gefunden. Aber sie war keine Wölfin, wenn auch bei jedem Liebesakt sein Knoten geschwollen gewesen war.

Sein Verlangen hätte eigentlich nachlassen müssen, nachdem er es ein ums andere Mal an ihr gestillt und sie gezeichnet hatte. Doch je mehr er von ihr bekam, desto stärker wurde sein Verlangen nach ihr, so als sei sie fähig, ein Begehren in ihm zu entfachen, das nie gestillt werden konnte.

Zum ersten Mal hatte es ihn in der Oase erwischt, als er die Nerven verloren und sie mit dem Mund statt mit den Händen zum Höhepunkt gebracht hatte. Weil es ihm nicht gereicht hatte, sie bloß zu berühren. Er hatte unbedingt wissen müssen, wie es war, sie zu schmecken.

Nachdem er sie gezeichnet hatte, hatte er sie zu Kadar gebracht und in Ketten gelegt. Und begehrte sie immer noch, konnte ihr nicht widerstehen und musste sie berühren, als sie mit weit gespreizten Beinen für die Lust an den Felsen gefesselt gewesen war. Er hatte sie dort zurückgelassen und selbst Hand an seinen schmerzenden Schaft gelegt, während er sich vorstellte, dass er zwischen ihren Beinen stand und in ihre nachgiebige Spalte eindrang.

Und jetzt stand er neben Abarans Bett und sah zu, wie der Dämon seinen Schwanz an ihre willige Öffnung legte und hineinschob, sein Becken träge vor und zurück bewegte.

Dem anderen dabei zuzusehen, wie er auf ihr lag, erregte Kenric und sprach das Alphamännchen in ihm an, das sich mit dem anderen darin messen wollte, wer dem Weibchen die meiste Lust verschaffen konnte. Doch ihr Anblick weckte noch etwas in ihm, das er nicht benennen konnte – eine Art Verlangen, ihr eine tiefe Befriedigung zu verschaffen, die alles überstieg, was sie bislang gekannt hatte.

Abaran glitt in sie hinein und wieder heraus. Sie bewegte sich mit halb geschlossenen Augen und offensichtlichem Vergnügen. Ihr Anblick berührte einen weichen Punkt in Kenric und besänftigte ihn, wenngleich er sie auch mit leidenschaftlicher Dominanz besitzen wollte. Wild und ungestüm in sie stoßen wollte.

Er streckte sich neben den beiden auf der Matratze aus und begann mit ihrem Haar zu spielen, indem er ihre langen Strähnen durch seine Finger gleiten ließ. Dann ballte er die Faust in ihrem seidigen Haar, damit es ihm nicht entglitt.

Ihr Duft stieg ihm in die Nase, weibliche Erregung, gemischt mit schwerer Magie und Kräutern.

Sein dicker Schwanz zuckte, als hätte sie die Hand danach ausgestreckt und ihn umfasst. Er zog sie mit der Faust in ihren Haaren zu sich heran. Dann sah sie ihn aus ihren dunkelblauen Augen an, ein Blick, in dem er sich hätte verlieren können, und ihre Lippen öffneten sich einladend.

Er hielt sich mit all seiner Willenskraft zurück.

Er war schon einmal von einer Hexe betrogen worden, und das war der Anfang vom Ende gewesen. Das Buch mit der dämonischen Magie war ihm entkommen, vermutlich durch einen Zauberspruch, den sie für den Fall ausgesprochen hatte, dass sie zu früh sterben würde.

Jetzt war das verdammte Buch zurück, und mit ihm eine weitere Hexe. Dieses Mal würde es ihm nicht entgleiten, und er würde auch nicht zulassen, dass diese Hexe sie alle betrog. Dazu würde sie keine Gelegenheit bekommen. Er war nicht so dumm, ihr zu vertrauen.

Vertrauen brauchte er auch nicht für das, was er mit ihr vorhatte.

Er schob ihr seinen Zeigefinger zwischen die geöffneten Lippen und beobachtete, wie sie ihn umschloss und seine Fingerkuppe leckte. Ihr Körper bäumte sich unter Abaran auf, als er ihr den Finger tiefer in den Mund schob.

Kenric wollte, dass sich ihr weicher, schlanker Körper unter ihm aufbäumte und vor Lust wand. Er wollte seinen Schwanz in ihrer feuchten, heißen Spalte versenken und spüren, wie sich ihre inneren Muskeln um seinen Schaft zusammenzogen und ihre kleinen, harten Brustspitzen über seine Brust rieben, während er sich über und in ihr bewegte.

«Bist du bereit, dich von zwei Männern gleichzeitig nehmen zu lassen?» Kenrics Finger glitt in ihren Mund und wieder heraus und zeigte ihr deutlich, was er mit ihrem Körper vorhatte.

Mit verschleiertem Blick sog sie heftiger an seinem Finger.

«Ich nehme an, das soll ja bedeuten.»

DREIZEHN

Kenrics Finger schmeckte salzig und ein wenig nach Moschus, stellte Sybil fest, als sie ihn fester in ihren Mund einsog. Wolf, dachte sie benommen, während sie sich die Riesenbestie vorstellte, in die er sich verwandeln konnte. Doch auch als Mann ähnelte er einem Wolf, war dominant, wachsam und raubtierhaft. Jetzt sah er sie gerade an wie eine Beute, die er jagen und erlegen wollte.

So im Zentrum seiner Aufmerksamkeit zu stehen, machte ihr umso deutlicher bewusst, dass Abarans Körper auf ihr lag, dass er in ihr war, und das verschaffte ihr einen weiteren erotischen Kick. Nicht allein weil sie beobachtet wurde, sondern weil es Kenric war, der ihr zusah. Sie wusste, dass es sich anders angefühlt hätte, wenn Kadar zu ihnen gestoßen wäre, und diesen Unterschied konnte sie unmöglich ignorieren.

Er zog seinen Finger zwischen ihren Lippen hervor und malte eine Linie über ihre Kehle bis zu dem Tal zwischen ihren Brüsten. Dann berührte er den Anhänger, der dort lag. «Was ist das?», fragte er stirnrunzelnd.

Sie schenkte ihm ein träges, zufriedenes Lächeln, um die Gefühle zu überspielen, die in ihr aufwallten. «Kadar war in Spendierlaune.»

Der Blick seiner goldenen Augen flackerte. «Kadar trennt sich nicht von seinen Schätzen.»

Sie zuckte leicht mit einer entblößten Schulter. «Vielleicht denkt er, es gehört noch immer ihm, und ich bin bloß sein wandelndes Ausstellungsmodell.»

Abaran lachte leise auf. «Umtriebig bist du auf jeden Fall.»

Sie streckte dem Dämon die Zunge heraus, was dieser als Aufforderung verstand, den Kopf zu senken, ihre Zunge in seinen Mund zu nehmen und den Moschusgeschmack des Wolfs durch seinen herben, rauchigen zu ersetzen. Nein, begriff sie einen Herzschlag später, er ersetzte ihn nicht, sondern beide Noten vermischten sich, sodass sie ihre beiden Liebhaber im Mund schmeckte.

Abaran gab ihre Zunge frei und stupste sie mit seiner Zungenspitze ein letztes Mal sanft an, bevor er zu Kenric sagte: «Der Drache hat eine Schwäche für unsere kleine Hexe. Man könnte auch sagen, dass er völlig in sie vernarrt ist.»

«Warum ist er dann nicht hier?» Kenric ließ ihr Haar los, fuhr mit der Hand über ihren Nacken und berührte die empfindliche Mulde unterhalb ihrer Kehle. «Sie hat ihn erwartet.»

«Als ich ihn holen wollte, war er intensiv mit seiner Lektüre beschäftigt und hat darum gebeten, ich möge dich an seiner Stelle einladen.»

Sybil zog die Brauen zusammen und fragte sich, was Kadar so Dringendes zu lesen hatte und ob dies etwas mit ihrem Hexenzirkel und den Fragen zu tun hatte, die sie sich selbst auch stellte. «Hat er gesagt, worum es ging?»

Abaran stützte sich mit den Handflächen von der Matratze ab und richtete den Oberkörper auf, was ihn noch tiefer in sie hineintrieb. Die Reibung seines Schafts und die damit verbundene Erregung lenkte ihre Aufmerksamkeit wieder auf das gegenwärtige Geschehen zurück. «Was interessiert dich ein anderer Mann, wenn wir beide dir zur Verfügung stehen?»

Sie seufzte und ließ ihre Hüften unter ihm kreisen. «Ich amüsiere mich in der Tat sehr gut. Insbesondere wenn du dich so bewegst wie jetzt. Es tut mir leid, ich wollte dich vorhin nicht herumschubsen.»

Abaran bewegte sich in ihr, glitt in sie hinein und zog sich wieder ganz heraus, um sich mit steil aufgerichtetem Schwanz zwischen ihre gespreizten Beine zu knien. «Das Kätzchen hat seine Krallen entdeckt.»

«Sie hat dich herumgeschubst?», fragte Kenric und maß die beiden mit abschätzendem Blick.

«In der Tat. Sie spielt noch nicht ganz in meiner Liga, aber sie wird allmählich besser», erwiderte der Dämon. «Kräftiger. Kontrollierter.» Er zupfte an einer rosigen Brustspitze, und prompt zog sich ihr Schoß lustvoll zusammen. «Zeig dem Wolf deinen neuen Trick.»

Sie zog angesichts seiner Wortwahl eine Augenbraue hoch. «Bin ich jetzt etwa euer Kätzchen oder Schoßhündchen?»

«Da ich möchte, dass du vor mir bettelnd auf Knien liegst, darfst du selbst entscheiden, wie die Antwort lautet.» Abaran wartete ab und forderte sie mit Blicken heraus.

Na toll. Super. Auf Befehl vor Publikum Pfötchen geben. Doch sie fügte sich, schloss die Augen und ließ die Hitze zu. Jetzt, wo sie den Bogen raushatte, fiel es ihr leichter, die Flammen zuzulassen, statt sie zu unterdrücken. Sie konzentrierte sich auf das Seidenlaken unter ihr und hob sich allein durch ihre Willenskraft davon ab. Als sie ihre Augen wieder öffnete, schwebte sie langgestreckt über der Matratze. «Seht ihr.»

Dann erlosch das Feuer, und sie landete wieder federnd auf dem Bett.

«Beeindruckend.» Kenrics Miene war unergründlich, und seine Stimme klang gepresst.

«Du bist es nicht.» Sie legte sich auf die Seite, stützte den Kopf in eine Hand, fuhr mit der anderen über seine Brust und folgte der Haarlinie hinunter zu seinem Penis. «Für dich gibt es nur eine Sache, die du mit einer Hexe tun möchtest.»

«Wie hast du das eben geschafft?»

«Keine Ahnung.»

«Und wie bist du auf die Idee gekommen, es auszuprobieren?» Kenric legte seine Hand auf ihre Brust und streichelte sie, während er sprach.

«Kadar hat behauptet, ich könne fliegen. Erst hatte ich

gedacht, er wollte mich auf den Arm nehmen, aber dann dachte ich mir, warum eigentlich nicht?»

«Der Drache hat dir gesagt, du sollst von einer Klippe springen, und dann hast du es einfach so getan?», fragte Abaran amüsiert.

«Sei still.» Sybil hob das Bein und bohrte ihm ihre große Zehe in den Bauch.

«Dann mach mir doch einen besseren Vorschlag, was ich mit meinem Mund anfangen soll», entgegnete er.

Sein Mund wäre Folter, was auch immer er mit ihm anstellte, aber bei dem Gedanken an seine Lippen zwischen ihren Beinen schmolz sie dahin. Sie stellte beide Füße flach auf die Matratze und spreizte die Beine in einer stummen Einladung weit auseinander.

Der Dämon senkte den Kopf und küsste sie auf den Bauch.

«Tiefer», befahl Sybil und war schon atemlos bei der bloßen Vorstellung, wie Abarans Zunge zwischen ihre Schamlippen glitt, während Kenric zusah. Dessen Hand fuhr über ihre Brüste, knetete sie und brachte Sybil dazu, sich nach mehr von ihm zu sehnen.

«Du riechst nach Sex», meinte Abaran mit tiefer, hungriger Stimme. «Köstlich.»

«Du klingst wie die Nacht», erwiderte sie. «Voller Schatten und verborgener Geheimnisse.»

«Und dein geheimer Wunsch ist es, dich der Dunkelheit hinzugeben.» Abaran tupfte mit der Zungenspitze an ihre entblößte Spalte. Sie erschauderte bei der winzigen Berührung, schloss die Augen und gab sich ihrem dämonischen Liebhaber hin, dessen Lippen nun sanft über ihren Kitzler strichen und ihn küssten, um gleich darauf tiefer zu gleiten. Sie hob das Becken an, als sich seine Lippen öffneten und seine Zunge in ihr Innerstes eindrang, und kam mit dem Brustkorb von der Matratze hoch, was ihre Brüste einladend vorwölbte.

Kenric schloss die Lippen über einen ihrer geschwollenen Höfe, während er die andere Brust leicht drückte. Zwei Münder saugten nun gleichzeitig an ihr, einer an ihrem Geschlecht, der andere an ihrer Brustwarze, und das brachte sie fast um den Verstand. Das hier war ein Vorgeschmack auf ihre beiden Liebhaber, und nun würde sie gleich das ganze Erlebnis zu kosten bekommen.

Abaran vergrub seine Zunge in ihr, tauchte gründlich und immer wieder in sie ein, schleckte ihre Spalte und ihren Kitzler und saugte auch hin und wieder an der kleinen Perle. Ihr Schoß zog sich zusammen, und ihre Hüften bewegten sich unruhig, als sie nicht mehr fähig war stillzuhalten.

Kenric widmete seine Aufmerksamkeit erst einer Brust, dann der anderen und zog mit seiner Zunge lustvolle Bahnen über ihre Kurven, bevor er seine Lippen erneut über ihre Brustspitzen schloss. Sie vergrub die Finger in seinem Haar und drängte ihn stumm, nicht aufzuhören. Als Sybil den Kopf zurückfallen ließ und ihre Kehle entblößte, genoss Kenric ihre Verletzlichkeit, küsste sie sanft und zog seine Zähne über den Ansatz ihrer Brüste.

Abaran hingegen packte sie an den Hüften und stieß seine Zunge wieder und immer wieder in sie hinein, was ihre Lust noch weiter steigerte. Als sie kurz davor war zu kommen, hob er den Kopf und ließ sie zappeln.

«Wirst du betteln?»

«Ja, verdammt.»

Er lachte, als er das hörte, und streckte sich neben ihr aus, legte die Hand auf ihren Venushügel und ließ sie dort kreisen, wobei er gerade so viel Druck ausübte, um sie am Rand des Orgasmus hängenzulassen, jedoch nicht genug, als dass sie schon gekommen wäre. «Bettele darum, kommen zu dürfen.»

Sie wandte ihm den Kopf zu, um seine Lippen zu berühren und ihren Geschmack zu kosten. «Bitte», sagte sie, die Stimme heiser vor Verlangen.

«Alles zu seiner Zeit. Erst wirst du den Wolf mit Mund

und Zunge verwöhnen, bis er bereit ist, sich in deinem Schoß zu versenken.»

Die beiden trieben sie an den Rand des Wahnsinns. Sybil nickte zustimmend, woraufhin Kenric sich über ihr in Stellung brachte und seine Hüften so weit senkte, dass sein Schwanz ihre Lippen berührte, die sie einladend öffnete, um ihn aufzunehmen. Zuvor leckte sie jedoch mit der Zunge über seinen Schaft und genoss seinen Geschmack.

Abaran streichelte ihren Oberkörper und brachte jeden Nerv auf ihrer Haut zum Vibrieren. Herb und moschusartig – Dämon und Wolf – die Düfte stiegen ihr zu Kopf und machten sie benommen und atemlos. Sie öffnete den Mund, um Kenrics Schwanz so tief wie möglich aufzunehmen, und ihre Lippen umschlossen ihn, während sie sich entzückt unter Abarans Berührungen wand. Zwei Liebhaber, beide so unterschiedlich und so nah. Doch das reichte ihr nicht, sie gierte nach mehr. Wollte sie noch enger an sich haben und zwischen ihnen sein, von beiden genommen werden.

Abaran glitt mit der flachen Hand über ihren Bauch und legte sie abermals auf ihren Liebeshügel, und sie antwortete ihm, indem sie ihm das Becken entgegenhob. Er drückte seine Fingerspitzen an ihre Pforte, und die leichte Penetration entlockte ihr ein Stöhnen. Sie begann, Kenric fester zu saugen. Als er sich aus ihrem Mund herauszog, sah sie mit flatternden Lidern zu ihm auf. Und betrachtete ihn, während er wiederum Abaran beobachtete, der seine Finger in sie stieß, herauszog und sie erneut penetrierte und gleichzeitig seine Finger befeuchtete. Dann verteilte er ihre Säfte auf ihrem Anus, schob ihr zwei Finger hinein, die er auseinanderspreizte, und dehnte sie so. Sie wusste, dass er dieses Mal vorhatte weiterzugehen.

Sybil entspannte sich, wölbte den Rücken und erwiderte den Druck, um ihn tiefer in sich aufzunehmen. Denn sie wusste, dass sie ihm vertrauen konnte und er nichts als ihre Lust im Sinn hatte.

Kenric legte sich indes auf den Rücken und streckte

die Arme nach ihr aus. Sie setzte sich rittlings auf ihn und stöhnte zufrieden auf, als ihre Lustgrotte gegen seinen dicken Schwanz stieß. Es fühlte sich so gut an, seinen Körper zu spüren. So richtig.

Abaran kam hinter sie, bedeckte ihren Rücken mit seinem Oberkörper und drückte ihr einen sanften Kuss auf den Nacken.

Kenric packte sie an den Hüften und hob sie hoch, bis ihre Öffnung über seinem Schwanz lag, dann zog er sie herab, drang in sie ein und füllte sie ganz aus. Während sie von seinem Ständer gedehnt wurde, drang Abaran bereits von hinten in sie ein. Sybil stöhnte auf, als sie gleichzeitig von zwei Seiten penetriert wurde und das intensive Gefühl sie fast lähmte.

Abaran schob seinen harten Schwanz Zentimeter für Zentimeter in ihr Rektum, bis er in seiner ganzen Länge in ihr steckte und sie bis zum Äußersten gedehnt war. Kenrics Schwanz schwoll in ihr an und formte den Knoten, und diese zusätzliche Reizung ließ sie erzittern, ein Vorbote des nahenden Höhepunkts.

«Jetzt, kleine Hexe», flüsterte Abaran, «werden wir dich so gut ficken, dass du noch in einem Jahr allein bei dem Gedanken daran kommen wirst.»

Die Wärme von Kenrics Körper unter ihrem stand im Gegensatz zu Abarans ledriger Haut über ihr, und von dem vermischten Geruch wurde ihr schwindelig. Die beiden Männer begannen sich abwechselnd zu bewegen. Glitt der eine aus ihr heraus, stieß der andere im Gegenzug tief in sie hinein, sodass jeweils einer von ihnen sie mit seiner Länge ganz und gar ausfüllte, während der breite Umfang des anderen sie bis zum Anschlag ausfüllte.

Als dann beide auf einmal in sie eindrangen und sich vereint ihres Körpers bemächtigten, war es fast mehr, als sie aushalten konnte. Sie mühte sich, beide so tief wie möglich in sich aufzunehmen, und wimmerte angesichts der unglaublichen Lustfolter.

Nun nahmen sie sie mit unerbittlicher Gründlichkeit, schoben sich tief in sie hinein und gaben ihr so viel, wie sie aufnehmen konnte, und darüber hinaus noch mehr, als sie je für möglich gehalten hätte. Sie bäumte sich auf und bog sich, von der Wildheit ihres Orgasmus geschüttelt, als sie wieder und wieder von den Wellen der Ekstase überspült wurde. Dann folgte Abaran und stieß einen wilden Schrei aus, während er ein letztes Mal tief in sie hineinstieß.

Er war noch immer erregt und hart und blieb tief in ihr, was ihre Lust erneut entfachte, als Kenric sie nun heftig und schnell ritt. Er kam mit einem kräftigen Stoß, und sein heißes Sperma so tief in ihrem Inneren zu spüren brachte sie erneut zum Höhepunkt, sodass beide Schwänze von ihr gemolken wurden und alle drei ihre Lust gemeinsam erlebten.

Danach lag sie an Kenrics Brust geschmiegt, lauschte seinem Herzschlag und fragte sich, ob ihr Herz ebenfalls raste oder bereits nicht mehr schlug. Sie fühlte sich benommen und entrückt. Kenrics kräftiger Körper lag unter ihr, vertrauenerweckend und solide, während sich Abaran über ihr wölbte, beschützend und nehmend zugleich.

Sie wollte so lange wie möglich so liegen bleiben, mit beiden verbunden, von ihnen beherrscht und genommen werden.

Schließlich zog sich Abaran langsam aus ihrem engen Rektum zurück und streckte sich neben ihr aus. Er küsste sie ausgiebig, süße Küsse, die sie so sehr genoss, dass kleine Lustwellen sie durchströmten und ihr Schoß sich um Kenrics Schaft zusammenzog. Als sich der Knoten auflöste und Kenric sie von sich herunterhob, hätte sie am liebsten protestiert.

Die beiden betteten sie sanft auf die Matratze. Sybil erbebte. Sie fröstelte und fühlte sich leer. Doch dann schmiegten sich beide von vorne und hinten eng an sie, und sie spürte, wie sie von zwei Paar Händen liebkost wurde.

Sie schloss die Augen und nahm die Wärme ihrer Liebhaber auf.

«Waren wir zu viel für dich, Hexe?», fragte Abaran mit tiefer, wissender Stimme.

Sie hätte gern etwas Heiteres, Unverfängliches geantwortet, aber ihre Kehle war wie zugeschnürt, und ihr fehlten die Worte. Also schüttelte sie bloß stumm den Kopf und hielt die Augen geschlossen.

Sie wünschte, Kenric würde sie küssen, aber es waren Abarans Lippen, die sich auf ihren Mund legten, seine Zunge, die über den Rand ihrer Lippen fuhr, bis sie sie für ihn öffnete. Seine Hand tastete nach ihrer Brustwarze und rollte sie zwischen zwei Fingern, während er ihr seine Zunge in den Mund schob und die ihre umspielte. Sie erwiderte seinen Kuss, hilflos und zu nichts anderem fähig. Sein Geschmack war ein Vergnügen für sich, und sie öffnete ihre Lippen noch etwas mehr, um den Kuss zu vertiefen.

Die Matratze bewegte sich, dann fuhr ein kühler Luftzug über ihre Seite, als sich Kenric erhob. Sie öffnete die Augen und sah ihm nach, während sie ihn am liebsten gebeten hätte zu bleiben. Er blieb im Türrahmen stehen und schaute zu ihr zurück. Sein Blick hielt ihren gefangen, und sie erwiderte ihn, während sie die Schenkel spreizte und Abarans Hand wortlos dazwischenschob. Hunger und Befriedigung glommen in Kenrics bernsteinfarbenen Augen, so, als hätte er sie selbst gern dort berührt, jedoch auch nichts dagegen einzuwenden, dass es durch Abaran geschah. Sie schloss ihre Lider etwas, als Abaran seine Finger in sie schob, und als sie wieder aufsah, war Kenric verschwunden.

«Nervös?»

«Ja», gab Sybil zu. Sie verlangsamte ihre Schritte und atmete tief ein und aus, um zur Ruhe zu kommen.

«Du weißt, dass ich dich an Adrian übergeben muss, der dich wiederum zu Ronan begleiten wird. Das Mal muss übertragen werden.»

Abaran klang so gelassen, dass Sybil wünschte, sie könnte seine nüchterne Haltung teilen.

«Etwas Schlimmes wird passieren», murmelte sie im Bewusstsein, dass sich ein namenloses Unheil ankündigte. Ihre Haut kribbelte, und der Anhänger zwischen ihren Brüsten glühte. Sie blickte an sich hinab und stellte fest, dass er rötlich glomm, als wollte er ihre aufkommende Unruhe bestätigen.

«Es wird schon nichts passieren, außer dass du dich nach meinem Körper sehnst, aber Adrian wird es dir fast so gut besorgen wie ich.»

Sie schüttelte den Kopf. «Ich mache mir keine Sorgen wegen Adrian, denn wenn ich mit einem Dämon zurechtgekommen bin, dann werde ich auch eine Nacht mit einem Vampir überstehen.»

Abaran sah sie von der Seite an. «Hat dich Kenrics Knoten gestört, als wir zu dritt zusammen waren?»

«Nein, ich habe mich inzwischen daran gewöhnt», gab sie zögerlich zu.

«Soll das heißen, dass das nicht zum ersten Mal geschehen ist?»

Sybil spürte, wie sie errötete. «Nein, es passiert jedes Mal. Aber woher weißt du davon?»

«Als wir dich von vorn und hinten genommen haben, waren wir durch nichts als eine dünne Membran voneinander getrennt. Ich habe alles gespürt, was du gespürt hast.»

«Oh.» Sie blinzelte verblüfft. «Das war mir nicht klar. Das dürfte … interessant gewesen sein.»

«In der Tat. Aber viel interessanter finde ich Kenrics wölfische Lust an dir.»

«Er hat gesagt, dass es eigentlich nicht sein dürfte, aber dass ich so etwas wie eine lebende Anomalie sei. Eine Hexe mit dämonischen Kräften, die das Mal einer Göttin und eine Art Feenzauberkette trägt.»

«Ist das alles, was er dir gesagt hat?» Abaran sah sie fragend aus seinen dunkelblauen Augen an. «Dass es eigentlich nicht sein dürfte?»

«Was hätte er denn sonst sagen sollen?»

«Vielleicht solltest du ihn das lieber selbst fragen.»

«Ist notiert.» Doch jetzt war nicht der richtige Zeitpunkt, um über ihre merkwürdige Beziehung zu dem Werwolf nachzudenken, wenn es überhaupt eine Beziehung war. Sie schob die Frage kurzerhand beiseite. «Doch mein Spinnensinn sagt mir wirklich, dass etwas vor sich geht.»

«Dein Spinnensinn?» Abaran zog bei ihrer Anspielung auf Spiderman skeptisch eine Augenbraue hoch, blieb jedoch stehen und sah sich langsam in alle Richtungen um. Dabei hatte sie den Eindruck, dass er nicht nur seine Augen zum Peilen der Umgebung gebrauchte. «Ich spüre nichts.»

Der rote Schein des Steins spiegelte sich auf seiner Brust wider und wirkte wie ein Laserstrahl, der direkt auf ihn gerichtet war. Angst schnürte ihr den Magen zusammen. «Sei vorsichtig, wenn du mich bei Adrian abgegeben hast, Abaran. Versprich es mir.»

«Ich bin unsterblich», tröstete sie Abaran, offensichtlich amüsiert. «Mach dir um mich keine Sorgen, du solltest dich lieber um dich selbst sorgen. Ich weiß, wie einige Frauen ausgesehen haben, nachdem Adrian mit ihnen fertig war.»

Sie legte die Hand auf die Tätowierung, die sich deutlich von seiner nackten Haut abhob. «Mag ja sein, dass du unsterblich bist, aber du kannst trotzdem Blut verlieren. Versprich mir, dass du vorsichtig bist. Bitte.»

«Offensichtlich hat dein Geist durch meine Liebeskünste Schaden gelitten», sinnierte der Dämon. «Die Pracht meines nackten Körpers war einfach zu viel für dein zartes Gemüt, und darüber hast du den Verstand verloren.»

«Vermutlich.» Sie streichelte ihn und genoss die ledrige Struktur seiner Haut, dann rückte sie näher, um seinen herben Duft einzuatmen. «Unterhalte mich doch wenigstens, wenn mich der Sex mit dir schon fertiggemacht hat. Das könntest du doch für mich tun.»

«Aufgepasst, Hexe, ich könnte glauben, dass du wirklich etwas für mich empfindest.»

Es schnürte ihr die Kehle zu, und sie umarmte ihn fester. «Wenn dir etwas zustoßen sollte, würde ich mich zu Tode grämen.»

«Das wäre in der Tat eine Tragödie.» Abaran umfasste mit beiden Händen ihr Hinterteil und drückte fest zu. «Na gut, Hexe, ich verspreche, dass ich mich vorsehen werde.»

Seine Worte beruhigten sie keineswegs, aber mehr konnte sie nicht von ihm verlangen. «Danke.»

«Adrian wird so vieles mit dir anstellen, dass du gar nicht dazu kommst, mich zu vermissen.»

Sie küsste seinen Hals. «Ich vermisse dich jetzt schon.»

VIERZEHN

Während Abaran an die Tür des Vampirs klopfte, trat Sybil unruhig von einem Fuß auf den anderen. «Schläft er in einem Sarg? Oder kommt gleich jemand zum Blutspenden vorbei?»

Er wandte sich um und starrte sie an. «Hast du dir den Kopf angeschlagen, als du in den Fluss gestürzt bist?»

Sie streckte ihm die Zunge heraus.

Die Tür öffnete sich lautlos, dann stand Adrian vor ihnen, breitschultrig und unerschütterlich, und betrachtete sie mit undurchdringlicher Miene. Seine Haltung hatte etwas Militärisches, woraufhin Sybil sofort aufhörte herumzuzappeln und versuchte, Haltung anzunehmen. Es war längst zu spät, um ihre Frisur zu richten, aber wenigstens ihre Positur konnte sie noch ändern.

«Hi. Ähm, erinnerst du dich an mich? Also heute Nacht bist du auserwählt für den übernatürlichen Sex mit mir.»

Sie lächelte ihn strahlend an und fügte hinzu: «Ich habe übrigens Blutgruppe A negativ, hoffentlich ist das kein Problem für dich.»

Abaran blickte schulterzuckend Adrian an, breitete seine Flügel aus und hüllte Sybil darin ein wie in einen Kokon. «Ich werde in vierundzwanzig Stunden zurückkehren und dich zu Ronan begleiten», sagte er und fuhr ihr mit den Lippen übers Haar. Dann ließ er sie los und faltete die Flügel ordentlich auf dem Rücken zusammen. Sybil spürte seine Hände an ihren Schultern, als er sie in Adrians Richtung schob.

«Jetzt geh und quäle den Vampir. Er wird die Stunden zählen, bis ich ihn von dir Nervensäge befreie.»

Sybil betrat die Hütte, deren Tür ihr Adrian stumm aufhielt. Dann schloss er sie leise. Sybil schlang sich die Arme um den Körper, um die plötzliche Kühle abzuwehren.

«Was trägst du da?», beendete Adrian kurz darauf die Stille.

Sybil sah an sich hinab und bemerkte, dass der Diamant an ihrem Hals das Licht des Raumes in allen Farben des Regenbogens widerspiegelte und der rötliche Warnschimmer verschwunden war. «Eine Halskette.»

«Ich erkenne den Stein wieder. Zuletzt habe ich ihn in der Schatztruhe des Drachen gesehen.»

«Ich weiß.» Sie berührte ihn, und es kam ihr vor, als könnte sie dabei gleichzeitig zu Kadar durchdringen. Der Stein war so typisch für ihn, riesig und atemberaubend. «Er ist sehr großzügig.»

«Eine Beschreibung, die auf einen Drachen normalerweise nicht zutrifft. Und Abaran hat dich in seine Flügel gehüllt. Was ist mit dem Wolf?»

«Ich will nicht über den Wolf reden.» Sybil zog die Schultern hoch und kam sich klein vor. Sie fröstelte. «Er hasst mich. Nein, das stimmt nicht, dafür müsste ich ihm etwas bedeuten. Für so etwas wie Hass bin ich ihm viel zu unwichtig.»

«Unwichtig?» Der Vampir kam auf sie zu. «Und warum kann ich ihn dann auf deiner Haut riechen? Der Geruch bleibt gewöhnlich nur ein paar Stunden haften, doch die letzten beiden Nächte hast du nicht mit ihm verbracht.»

«Er war bei uns. Vorhin.» Sybil gestikulierte in Richtung der Tür, wo Abaran zuletzt gestanden hatte. «Abaran wollte einen Dreier.»

«Und der Wolf, der sich überhaupt nicht für dich interessiert, hat eingewilligt?»

Sie zuckte mit den Schultern. «Vielleicht waren die anderen gerade beschäftigt. Was soll das?»

«Nachdem er dich markiert hat, gab es für den Wolf keinen Grund mitzumachen, es sei denn aus reiner Lust.» Adrian schüttelte den Kopf. «Ich hätte es nicht gedacht, aber du hast sie alle verhext.»

Ihre Lippen formten lautlos das Wort. Verhext? War das wirklich so? Wirkte ihre dämonische Magie gegen die Männer, die ihr helfen wollten?

«Das wollte ich nicht», sagte sie, und ihre Stimme klang belegt, als sie die Tränen unterdrückte. «Wie kann ich das wieder rückgängig machen?»

«Darüber muss ich erst nachdenken.» Der Vampir machte eine einladende Geste, die ihr irgendwie vornehm vorkam. «In der Zwischenzeit schlage ich vor, dass du dich ausruhst. Ein Zimmer steht für dich bereit. Dort entlang.»

Sybil nickte und setzte sich mit schweren Schritten in Bewegung. Der Raum war wunderschön und mit einem weichen Bett ausgestattet. Sie schlüpfte unter ein Leinenlaken, über dem eine Tagesdecke lag, und bewunderte den feingesponnenen Stoff und das exquisite Muster. Adrian hatte wirklich einen ausgezeichneten Geschmack. Das Haus erinnerte sie an eine römische Villa, und sie fragte sich, ob es wohl auch einen Garten hatte. Sie legte sich auf die Seite, rollte sich zusammen und schloss die Hand um den Diamanten zwischen ihren Brüsten.

Kadar. Sie stellte sich vor, wie seine großen Schwingen

die Luft durchpflügten, und sah den hellen Bronzeton seines Schuppenpanzers und seines Haares vor sich.

War es wirklich möglich, dass sie einen Drachen verhext hatte? Oder einen Wolf, wenn sie doch so schwach war, dass sie keinerlei herausragende Fähigkeiten besaß, außer sich selbst in Brand zu setzen?

Drachen waren weise. Sybil hielt den Edelstein umklammert und wünschte, sie könnte mit dem Geschöpf sprechen, das ihn ihr geschenkt hatte.

Als er die Stimme erhob, fuhr sie überrascht hoch. «Was hast du jetzt schon wieder angestellt, Hexe?»

«Kadar! Du hast mich zu Tode erschreckt.» Sie setzte sich auf und blickte den großgewachsenen Mann mit den bronzefarbenen Haaren an, der in der Tür stand. Bis auf die Lederhose sah er genau so aus, wie sie ihn zuletzt gesehen hatte. Wenn sie ihn mit ihrem Charme verhext hatte, würde man das dann nicht erkennen können?

«Du bist einem zweitausend Jahre alten römischen Zenturio auf die Nerven gegangen», entgegnete Kadar. «Das hätte ich niemals für möglich gehalten. Was hast du mit ihm angestellt?»

«Nichts.» Sybil bedeckte ihre Brüste mit dem Laken, wofür es eigentlich zu spät war. «Er sagte, ich hätte euch alle verhext, dann hat er mich auf mein Zimmer geschickt. Und hier bin ich.» Sie biss sich auf die Lippe. «Ob das wohl wahr ist?»

Er zog eine Augenbraue hoch. «Ob es wahr ist, dass ich dich anbete und die Tage zähle, bis du wieder bei mir bist?»

Stöhnend ließ sie sich auf den Rücken fallen und zog sich das Laken über den Kopf. «Ich bin schrecklich. Es tut mir leid. Irgendwie werde ich einen Weg finden, das Ganze ungeschehen zu machen.»

«Wenn du glaubst, du hättest irgendetwas bei mir gutzumachen, wüsste ich schon, wie du das anstellen könntest.» Kadar durchquerte den Raum und setzte sich zu ihr auf das Bett. Er zog das Laken herab und entblößte ihren nackten Oberkörper, doch sie riss es wieder hoch. «So wird das allerdings nichts», meinte er stirnrunzelnd.

Sybil gab ihm einen Klaps auf die Hand. «Hast du mir nicht zugehört? Adrian glaubt, ich hätte euch verhext. Also lass mich zufrieden. Ich bin von Grund auf böse.»

«Wenn du von Grund auf böse bist, dann bin ich die Königin von Saba.»

«Oder du verfügst über ein gesteigertes Selbstbewusstsein», murrte sie. «Ich könnte auch eine Art trojanisches Pferd sein. Von außen wirke ich harmlos, doch das Ding in meinem Inneren wird euch alle attackieren.»

«Interessante Theorie.» Kadar hatte den Kampf um das Laken gewonnen und bewunderte ihre Brüste. «Zauberhaft, ich hatte sie schon vermisst.»

«Verrückter Drache.»

«Hasenfüßige Hexe.» Er beugte den Kopf vor und strich mit der Zunge über ihre Nippel, einen nach dem anderen. «Adrian ist ein Narr, wenn er sich das hier entgehen lässt.» Dann schloss er die Lippen um ihre Brustspitze und begann zu saugen, bis sich Sybil unruhig auf dem Bett zu winden begann. Er gab ihren Busen frei und grinste sie an. «Bitte sehr. Fühlst du dich schon besser?»

«Ja. Nein.»

«Eine klare Antwort. Adrian?» Kadar erhob die Stimme, den Kopf der Tür zugewandt, durch die der Vampir in diesem Augenblick trat und ungefähr einen Meter vom Bett entfernt stehen blieb. «Sieh zu.»

Kadar zog Sybil das Laken bis zu den Oberschenkeln hinab und legte sich halb auf sie, ließ sie eine Minute das Gewicht seines Unterleibs spüren, dann glitt er an ihr herab und sah den Vampir über Sybils Körper hinweg an. Seine Hand lag auf ihrem Bauch und glitt tiefer, bis seine Fingerspitzen die Löckchen streiften, die ihren Venushügel bedeckten. Sein Mund raubte ihr einen heißen, süßen Kuss, während er ihren nackten Körper streichelte.

Seine Hand liebkoste ihre Taille, fuhr über ihre sanft

gerundeten Hüften und schlüpfte ihr zwischen die Beine, um ihren Schoß zu bedecken. Sie öffnete die Schenkel und hielt den Atem an, als sie sah, wie Adrians Blicke Kadars Hand folgten. Ihre Nippel zogen sich zusammen, und sie hob die Hüften an, um sich enger an seine Hand zu schmiegen.

Kadar beendete den Kuss, rieb seine Nasenspitze gegen ihre und sah dann Adrian an. «Siehst du es auch, oder bist du mit Blindheit geschlagen?»

Der Vampir erwiderte den Blick und zuckte stumm mit den Schultern. «Dein Zynismus macht dich zu einem hoffnungslosen Fall.» Kadar ließ seine Hand wieder nach oben gleiten und umfasste ihre Brust. «Komm her. Sie braucht dich. Jetzt komm schon ins Bett.»

«Ich bin nicht der Dämon», erwiderte Adrian. «Ich habe dich nicht zu einem Dreier eingeladen.»

«Nein?» Kadar rieb mit dem Daumen über ihre Brustspitze, dann beugte er den Kopf zu ihr hinab und umzüngelte sie. Als Adrian blieb, wo er war, unterbrach Kadar sein Tun und sah den Vampir an. «Wenn sie mich verhext hätte, würde sie mich auch beherrschen.» Kadars Hand verschwand zwischen ihren Schenkeln und bewies, wie sehr sie ihm ausgeliefert war, als er ihr zwei Finger hineinschob. Sie wäre fast auf der Stelle gekommen. «Warum sagst du nicht offen, was dich in Wirklichkeit zurückhält?»

Adrian ließ den Blick über ihren straffen Körper gleiten, der sich vor Lust wand. «Weil es ihr gegenüber unfair ist. Sie könnte von mir abhängig werden.»

«Ich denke, sie würde es darauf ankommen lassen, insbesondere in Anbetracht der Alternative.» Kadar zog seine Hand zurück und leckte sich anzüglich über die Finger. «Auf Wiedersehen, mein Liebling. Sei ein braves Mädchen für den verruchten Vampir.»

«Was hat er mit ‹abhängig werden› gemeint?», fragte Sybil und sah Kadar träge aus halb geschlossenen Lidern an.

«Das wird er dir noch erklären.» Kadar streifte ihre

Lippen mit dem Mund, erhob sich und ließ sie mit dem Vampir allein.

«Um dich zu markieren, muss ich dich nicht nur mit meinem Schwanz nehmen», erklärte Adrian ohne Umschweife. Er kam zu ihr und setzte sich zu ihr auf die Bettkante, wobei die Matratze unter seinem Gewicht nachgab. «Sondern auch mit meinen Eckzähnen.»

Sie versuchte, ein Schwindelgefühl zu unterdrücken. Zwar hatte sie selbst schon einmal Blut gespendet, doch mochte sie sich die Einzelheiten in diesem Fall lieber nicht allzu genau ausmalen. «Ähm, okay. Ich bin sicher, dass du irgendwo auch Pflaster und Schmerztabletten rumliegen hast, falls du mich verletzen solltest.»

«Es wird nicht wehtun.» Adrian berührte ihre Kehle. «Im Gegenteil. Mein Biss injiziert dir ein vampirisches Toxin. Es ist ein Aphrodisiakum, das ekstatische Zustände hervorruft. Es könnte sein, dass du schon von einem Biss abhängig wirst.»

Sie starrte ihn stumm an. «Der erste Schuss ist frei», sagte sie schließlich nach einer Minute, die sich ewig hinzuziehen schien, «danach zahlst du für immer. Das Leben ist hart.»

«Wenn dir das Risiko zu groß ist, werde ich dich nicht anrühren.»

Sie seufzte. «Es gibt da aber ein Problem, denn wenn du mich nicht berührst, wird sich das Mal nicht übertragen.» Sie brachte ihren Mund dicht an seine Lippen heran, die wärmer waren, als sie gedacht hätte. Und fest. «Ich wäre am Ende, und das wissen wir beide. Warum also nicht aufs Ganze gehen? Lass mich deine spitzen Zähne spüren, Vampir, ich gehöre dir ganz.»

Sie berührte ihn am Arm und stellte fest, dass seine Muskeln so hart wie Stein waren. Er übernahm die Führung des Kusses und vertiefte ihn, bis sich ihre Lippen weich unter seinen öffneten. Dann umfasste er ihr Kinn mit der Hand, legte ihren Kopf schräg und fuhr mit den Lippen über ihre Kehle. Sie zitterte, als er diese sensible Stelle erforschte, und keuchte auf, als ein kurzer, scharfer Schmerz ihr zeigte, dass er sie gebissen hatte. Fast sofort wurde aus dem Schmerz ein unglaubliches Wohlgefühl.

Sybil stöhnte auf und tastete blindlings nach ihm, schmiegte sich an ihn und wölbte sich ihm entgegen, als er von ihr trank. Sie lag auf dem Rücken, und er bedeckte sie halb mit seinem Körper. Doch statt sich zu fragen, wie alles so schnell hatte kommen können, ging es ihr noch immer nicht schnell genug. Sie zerrte ungeduldig an seiner Hose.

«Adrian», stöhnte sie. Ihr Geschlecht pulsierte und schmerzte vor Lust, und sie glaubte, sterben zu müssen, wenn er sie nicht augenblicklich nahm. «Beeil dich. Bitte.»

Er schob ihre Hand beiseite und öffnete seine Hose, um seinen Schwanz herauszuholen. Dann drängte er sich zwischen ihre Schenkel und legte sich auf sie, während sie ihm die Beine um die Taille schlang und sich ihm entgegenwölbte. «Adrian, Adrian. Jetzt.»

Seine nackte Brust presste sich gegen ihren weichen Busen, und seine Eckzähne gruben sich tiefer in ihren Hals. Dann bewegte er die Hüften und schob seine dicke, glänzende Eichel in sie und füllte sie mit seiner ganzen Länge und Magie aus, indem er sich mit einer Hüftbewegung noch tiefer in ihr versenkte. Ihre Hüften kreisten wild unter ihm, und sie kam bereits zum Höhepunkt, noch bevor er sie völlig erobert hatte. Er machte weiter und stieß unablässig in sie hinein.

Als der erste Orgasmus abgeklungen war, kündigte sich bereits der nächste an und baute sich so stark auf, dass sie heftig erzitterte, als sie kurz davor war. Nun nahm er sie fester und härter, bis sie zum zweiten Mal den Höhepunkt erreichte. Doch das war nicht genug. Zwischen ihnen war eine magische Stimmung entstanden, die, zusammen mit dem Aphrodisiakum, das in ihren Adern zirkulierte, nach mehr verlangte.

Sybil protestierte leise, als sich Adrian aus ihr herauszog

und sie auf den Bauch drehte, dann schrie sie vor Lust auf, als er von hinten in sie eindrang.

Sie bewegte sich mit drängendem Verlangen unter ihm, während er seinen Schaft immer tiefer in sie hineinbohrte, wiederholte in einer Art Singsang seinen Namen und seufzte, als er seine Fangzähne über die andere Seite ihres Halses gleiten ließ. Sie spürte seinen Drang, trinken zu müssen, und das Aphrodisiakum brachte sie zur Ekstase, weil sie sich ihm ganz hingab. Im Rausch von Sex und Magie verlor sie jedes Zeitgefühl, nur Adrians Körper war ihr Anker.

Er ließ eine Hand unter sie gleiten, tastete nach ihrem Kitzler und rieb ihn, während er seinen Schwanz in ihren Liebestunnel stieß und wieder herauszog. Die zusätzliche Stimulation brachte sie sofort zu einem weiteren Orgasmus, doch dieses Mal kam Adrian mit ihr. Die Magie trieb sich in ihr Fleisch ein und explodierte in Form des Siegels der Inanna, während er wieder und wieder in ihren Schoß stieß.

FÜNFZEHN

Sybil ging in dem Gemach umher und fuhr sich mit den Händen durch ihre zerzausten Locken, während sie wünschte, einen Spiegel zur Hand zu haben. «Ich glaube, seit meinem ersten Bad hier trocknet mein Haar anders als sonst. Irgendwie seltsamer.»

«Ronan wird nichts dagegen haben.»

Sybil umschlang ihren Oberkörper mit den Armen und runzelte die Stirn. «Ich denke aber doch, und ich finde, ich sollte anständig zurechtgemacht sein. Gibt es so etwas wie ein angemessenes Aussehen für ein bevorstehendes Treffen mit einem unsterblichen, sadomasochistisch veranlagten Elf?»

Adrian setzte sich im Bett auf, was ihr einen guten Blick auf seine muskulösen Arme und die Brust gewährte. «Das fragst du mich?»

«Ja, du bist schließlich ein römischer Zenturio gewesen, und du weißt, was sich geziemt. Außerdem hast du mehr Stil als ein ganzer Haufen professioneller Innenarchitekten. Bitte hilf mir.»

Er sah sie einen Augenblick lang an, dann kletterte er aus dem Bett, holte einen geschnitzten Holzkamm hervor und begann, ihre Strähnen zu entwirren. Als er fertig war, zog er eine Schublade auf und entnahm ihr eine weiße Leinentunika, die er ihr überstreifte und an ihr zurechtzupfte. Dann glitten seine Hände zu dem Verschluss an ihrem Nacken.

«Was tust du da?»

«Wenn du Ronan wie eine unterwürfige Sklavin entgegentreten willst, solltest du auf Schmuckstücke, die andere Liebhaber dir geschenkt haben, lieber verzichten.»

Der Gedanke, Kadars Geschenk hergeben zu müssen, versetzte sie in Panik. «Ich werde die Kette nicht ablegen. Er wird sich damit abfinden müssen.»

«Eher wirst du diejenige sein, die sich abzufinden hat», warnte Adrian.

«Ich weiß, aber ich behalte sie trotzdem an.» Und das, obwohl ihr auf Anhieb einige Dinge einfielen, die Ronan damit anstellen könnte, um sie von ihrer Meinung abzubringen.

«Du bist stur.»

«Ich würde mich eher als ziemlich flexibel bezeichnen», erwiderte Sybil, mit einer Hand gestikulierend. «Schließlich passe ich mich ständig an, und das sollte nicht immer nur einseitig sein. Wenn ich schon für den Rest meines Lebens fünf Männern, die mir noch vor einer Woche völlig unbekannt waren, ohne einen Funken Hoffnung auf Liebe, Hingabe oder Treue als gelegentliche Sexgespielin zu dienen habe, dann wird ja wohl ein Mitglied jener Rasse, die von Menschen einmal als Götter verehrt wurde, so gnädig sein und mich den verdammten Anhänger tragen lassen, wenn mir danach ist.»

«Du stehst in Flammen», bemerkte Adrian mit ruhiger Stimme.

Sie blickte überrascht an sich herab. Phantomflammen hüllten sie ein, und ihr Haar flatterte in einem unsichtbaren Wind, was Adrians sorgfältiges Werk zunichte machte. «Oh, Mist. Das ist ein Zufall. Ich dachte, ich hätte mich schon besser unter Kontrolle.»

«Außerdem schwebst du einen halben Meter über dem Boden.»

«Tut mir leid.» Sybil konzentrierte sich darauf, wieder zu Boden zu sinken, und zum ersten Mal gelang ihr eine graziöse Landung. Doch die Flammen wurden davon nicht weniger, im Gegenteil, sie schienen stärker als zuvor zu brennen. «Es hört nicht auf.»

«Zu viel Energie, die nach einem Ventil sucht», meinte Adrian.

«Ich weiß. Bislang konnte ich dem immer mit Sex abhelfen.»

«Wenn die vergangene Nacht und der Tag nicht gereicht haben, dann brauchst du ein anderes Ventil.»

Damit hatte er recht. «Ich bin offen für Vorschläge.»

«Lass die Energie in etwas einfließen. Aber bitte nicht in mein Haus.»

Sie dachte an Abaran, der ihre Warnung letzte Nacht nicht ernst genommen hatte. Mochte er auch denken, dass seine Haut feuerfest war, sie selbst glaubte nicht, dass die Unsterblichen immun gegen Verletzungen waren. Sie rief ihn sich in Gedanken vor ihr drittes Auge und umhüllte ihn mit der aufgestauten Energie, die sie so dringend loswerden musste und die seine natürliche Widerstandkraft verstärkte. Prompt versiegten die Flammen, und sie seufzte erleichtert auf.

Mit einer Hand griff sie sich in ihr hoffnungslos zerzaustes Haar. «Äh, Adrian?»

Er schüttelte den Kopf. «Lass es gut sein. Wie du schon sagtest, wird sich Ronan damit abfinden müssen.»

Als Abaran nicht erschien, um sie abzuholen, brachte Adrian sie zu einer Blumenwiese, die von einem Ring aus Eichen umgeben war.

Er nahm ihre Hand und hob sie an die Lippen. «Danke. Deine Gesellschaft war mir ein Vergnügen. Ich denke, du solltest jetzt lieber allein auf ihn warten. Ronan wird erscheinen, wenn für ihn der richtige Zeitpunkt gekommen ist.»

«Wie eine Katze.»

Der Vampir lachte kurz auf und ging. Sybil versuchte, sich nicht verlassen zu fühlen, und beschloss, sich an Adrian ein Beispiel zu nehmen und die Schönheit der Natur zu bewundern. So schlenderte sie umher und betrachtete die dichtwachsenden Orchideen in all ihren exotischen Farben und Formen. Einige wirkten wie winzige pastellfarbene Sternenschauer, andere wie juwelengeschmückte Glocken. Sie atmete ihren schweren Duft und lehnte sich gegen einen Baumstamm. Es war so ruhig, dass sie glaubte, die Pflanzen wachsen zu hören.

Schließlich legte sie sich unter einen Baum und blickte durch das Blätterdach zum nächtlichen Himmel empor. Als ihr das zu langweilig wurde, beschloss sie, ihre Flugkünste zu üben. Und nachdem sie auch davon erschöpft war, rollte sie sich seitlich zusammen und schloss die Augen.

«Steh auf.»

Sybil richtete sich blinzelnd auf und stellte fest, dass Ronan über ihr aufragte. Er wirkte größer, als sie ihn in Erinnerung hatte, und noch makelloser in seiner ganzen Erscheinung. Er kam ihr nicht sehr freundlich vor, vielleicht war er beleidigt, dass sie während des Wartens eingeschlafen war. Sie sprang auf die Füße und strich sich ein paarmal übers Haar und die Tunika, um sie von Gras und Blättern zu befreien.

«Mitkommen.»

Er wandte sich um und ging davon. Sybils Augenbrauen schossen in die Höhe. Und sie hatte Kenric für wortkarg gehalten. Als sie Ronan folgte, fühlte sie sich armselig und klumpfüßig, während er für sie das schönste Geschöpf war, das sie je gesehen hatte.

Sie verließen den Ring aus Eichen, und Sybil fiel nur ein einziger Begriff ein, der die Umgebung passend beschrieb, durch die er sie führte. Eine grüne Idylle.

Die Pflanzen wuchsen nun dichter beieinander und bildeten Wände und ein Dach. «Ist *das* hier dein Verlies?», platzte es aus Sybil heraus, bevor sie sich zurückhalten konnte.

Der Blick seiner blassblauen Augen war kühl. «Habe ich dir erlaubt zu sprechen?»

Sie öffnete stumm den Mund und ließ ihn wieder zuklappen. Dann hob sie die Hand.

«Ja?»

«Wenn ich eine Erlaubnis brauche, um sprechen zu dürfen, dann solltest du mir erst einmal die Regeln erklären. Du kannst nicht von mir erwarten, dass ich deine Gedanken lese.»

Er neigte sein wunderschönes Antlitz. «Da könntest du recht haben. Die Regeln sind einfach. Du tust nichts ohne meine Einwilligung. Und du bist mit allem einverstanden, was ich tue.»

«Lassen das deine anderen Frauen auch mit sich machen?»

«Ja.»

Sybil seufzte und rieb sich die Schläfen. «Du bist so anspruchsvoll. Alle schönen Menschen sind immer so wahnsinnig anspruchsvoll.»

Seine Lippen verzogen sich zu einem sinnlichen Lächeln. «Es wird mir ein großes Vergnügen sein, dich zu bestrafen.»

«Du bist mir jetzt schon eine echte Qual.»

«Und dabei weißt du noch nicht einmal, was dir noch bevorsteht.» Ronan strich sich das silberne Haar über die

Schulter und setzte sich wieder in Bewegung. Sybil betrachtete ihn ehrfürchtig. Sein Anblick war von jeder Seite aus umwerfend.

«Glamour», rief sie aus. «Wenn du den nicht hättest, würdest du auch die Tage kennen, an denen deine Frisur schlecht sitzt.»

Er blickte sie fragend an.

«Schon gut. Ich werde mich einfach daran gewöhnen, dass mich deine Erscheinung blendet.»

Dann ertönte mit einem Mal wie aus dem Nichts Musik, und sie blieb reglos stehen, aus Angst, den Zauber zu brechen. Die Melodie war wild und einfach zugleich, sie war zauberhaft und furchterregend, fröhlich und gleichermaßen traurig. Ihr Atem stockte, und das Herz schmerzte in ihrer Brust.

«Komm, lass uns tanzen.» Ronan nahm sie bei der Hand und begann, sich zu bewegen. Da ihr nichts anderes übrigblieb, überließ sie sich seiner Führung. Ihre Tanzschritte waren zunächst geradezu sportlich, verwandelten sich dann mehr und mehr in Bewegungen der Kampfkunst und wurden schließlich verführerisch und sinnlich wie ein Tango. Sie bewegten sich wortlos, lockten sich mit dem Versprechen von wildem Sex, dann zog er sie nah zu sich heran und rieb sich an ihr, drehte sie und hob sie hoch und ließ sie in seinen Armen schweben.

Seine Lippen streiften ihren Nacken, dort, wo Adrian sie gebissen hatte. «Du trägst die Spuren eines anderen Liebhabers an deinem Körper.»

«Tue ich das?» So hatte sie es noch gar nicht betrachtet, aber die Vorstellung, dass Adrians Leidenschaft deutlich sichtbare Spuren auf ihr hinterlassen hatte, gefiel ihr.

«In der Tat. Und ich werde dich noch viel mehr zeichnen.»

Das Mal, natürlich. Sybil nickte und überließ sich weiter seiner Führung. Ihre Füße folgten ihm, ihr Körper fühlte sich biegsam und leicht an.

«Du tanzt gut.»

Die Anerkennung in seiner Stimme machte sie froh, denn normalerweise tanzte sie, als hätten ihre Füße unterschiedliche Größen, und eigentlich besaß sie keinen Funken Rhythmusgefühl. Es musste an der Musik liegen. Und an ihrer Magie. Vielleicht auch an Ronan. Was auch immer der Grund war, so wie in diesem Augenblick würde es nie wieder sein, und so genoss sie die unerwartete Leichtigkeit und Freude des Tanzens. «Ich tanze gern mit dir.»

«Du weißt auch, wie es enden wird, nicht wahr?»

Natürlich tat sie das. Mit Sex. So musste es kommen, und so kam es unausweichlich, während er sie führte und sie ihm folgte. Sie unterwarf sich ihm, und sie beide unterwarfen sich jenem Urtrieb, dem allen lebenden Geschöpfe unterlagen.

Ronan zog sie zu Boden und legte sie vor sich auf den Rücken. Er fuhr über den Stoff ihrer Leinentunika vom Hals bis zu den Oberschenkeln, schlüpfte mit den Händen unter den Saum und ließ sie nach oben gleiten, um ihre nackte Haut zu erforschen. Seine Berührungen waren für Sybil, als würde die Musik weiterspielen, und seine Liebkosungen waren so zärtlich, dass es ihr die Kehle zuschnürte. Er schien jeden Nerv ihres Körpers zu treffen, bis sie so erregt war, dass sie Höllenqualen leiden würde, wenn seine Hände nicht bald ihre Brüste streicheln oder sie zwischen den Beinen berühren würden. Sie lag da und wünschte sich nichts sehnlicher, als dort von ihm gestreichelt zu werden. Doch er tat nichts dergleichen.

Ronan zwang sie stattdessen auf Hände und Knie und schob ihr die Tunika bis zur Taille hinauf, sodass sie ihm nackt und schutzlos ausgeliefert war. Sie wartete darauf, dass er sie erneut liebkoste.

Und schrie vor Schmerz auf, als eine Rute auf ihre Oberschenkel niedersauste. Der zweite Schlag traf sie ein Stück höher und brachte ihr Geschlecht zum Zucken. Der dritte landete auf ihren Pobacken, und sie stöhnte auf, als das Blut an der misshandelten Stelle zu pulsieren begann und zu einem köstlichen Stechen wurde, das sie am ganzen Körper durchlief. Wieder verkrampfte sich ihre Lustgrotte, und nach dem vierten Schlag war sie so erregt, dass sich alles in ihrem Kopf drehte.

Ronan knetete die Rundungen ihres nackten Pos und ließ die Hand tiefer zu ihrer Pforte gleiten, fand sie feucht und willig und schob seine Finger in sie hinein.

Mit der anderen Hand fuhr er fort, ihre Hinterbacken zu liebkosen, bevor er sie gleich darauf mehrmals hintereinander mit der flachen Hand schlug, während seine andere Hand noch immer in ihr spielte.

Sie spürte die Spannung am ganzen Körper, ein schmerzhaftes Drängen nach mehr, und wusste, dass sie gleich kommen würde. Sybil wollte dagegen ankämpfen, aber der lustvolle Schmerz und die leichte Penetration seiner Finger machten sie rasend.

«Bitte», stöhnte sie schließlich und spreizte die Schenkel so weit wie möglich. «Bitte, Ronan», bettelte sie und bog den Rücken durch, um sich ihm völlig darzubieten.

Sie schwebte am Abgrund der Ekstase und war kurz davor hineinzustürzen, trotz ihrer Versuche, die Kontrolle zu behalten. Dies war der Moment, als er seine Finger aus ihr herauszog.

«Auf den Rücken.»

SECHZEHN

Sybil rollte sich auf den Rücken und spreizte die Beine. Die Tunika war ihr bis zur Taille hinaufgerutscht. Sie blickte Ronan abwartend in die blassblauen Augen.

Er war nun nackt und erinnerte an ein Urgeschöpf aus den Zeiten, als die Welt entstanden war. Seine Erektion ragte steil in ihre Richtung, und sie wollte seinen Geschmack ebenso gern auf der Zunge haben, wie sie sich wünschte, ihn zwischen ihren Schenkeln zu spüren.

Ronan senkte seinen Körper auf sie und stützte sich links und rechts von ihr ab. Sie fühlte, wie seine Eichel sie zwischen den Beinen anstupste. Hart und heiß, wo sie feucht und willig war. «Nimmst du mich?»

Sie hätte angesichts dieser höflichen Frage fast laut aufgelacht, trotz der vibrierenden Lust in ihrem Körper. Oder vielleicht genau deswegen. «Mit aller gebotenen Vorsicht. Und nimmst du auch mich?»

Statt einer Antwort schob er sein Becken vor und glitt mit seiner samtigen Härte in sie. Ihre Spalte öffnete sich und umfing ihn. Sein Oberkörper streifte ihre Brüste, aber er hielt sich über sie gebeugt, ohne sie mit seinem Gewicht zu belasten. Von der intimen Empfindung, ihn ganz tief in sich aufgenommen zu haben, wurde ihr schwindelig. Jetzt änderte sich die Musik und durchdrang ihre vereinten Körper, und mit jeder Faser sehnte sie sich danach, sich mit der Musik zu bewegen.

«Tanz mit mir», flüsterte sie.

Ronan ließ sich mit seinem Gewicht ganz auf sie sinken, und sein langes Haar umgab sie wie eine silberne Regenwand. Das seidige Gefühl auf ihren Schultern war wie eine verführerische Liebkosung. Sie war verrückt nach seinem Körper – so groß und schlank, wie gemeißelt und so ganz anders als die anderen. Sie wollte ihn ganz und gar erforschen, und sie schrie danach, dass er sich an ihr rieb. Als er sich in ihr bewegte, schlang sie die Arme und Beine um ihn, und ihr Herz jubelte vor Glück.

Die Musik schwoll zu einem wilden Rausch an, als ihre beiden Körper sich zum ältesten Tanz der Menschheit vereinigten, und sie wünschte, es würde ewig andauern, und sehnte sich doch nach der Erlösung. Ronans gleichmäßige Stöße verschafften ihr schon bald so große Lust, dass sie sich unter ihm aufbäumte, mit leiser, rauer Stimme nach mehr bettelte und am ganzen Körper vor Verlangen erbebte. Die ständige Reibung seines Schafts in ihr fühlte sich vollkommen an und war gleichzeitig süße Folter. So viel, so gut und doch nicht genug.

Dann veränderte sich plötzlich alles, die Luft war verzaubert und die Musik noch wilder. Ronan bewegte sich nun ungezähmter und archaischer und trieb sich schneller und tiefer in sie hinein. Die Muskeln ihrer Liebesgrotte zogen sich enger um ihn. Sie spürte, wie sie kurz davor war, dann stieß sein harter Schwanz sie über die Klippe. Auch er begann in ihr zu pulsieren, dann spritzte er seinen Samen in einem heißen Strahl in sie. Ihr Körper erzitterte in kleinen Lustwellen, hieß seinen Orgasmus willkommen und schwelgte darin. Die Musik sang auf ihrer Haut, als Ronan sie mit Tönen und Feuer zeichnete. Er stieß wieder und wieder in sie hinein, während sie gemeinsam kamen und sich die Lust verlängerte, bis sie sich schließlich erschöpft fallen ließen.

Sybils Puls wechselte langsam von einem wilden Hämmern zu einem sanften Rhythmus, und auch ihr Atem ging ruhiger als zuvor. Sein Körper drückte sie nieder, beruhigte sie und gab ihr Halt.

Seine Lippen glitten über ihre Stirn, eine liebevolle Geste, die ihr ein Lächeln entlockte. Sie lächelte noch immer, als er sich ein Stück zurücklehnte, um ihr ins Gesicht zu blicken. Und schüttelte den Kopf, als seine Aura sie anstrahlte. «Also wirklich, Ronan, kannst du das nicht ein bisschen runterschrauben?»

Er blickte sie seltsam an. «Das hast du schon einmal gesagt. Aber das funktioniert bei Hexen nicht. Sie durchschauen es.»

«Dich anzusehen ist, als betrachte man die Sonne», klagte sie. «Oder den Mond. Auf jeden Fall ein Himmelsgestirn.» Ihre Hände streichelten ihn, und sie genoss das Gefühl seiner nackten Haut mit allen Sinnen.

«Was siehst du?»

«Dein Haar ist silbrig, aber es lässt dich nicht alt aussehen. Dein Gesicht ähnelt, nun ja, ich würde sagen, dem eines Dreißigjährigen. Aber aus deinen Augen, so hellblau mit den dunklen Ringen, spricht dein wahres Alter», sagte sie verträumt. «Deine Haut ist fast weiß, aber statt blässlich zu wirken, leuchtet sie wie ein Stern. Du bist groß und schlank, und deine Muskeln wirken nicht angeberisch, sondern wie für große Ausdauerleistungen trainiert. Du bist so elegant, dass jeder andere neben dir unbeholfen wirkt. Ich könnte Stunden damit verbringen, dich anzusehen.»

«Du klingst verzaubert», meinte Ronan. «Aber du siehst die Aura nicht.»

«Ich bin verzaubert. Auch von deinem Rohrstock.» Ihre Reaktion auf seine Schläge, die intensive Erregung und die sexuelle Freude ließen ihr keine Ruhe. Vielleicht hatte Kadar gar nicht so unrecht gehabt. Was Ronan mit ihr angestellt hatte, hatte ihr weitaus weniger ausgemacht, als dass es ihr gefiel.

«Du wolltest es so.» Er rollte sich auf den Rücken und nahm sie mit sich. Sie ruhte an seiner Brust, während sein Schwanz noch immer in ihr steckte. «Du könntest jetzt auf der Stelle kommen, allein von dem Gedanken, dass ich dir das nackte Hinterteil versohle.»

Dem hatte sie wenig hinzuzufügen, also schmiegte sie die Wange an seine Brust, denn im Augenblick stand ihr der Sinn mehr nach Nähe und Zärtlichkeit. Und als er ihr beides gab, machte das die Sache noch schlimmer. Seine Hände berührten sie so sanft, dass es ihr die Tränen in die Augen trieb, und ihre Kehle schmerzte.

Ich will das nicht, dachte sie, sprach es jedoch nicht laut aus. Ich will nicht zu dir gehören, wenn du nicht zu mir gehörst.

Das fehlende Fragment, das das Mal vollkommen machte, war auf sie übertragen worden. Nun war der Prozess beendet, und Ronan würde sie so lange behalten, wie er wollte oder bis die Zeit ablief, während sie gezwungen war, mit den Folgen zu leben. Keiner der Schattenwächter gehörte ihr, doch jeder von ihnen besaß ein Stück von ihr, das sie nie mehr zurückbekommen würde. Wie lange würde sie es wohl aushalten, als gelegentliches Sexspielzeug zu dienen, wenn sie doch mehr wollte?

Sie konnte nicht nehmen, ohne im Gegenzug zu geben. Und sie wusste nicht, wie sie ihr Herz zurückhalten sollte.

Finde dich damit ab, sagte sie sich. Schließlich bist du am Leben. Du kannst jederzeit heißen, schweißtreibenden Sex mit fünf überwältigenden, übernatürlichen Männern haben, allein oder mit mehreren gemeinsam. Wann immer sie dich wollen. Und du musst ihnen nie die schmutzige Wäsche hinterherräumen.

Davon fühlte sie sich zwar nicht besser, wohl aber von der Tatsache, dass Ronan sie fesselte, was in diesem Fall bedeutete, dass er ihr die Hände mit einem weichen, aber festen Strick auf dem Rücken zusammenband. Dann zwang er sie, sich vor ihm niederzuknien, legte ihr ein juwelenbesetztes Halsband an und befestigte eine lange, samtene Leine daran.

«Begleite mich.»

Seine Stimme allein ist schon eine Verführung, dachte sie. Sie stand auf und folgte ihm durch Eichenhaine und Wiesen, die von Sternen und Zwillingsmonden beschienen waren.

Verse aus alten Gedichten kamen ihr in den Sinn, die alle etwas mit Feen, Hügeln und vergangenen Zeiten zu tun hatten. Sie war auf dem Rücken eines Drachen in diese fremde Welt gekommen. Und sie hatte mit jedem Schattenwächter einen Tag verbracht, aber wie viel Zeit war inzwischen wirklich vergangen? Wie viele Stunden hatte sie mit dem Elf getanzt? Wie lange war sie die unterwürfige Gespielin des Wolfs gewesen, die Trophäe des Drachen, die Liebhaberin eines Dämons und das Lebenselixier eines Vampirs?

Ronan führte sie in seine grüne Idylle zurück und befestigte die Leine an seinem Bett aus Eschenholz. Dann riss er ihre Tunika vom Hals bis zum Saum entzwei und warf sie beiseite, bevor er seine Finger in ihre Haare schob, sie zur Faust ballte und Sybil zwang, vor ihm auf die Knie zu gehen. Sein geschwollener Penis streifte ihre Lippen. «Nimm ihn in den Mund.»

Gehorsam öffnete sie die Lippen und hob den Kopf so an, dass er ihr seinen Schaft, der nach Magie und Sex schmeckte, tief in ihren Mund schieben konnte. Sie schleckte ihn, sog und umspielte ihn mit der Zunge und merkte, wie sich ihr Unterkörper vor sinnlicher Vorfreude anspannte.

Seine Hüften bewegten sich vor ihren hungrigen Lippen vor und zurück, und als er in ihrem Mund kam, hielt er ihren Kopf fest, und sie schluckte jeden Tropfen, den er ihr gab.

Als Ronan sich aus ihrem Mund herauszog, sah sie, dass sie nicht mehr allein waren. Ein Wolf und ein Vampir waren gekommen, um ihnen Gesellschaft zu leisten. Sie fand es amüsant, dass Ronan sowohl den schwierigsten als auch den unkompliziertesten ihrer Liebhaber ausgewählt hatte. Vermutlich hatte er sich gerade wegen dieses Gegensatzes so entschieden.

Sie fuhr sich mit der Zunge über die geschwollenen Lippen und blickte fragend von Kenric zu Adrian und schließlich wieder zu Ronan auf. Was würde nun geschehen? Die Frage, ob ihnen die Vorstellung gefallen hatte, war leicht zu beantworten, denn die beiden waren nackt und sichtbar erregt. Sybil nahm es als positives Zeichen, dass sie keinen überwältigenden Drang verspürte, sich Adrian an den Hals zu werfen und ihn anzubetteln, dass er ihr seine Zähne in die Halsschlagader bohren möge. Mochte es auch stimmen, dass sie ihren fünf Liebhabern allesamt sehr zugetan war, so war sie trotzdem nicht von Adrians vampirischem Toxin abhängig.

«Auf das Bett», befahl Ronan.

Sybil erhob sich und kletterte auf die breite Matratze, wo sie sich auf eine Pobacke setzte und die Beine unterschlug. Die drei Männer kamen zu ihr. Kenric legte sich auf den Rücken, während sich Adrian ans Kopfende kniete und Ronan das Fußende übernahm.

Es war nicht schwer zu erraten, was Ronan mit ihr vorhatte und wie die Männer sie gemeinsam zu nehmen gedachten. Doch standen ihr die Regeln noch so deutlich vor Augen wie die Bestrafung, die sie zuvor erhalten hatte. Also widerstand sie der Versuchung, Kenrics Körper zu berühren, und wartete, bis Ronan es ihr befahl.

«Setz dich rittlings auf den Wolf und biete dem Vampir deinen Mund an.»

Sybil hätte am liebsten vor Wonne laut aufgeseufzt, als sie Kenrics harten, männlichen Körper unter sich spürte. Er fühlte sich so richtig und vollkommen an. Sie beugte sich vor, und Adrian kam ihr entgegen. Er hielt seinen Schaft an der Wurzel umfasst und drückte seine Eichel an ihre Lippen, die sie weit öffnete. Er schob ihn hinein und füllte ihren Mund vollkommen aus.

Unterdessen glitten Kenrics Hände von ihren Hüften zu ihren Brüsten, und seine Handflächen bedeckten die Brustwarzen mit genau jenem Druck, dem sie auch entgegenkommen wollte. Ihre Spalte streifte seinen harten Ständer, und von der Berührung wurde sie scharf. Sie saugte Adrian mit eifrigen Bewegungen und schob das Becken vor, um ihre Pforte an Kenrics langen Schaft zu bringen. Die beiden Schattenwächter liebkosten sie mit vertrauten Bewegungen. Adrian schob die Hände in ihr Haar und streichelte dann ihre Kehle und ihren Nacken, während Kenric ihre Brustwarzen reizte, bis sie sich in lustvoll schmerzende Höfe verwandelt hatten, wobei er sich langsam, aber unerbittlich zwischen ihre Schenkel schob.

Als Ronan ihr den Hintern versohlte, zuckte ihre enge Spalte um Kenrics dicken Schwanz und verstärkte das Gefühl, bis zum Äußersten penetriert zu werden. Ronans

Schläge mit der flachen Hand hinterließen ein lustvolles Brennen auf ihrem nackten Po und erregten sie so sehr, dass sie fast den Verstand verlor.

Doch Kenrics dicker Schwanz in ihrer Möse reichte ihr nicht. Und auch Adrian, der seine lange Rute zwischen ihre gierigen Lippen schob, genügte ihr nicht. Sie stöhnte laut auf, als Ronan seinen eingeölten Schwanz zwischen ihre wohlgerundeten Hinterbacken schob, und als seine Eichel ihren Anus berührte, machte sie das noch wilder. Er begann, in sie einzudringen und sie dabei kräftig zu dehnen. Stück für Stück arbeitete er sich weiter in ihre enge anale Öffnung, während Kenric von unten in sie stieß und Adrian zwischen ihren Lippen hin- und herglitt.

Sie waren zu viert vereint, und sie war ganz und gar ausgefüllt von ihren drei Liebhabern. Sie genoss die Enge in ihrem Schoß, die von Kenric kam, und Adrians Geschmack auf der Zunge sowie das verdorbene Vergnügen von Ronan, der sie von hinten nahm. Doch am meisten gefiel ihr, dass Kenric bei diesem Erlebnis dabei war, und das trieb ihr Vergnügen in ungeahnte Höhen.

Adrian kam zuerst, ein heißer Schwall süß-salziger Flüssigkeit, die sie schluckte, während sie ihn weiter saugte und mit der Zunge seine Eichel umspielte. Sie genoss das Gefühl, ihn im Gegenzug erschauern zu spüren. Nun ließ sie ihn aus ihrem Mund gleiten und legte ihre bloßen Brüste auf Kenric, von dessen Hitze und moschusartigem Duft ihr schwindelig wurde. Mein Wolf, dachte sie und zog sich um ihn zusammen.

Ronan ritt sie nun hart und schnell. Sie war auf das köstlichste gedehnt, und der enge Ring zarten Fleisches, den er durchstieß, schmerzte von dem sinnlichen Vergnügen, das er ihr abverlangte.

Die abwechselnden Stöße der beiden Männer brachten sie schon bald an den Rand des Höhepunkts, dann ergoss sich Ronan in sie, gefolgt von Kenric, beide so tief in ihr vergraben, wie es ihnen möglich war. Ronan hatte sie nun fest an den Hüften gepackt und pumpte fester, spritzte in kurzen, heftigen Schüben in sie hinein, und als er fertig war, rollte Kenric sie unter sich.

Sie blickte aus halb geschlossenen Lidern zu ihm auf. Seine goldenen Augen brannten sich in sie, sein Blick war wild und besitzergreifend. Sie reagierte mit jeder Faser ihres Körpers. «Jetzt bin ich dran», knurrte er.

Er schaute sie unentwegt an, während er wieder und immer wieder in sie hineinstieß. Sybil kam seinen Stößen mit ihrem Becken entgegen, bis ihr Orgasmus sie mit solcher Wucht überkam, dass sie sich nicht mehr rühren konnte. Und ihre Erfüllung führte zu seiner. Ihre Körper waren auf das engste miteinander vereint und Kenric, so tief es nur ging, in ihr, und dann begann sein Schwanz zu pulsieren, und er ergoss sich tief in ihr.

«Ich glaube, es hat dir gefallen, meine Gäste zu unterhalten», sagte Ronan und legte sich neben sie, nachdem die anderen gegangen waren. Mit einer Hand bedeckte er ihren Liebeshügel und ertastete den feuchten Beweis mit seinen Fingerkuppen. «Sie haben dich zweifellos sehr genossen.»

«Macht ihr das häufiger? Euch eine Frau teilen, meine ich?»

«Nie.» Ronan strich über ihren Bauch, weiter hinauf über ihre kleinen Brüste und noch weiter zu der empfindlichen Mulde unterhalb des Hundehalsbands.

Oh, also besaß sie für sie einen gewissen Unterhaltungswert. Der vermutlich nicht lange anhalten würde.

«Du siehst traurig aus.» Ronan zwickte sie in die Brustwarze, gerade fest genug, um ihre Aufmerksamkeit wiederzugewinnen. «Genießt du deine Zeit als mein Liebesspielzeug?»

Viel zu sehr. Aber sie zwang sich, ihre Gesichtszüge zu kontrollieren, damit man es ihr nicht ansah.

«Du bist das Geschenk der Göttin an die Weiblichkeit.»

«Hättest du gern ein Geschenk?»

Etwas in seiner Stimme ließ sie aufhorchen, und sie grübelte über den tieferen Sinn seiner Worte nach. Wieder zwickte er sie in die Brustwarze, dieses Mal heftiger. Ihr Körper begann zu pulsieren.

«Ich möchte dir gern etwas zum Dank schenken für das Vergnügen, das du mir bereitet hast.» Ronan ließ sie los und befreite sie von ihren Fesseln. Sie streckte die Arme aus und stellte fest, dass sie nicht in der Lage war, ihm zu widerstehen. Hungrig glitten ihre Hände über seine Haut, und sie erwartete jeden Augenblick, dass er sie für ihr forsches Vorgehen bestrafen würde.

Doch seine Hände schenkten ihr nichts als Zärtlichkeit, erweckten jede Faser ihres Körpers zum Leben und steigerten ihr sinnliches Vergnügen. Zu wissen, dass sich das jeden Augenblick ändern könnte, brachte sie rasch an den Rand des Höhepunkts, und sie machte sich auf alles gefasst, eine Erregung, die ihre Reaktionen auf ihn noch weiter anstachelte.

Er berührte sie überall, streichelte ihre empfindlichen Kniekehlen, den zarten Spann ihrer Füße, ihren Nacken. Jede Liebkosung war eine Steigerung zur nächsten, sodass sie völlig in den Bann des Elfen gezogen wurde und darin versank.

Wie er schmeckte, wie er sich an ihrem Körper rieb. Sein Duft. Das Licht, die Farben und die Düfte in der Luft. Und die Musik, die so vertraut und doch so fremd klang und damit unterstrich, wie fremd er ihr letztlich immer noch war.

«Was ist das für ein Lied?», fragte Sybil. Ihre Stimme war nur ein Flüstern.

«Hör gut zu.» Ronan begann, sie zu küssen. Lange und ausgiebig, bis sie jeden Gedanken an Selbstbeherrschung aufgab und sich ihm einfach nur öffnete und ihm anbot, mit ihr zu verfahren, wie es ihm beliebte.

Als er sie auf den Rücken rollte und über ihr aufragte, jubelte ihr Herz. Seine langen Beine glitten zwischen ihre, und seine Männlichkeit forderte ihre weibliche Unterwerfung und wurde belohnt. Sie war feucht und hieß ihn willkommen, als er tief in sie eindrang.

Ihre Körper vereinigten sich, und mit seiner Berührung wurde sie auch von seiner Magie umhüllt. Der rauchige Duft von Dämonen stieg ihr in die Nase, dazu Feenblumen und eine exotische Note, die, so dachte sie, vielleicht eine Mischung aus ihrer beider Magie war.

Ronan war auf ihr und ihn ihr und erfüllte sie gleichermaßen mit Staunen und Begierde. Er glitt rein und raus und stützte sich so auf, dass sie einander in die Augen blicken konnten, während ihre Körper verschmolzen. Sein Anblick, so tief zwischen ihren Schenkeln versunken, machte sie atemlos.

Grüne Blätter rankten sich um seine und ihre Arme, sprossen weiter um ihre Hüften und banden sie aneinander, und seine weiße Haut nahm eine grünliche Färbung an, während auf seinem Kopf ein Kranz aus grünen Blättern spross.

Der *grüne Mann*. Sie sprach die Worte nicht laut aus. Sie konnte es einfach nicht. Das archaische Symbol einer archaischen Natur. «Ist das hier wirklich?», hörte sie sich fragen.

«Was siehst du?»

«Viridius.» Sie sprach den Namen des keltischen Gottes aus.

«Hexen durchschauen meine Aura.»

Sybil lachte über seine Antwort und war erstaunt statt verängstigt. Voller Wonne gab sie sich der alten Magie hin, die das ewig Weibliche an das ewig Männliche band.

Sehr viel später schlug sie die Augen auf und stellte fest, dass sie allein auf der Blumenwiese lag, auf der sie eingedöst war, während sie auf Ronan gewartet hatte. Sie war nackt bis auf einen Blumenkranz, wo zuvor Ronans Halsband gewesen war und wo sich noch immer Kadars Kette befand. Der Anhänger lag kühl und schwer zwischen ihren Brüsten. Über der einen Brust prangte der achtzackige Stern in einem geschlossenen Kreis. Das Mal war vollständig und hob sich deutlich von ihrer blassen Haut ab.

Sie hätte ihre Erlebnisse allesamt für einen Traum gehalten, wären da nicht die Tätowierung, die Kette und der Blumenkranz gewesen. Und die verlorene Tunika, die Adrian ihr gegeben hatte.

Sybil setzte sich auf und rollte sich auf die Seite, um zu sehen, ob ihr Po oder ihre Oberschenkel Spuren von Ronans überraschend angenehmer Bestrafung davongetragen hatten, doch ihre Haut war unversehrt.

Sie machte es sich auf dem Bett aus Gras und Blumen bequem und spürte dem Zustand ihres Körpers nach. Er prickelte an einigen Stellen angenehm und schmerzte an anderen von den Strapazen. Alles in allem fühlte sie sich in ihrer Haut unglaublich wohl. Vielleicht war das Ronans Geschenk gewesen, ein Energieschub. Sehr umsichtig von ihm.

«Wenn Ronan dein wirklicher Name ist», sagte sie laut. Der andere Name hatte ihm zumindest zeitweise gehört. Was mehr als unerwartet gekommen war.

Wie die gesamte Zeit mit ihm. Die reine Freude des Tanzens. Der Schock, als sie herausfand, dass sie Ronans sexuelle Vorlieben alles andere als unangenehm fand. Er war respektvoll mit ihr umgegangen, hatte sie an den Händen gefesselt, an die Leine gelegt und sie gezwungen, an einer Orgie teilzunehmen. Und er hatte sie wie seine Lieblingssklavin behandelt.

Jeder von ihnen nahm sie so, als gehörte sie ihm allein. Es war wie eine Art umgedrehter Harem, in dem einer Frau fünf Männer zur Verfügung standen. Sybil stellte sich vor, wie sie irgendjemandem aus ihrem alten Leben davon erzählen würde, doch das wollte ihr nicht gelingen.

Was kaum verwunderlich war, denn sie verstand es selbst nicht.

Sie hob den Kopf, als sie ein Geräusch hörte. Es kam ihr seltsamerweise richtig vor, dass Kenric vor ihr stand.

«Ich bin überrascht, dich nicht auf vier Pfoten zu sehen», sagte sie.

«Und ich bin überrascht, dich allein anzutreffen», erwiderte er.

«Mir gefällt dein Ton nicht. Schließlich war ich nicht diejenige, die Sex mit euch für des Rätsels Lösung hielt.» Sie stand auf, reckte und streckte sich und präsentierte ihm ihren nackten Körper mit deutlicher Unverfrorenheit. «Warum bist du überhaupt hergekommen?»

«Abaran ist verschwunden.»

SIEBZEHN

Bei Kenrics schonungsloser Mitteilung überlief es Sybil kalt, und sie schlang instinktiv die Arme um sich, was wiederum die Erinnerung an ein Flügelpaar auslöste, in dem sie sich sicher wie in einem Kokon gefühlt hatte. Es erstaunte sie, wie stark das Gefühl des Verlusts war. Mit Abaran sollte sie schließlich nicht mehr als lockerer, gelegentlicher Sex verbinden. Und doch waren ihre Gefühle alles andere als locker.

«Es ist meine Schuld, wenn ihm etwas passiert ist», sagte sie mit Tränen in den Augen. «Ich habe euch durch meine Anwesenheit alle in Gefahr gebracht.»

Kenric fuhr sich mit den Fingern durch sein dichtes Haar. «Ich habe keine Zeit, mir dein Gejammer wegen deines verschwundenen Geliebten anzuhören. Ich muss seiner Spur folgen, und jemand muss auf dich aufpassen.»

«Damit ich nichts anstelle, oder was?», entgegnete Sybil zornig und gab sich keine Mühe, ihre Wut zu verbergen. Das war immer noch besser, als sich vor Sorge zu grämen.

«So ist es. Außerdem sollst du nicht auch in die Fänge desjenigen geraten, dem es gelungen ist, einen Schattenwächter zu entführen. Du gehst in Kadars Höhle.»

Du. Es war ihr nicht entgangen, wie er das Wort betont hatte. Sie trug zwar das Siegel der Inanna, aber deswegen gehörte sie noch lange nicht dazu.

Aber was war sie dann?

Sybil lief neben Kenric her und passte sich ohne Mühe seinen weit ausholenden Schritten an. «Hör zu, ich habe geübt und kann meine Kräfte nun viel besser kontrollieren. Ihr braucht meine Hilfe. Jeder von uns ist wichtig, um Abaran zu retten.»

«Ich weiß, dass du helfen willst. Aber das tust du am besten, indem du nicht im Weg bist und Kadar dich beschützt.»

Der entschlossene Klang seiner Stimme machte ihr nur allzu deutlich, dass es an seiner Entscheidung nichts zu rütteln gab. Jede weitere Diskussion wäre eine reine Zeitverschwendung. Aber Kadar würde vielleicht anders denken. Kenric lieferte sie bei ihm ab, und Sybil hätte am liebsten vor Wut geheult.

«Was bin ich denn nun?», fragte sie Kadar, sobald Kenric außer Hörweite war.

Er blickte sie nachdenklich an. «Wer wir sind, wird größtenteils von unseren Taten bestimmt. Was wärst du gern?»

«Mehr als nur eure Gespielin», antwortete sie, mit einer Hand gestikulierend. «Nicht, dass es hier mehr von meiner Sorte gibt, aber so unterhaltsam es mit euch im Bett auch ist, so bestehe ich doch nicht nur aus Sex. Oder aus meinen Liebhabern. Ich bin schließlich auch gezeichnet, werde ich dadurch nicht Teil des Teams?»

«Du füllst sogar eine Lücke, die schon sehr lange existierte. Schließlich waren die Hexen einmal unsere Verbündeten. Ich habe dir schon mal gesagt, dass deine Macht nicht nur dir allein nützlich ist. Wir brauchen dich.»

«Um das Portal zu schließen.»

«Und es anschließend zu bewachen. Damit es für immer geschlossen bleibt.»

Sie blickte auf den achtfach gezackten Stern über ihrem Herzen. «Kenric hat sich klar geäußert. Er will, dass ich hierbleibe, während er sich auf die Suche nach Abaran macht.»

«Kenric spricht aber nicht für uns alle.»

«Abaran hat mir erzählt, dass ihr fünf nicht auf mich angewiesen sein wollt.» Sie strich mit einer Fingerkuppe über ihr Mal.

«Und was willst du?»

Sybil holte tief Luft und stieß sie langsam wieder aus. «Ich will Abaran zurück. Ich will nach ihm suchen.»

«Obwohl du dabei selbst ins Visier geraten könntest?»

Sie hob den Kopf und begegnete seinem Blick. «Ich gedenke, ein bewegliches Ziel zu sein, aber keine tickende Zeitbombe, die alles noch viel schlimmer macht. Ich will helfen, und wenn ich wirklich ein Teil von euch bin, dann sollte ich auch danach handeln. Lass uns einen Plan machen.»

Kadar zauberte ein paar Kleidungsstücke hervor und reichte sie ihr. «Zunächst möchte ich dir noch eine Frage beantworten. Du fragst, was du jetzt bist. Nun, du bist jetzt eine Unsterbliche.»

Aus irgendeinem unerfindlichen Grund war ihr dieser Gedanke bislang noch nicht in den Sinn gekommen. «Du meinst, hier geht's nicht mehr allein um die Zeit bis zum Tod, sondern darüber hinaus?»

«Ja, damit meinen wir es ernst.» Er trat einige Schritte in den Raum hinein, blieb stehen und begann sich zu strecken und auszudehnen, umgeben von dem Nebel, der stets mit seiner Verwandlung einherging. Als sich die Schwaden aufgelöst hatten, blickte sie ein bronzefarbener Drache an. «Du bist eine Unsterbliche, deren Macht auf beiden Seiten des Portals heiß begehrt wird. Sowohl von den Dämonen des Schattenreichs als auch von dem Hexenzirkel aus deiner Welt. Du musst mit beiden fertigwerden. Bist du dazu bereit?»

Sybil konnte sich noch gut an die schreckliche Angst erinnern, die sie erfasst hatte, als die geflügelten Dämonen am Himmel erschienen waren. Dann entsann sie sich der vertrauten Gesichter, die sie für ihre Freundinnen gehalten hatte und die ihr so nahegestanden hatten wie ihre eigene Familie. Und die nun ihre potenziellen Feindinnen waren. Die vermutlich nie etwas anderes gewesen waren.

Sie zog sich an, holte schaudernd Luft und straffte die Schultern. «Bereit vielleicht nicht, aber ich werde mich allem stellen, was auf mich zukommt. Anders geht es nicht, schließlich habe ich das blöde Buch gefunden und bin in seinen Bann geraten. Und meinetwegen hat sich das Portal geöffnet. Jetzt werde ich das wieder rückgängig machen.» Oder mit Leib und Seele untergehen, dachte sie, aber nicht einmal mehr das war noch möglich.

«Dann sollten wir keine Zeit verschwenden.» Der Drache ging durch die gewundenen Pfade seiner Höhlen, und Sybil folgte ihm. Als sie ins Sonnenlicht hinaustraten, musste sie erst einmal blinzeln. Es kam ihr wie eine Ewigkeit vor, seit sie das Reich der Schattenwächter betreten hatte.

«Nur mal aus reiner Neugier: Ist das da Sol?» Sie deutete auf die Sonne am Himmel.

«Selbstverständlich.» Der Drache schlang seinen Schuppenschweif in einer tröstlichen Geste um ihre Wade. «Wir befinden uns auf einem Teil der Erde, der von schützender Magie umgeben ist. Wissenschaftliche Instrumente können uns nicht orten, und auch die Menschen kommen nicht zufällig hier vorbei.»

Sie schnaubte. «Und wie erklärst du dir Coleridges Verse?»

«Dichter sind über jegliche Form der Erklärung erhaben. Aber du darfst dich gern darin versuchen.»

Sie stellte sich einen benebelten Coleridge vor, der durch diese Gegend schwankte. Aber wie? Er musste sich in einem transzendentalen Zustand befunden haben … «Astrale Projektionen?»

«Du wirst noch zur Klassenbesten.»

«Kommen solche Besuche häufiger vor?»

«Nein.»

Sybil streckte den Arm aus und kraulte die Flanken des Drachen. «Du klingst enttäuscht.»

«Ich habe früher viel mehr Besucher empfangen.»

«Darauf gehe ich jede Wette ein.» Sie schmiegte sich an ihn und streichelte mit einer Hand seinen Nackenpanzer. «Wahrscheinlich überwiegend weibliche Besucher.»

«Ja, aber das ist schon lange her. Im Lauf der Zeit hat es immer mehr Schwierigkeiten zwischen der menschlichen Rasse und anderen Rassen gegeben. Und dann ist es schließlich zu dem Großen Krieg gekommen, der uns von der Welt abgespalten und zu Schattenwächtern gemacht hat.»

Ihre Hand blieb reglos liegen. «Als euch die Hexen betrogen haben und ihr alle gestorben seid.»

ACHTZEHN

Vertraust *du* mir denn?», fragte Sybil geradeheraus. «Ich trage schließlich das Buch in mir, wegen dem ihr verraten wurdet. Habt ihr keine Angst, dass ich mich der dunklen Seite zuwende?»

«Du warst ja nicht auf die Macht aus», betonte Kadar.

«Doch, das war ich.» Sie stellte sich so aufrecht hin wie nur möglich. «Ich wollte Magie wirken, damit mein Talent nicht verschwendet wird.»

«Wobei die Schlüsselbegriffe ‹Talent› und ‹verschwendet› lauten. Du hattest gute Absichten», antwortete der Drache mit sanfter Stimme. «Und du hast gegen die dunkle Macht angekämpft und wolltest dich nicht zu ihrem Werkzeug machen, auch dann nicht, als du völlig hilflos warst.»

«Mag sein, aber jetzt bin ich nicht mehr hilflos.»

«Und was willst du tun? Einen von uns retten und den Schaden beheben, den du versehentlich angerichtet hast. Wenn du machthungrig wärst, wäre es dir egal, wem von uns etwas zustößt.»

«Aus großer Kraft folgt große Verantwortung», zitierte Sybil. «Und das gilt nicht allein für Spiderman.»

Kadar lachte. «Du zitierst Gedichte und nimmst deine Weisheit aus Comics. Und dann fragst du dich noch, weshalb ich dir vertraue?»

«Dann tust du es?» Ein Lächeln erhellte ihre Züge.

«Und ich kenne noch einen Schattenwächter, der dir vertraut. Wenn du bereit bist, ihn zu suchen, dann steig auf.» Der Drache ging in die Hocke, damit Sybil auf seinen Rücken klettern konnte. Sie schmiegte sich eng an seinen langen Hals. «Ich wäre so weit.»

Der Wind und Kadars gleichmäßig schlagende Flügel überlagerten jegliche anderen Geräusche. Kadar flog hoch und schnell auf einen hügeligen Teil der Landschaft zu, den sie bereits erahnen konnte, bevor sie ihn sah. Er fühlte sich kalt und fremdartig und auf grässliche Weise vertraut an. Dämonen wisperten in ihrem Kopf und brachten ihr Blut zum Pulsieren.

«Dort ist das Portal, das ich versehentlich geöffnet habe, stimmt's?»

«Ja.» Kadar setzte zum Sinkflug an und brachte sie exakt an den Rand des Portals. «Ich kann nicht hindurch. Keiner von uns kann das, außer dir. Du trägst die dämonische Magie in dir, also wird sich dir das Schattenreich öffnen.»

«Und Abaran befindet sich dort?» Ihr Mund war mit einem Mal wie ausgetrocknet, und sie hatte einen metallischen Geschmack auf der Zunge.

«Er kann nirgendwo anders sein. Wenn er sich auf unserer Seite des Portals aufhielte, hätten wir ihn längst gefunden.»

Natürlich. Abaran war ein Dämon, wenn er entführt wurde, dann nur an einen Ort, an dem ihn niemand retten konnte. Aber sie würde ihm folgen. Sie sog bebend die Luft ein und glitt von Kadars Rücken – bevor sie noch länger darüber nachgrübeln konnte, was sie da eigentlich tat und vielleicht in Versuchung geriet, in Ohnmacht zu fallen oder einfach wegzulaufen. «Wie gut, dass ich geübt habe.»

Kadar senkte den Kopf und fuhr mit der Schnauze durch ihr Haar. «Komm wieder und bring uns unseren Bruder zurück.»

«Ich werde mein Bestes tun.» Sybil umarmte den Hals des Drachen und wandte sich dem Portal zu. Wie mochte es wohl funktionieren? Die Antwort lag in ihr, und so blätterte sie in Gedanken das Buch durch und befahl ihm, sie auf den richtigen Zauberspruch hinzuweisen. Das Siegel der Göttin fing an zu glühen, während sie die dämonische Magie ihrem Willen unterwarf, und ihr Haar geriet in Bewegung, als ein heißer Wind aufkam. Sie sprach die richtigen Worte aus und trat einen Schritt ins Nichts.

Es kam ihr vor, als fiele sie, doch fehlten ihr jegliche Sinneseindrücke, die ihr dies bestätigen konnten. Es existierten weder Licht noch Geräusche, und sie besaß auch kein Gefühl mehr für ihren Körper und ihre Position. Vielleicht war sie erst seit ein paar Sekunden auf der anderen Seite, vielleicht schon viel länger.

Ich will zurück. Der panische Gedanke brachte etwas in ihr ins Rollen, und seltsamerweise war es das Aufwallen der dämonischen Magie, die sie als beruhigend empfand. Solange sie diese fühlte, wusste sie, dass sie wirklich existierte. Und wenn sie wirklich hier war, dann würde sie auch nach Abaran suchen können. Er forschte bestimmt bereits nach einer Fluchtmöglichkeit. Was hatte er noch zu ihr gesagt? Dass er zu sämtlichen Techniken, Taktiken und Waffen greifen würde, wenn er dem Feind in die Hände fallen sollte. Was immer die größte Aussicht auf Erfolg und Überleben versprach.

Er wäre bereit, sie musste ihn bloß noch finden, alles Weitere würden sie gemeinsam durchstehen.

Aber wie sollte sie das anstellen an einem Ort, der kein

Ort war? Sie sehnte sich nach einer Welt des Sehens und Hörens zurück, wo sie körperlich war und berühren konnte und berührt wurde. Sie hungerte regelrecht danach, wie auch die dämonische Magie in ihrem Inneren.

War das alles, was es hier zu finden gab? Ein Ort des Darbens, ein Hunger, der nie gestillt werden konnte? Ein Gefängnis, in dem die ultimative Folter die Abwesenheit von allem war? Der Gedanke hätte sie zum Zittern gebracht, wenn sie selbst real genug gewesen wäre, um eine physische Reaktion dieser Art zu spüren.

Aber sie fühlte das Mal auf ihrer Brust und die Magie, die ihr wie flüssige Lava durch die Adern strömte. Die Magie war echt. Und Abarans Magie besaß einen energetischen Widerhall. Wie bei ihr.

Sie beschwor kräftige, magische Fühler vor ihrem inneren Auge herauf, die sich von ihr wegschlängelten und die Dunkelheit durchsuchten. Irgendwo da draußen war Abaran, ihr Liebhaber, ihr Freund und ihr Gefährte. Wenn das hier der Ort der ungestillten Sehnsucht war, dann konnte sie diese Erkenntnis vielleicht brauchen. Sie brauchte Abaran.

Sie brauchte ihn und setzte ihre Sehnsucht nach ihm machtvoll ein, um ihn ausfindig zu machen. Endlich hatte sie ihn aufgespürt, aber sie konnte ihn nicht erreichen. Sybil versuchte, mit ihrer Magie die Entfernung zu Abaran zu überbrücken, aber es gelang ihr nicht. Doch wenn es Entfernungen hier eigentlich gar nicht gab, was verhinderte dann, dass sie zu Abaran kam?

Nichts.

Abaran, dachte sie und legte alles in den Namen, was sie über ihn wusste, und fügte die Dimension dessen, was sie noch nicht von ihm kannte, hinzu, da seine Geheimnisse zu ihm gehörten und damit so echt waren wie alles, was Sybil zu ertasten vermochte.

Geh weg, antwortete er.

Die Worte drangen in ihren Geist ein, und sie hätte den Kopf geschüttelt, wenn Gesten wie diese an einem Ort wie diesem von Bedeutung gewesen wären. *Nein, das werde ich nicht tun. Ich will dich.*

Du hättest nicht herkommen sollen.

Aber das bin ich nun einmal. Lass uns jetzt abhauen.

Sie spürte, wie seine magische Kraft mit ihrer verschmolz. Das war gut. Dem Kontakt der Magie konnte sie vertrauen, auch wenn sie hier sonst nichts und niemandem vertrauen konnte. Sie formte die Worte abermals mit brennenden Buchstaben in ihrem Kopf. Inannas Siegel und Kadars Anhänger versengten ihre Haut, als sie die Wirkung des Zauberspruchs nutzte, um sie an den Rand des Nichts und wieder auf die andere Seite zu bringen. Sie fielen in die physische Welt zurück und gerieten unter ihrem eigenen Gewicht ins Taumeln.

«Ich bin mit dem Fuß umgeknickt, und das fühlt sich so gut an, dass ich vor Freude am liebsten losheulen würde», keuchte Sybil. Guter Schmerz, willkommener Schmerz. Wenn der Schmerz real war, dann war sie es auch wieder.

«Wie hast du das geschafft?», fragte Abaran und sah sie ungläubig an.

«Was, dass ich umgeknickt bin? Ich bin falsch aufgetreten. Wenn man bedenkt, dass ich zum ersten Mal das Portal durchschritten habe, bin ich vermutlich noch gut davongekommen.» Sybil beugte sich vor und massierte ihren schmerzenden Knöchel.

«Wie hast du mich gefunden? Und mich befreien können?»

Sie zuckte mit den Schultern. «Ich wollte dich finden, und als es geschehen war, habe ich zugegriffen. Erst hat es nicht funktioniert, dann habe ich, na ja, ich weiß nicht recht … ich habe an dich gedacht. An deinen Namen. Wer du bist und was ich von dir weiß. Was ich mir denken konnte und auch an das, wovon ich nichts weiß. Und dann hatte ich dich plötzlich. Obwohl du versucht hast, den edlen Ritter zu mimen. ‹Geh weg›», ahmte sie ihn nach und warf ihm einen finsteren Blick zu. «Als hätte ich dich dort für immer verhungern lassen.»

«Du hast mich herbeigerufen.» Er wirkte entsetzt. «Das ist eigentlich unmöglich.»

«Warum. Bist du denn kein Dämon?»

«Seit ich Inanna geweiht bin, nicht mehr.»

«Lass uns später darüber reden.» Sybil rieb sich über die Arme. «Hast du eine Ahnung, wie man das Portal schließen kann?»

«Nein, aber während du nach der Bedienungsanleitung suchst, kümmere ich mich um die da.» Abaran deutete auf einen Schwarm dunkler Kreaturen, der sich fast senkrecht über ihren Köpfen materialisierte. Sybil kreischte auf und sprang einen Schritt zurück. Zwar machte sich ihr Knöchel bemerkbar, doch der Schmerz war auszuhalten.

Sie schloss die Augen, da der Anblick des herannahenden Unheils sie zu sehr ablenkte. Abgesehen davon, dass sie nicht sterben konnte. «Wir werden das hier überleben, und die Guten werden gewinnen», murmelte sie und hoffte, dass das der Wahrheit entsprach. Dann suchte sie in ihrem Inneren nach dem Schlüssel. Wenn sich das Portal mit einem dämonischen Zauberspruch öffnen ließ, dann musste es auch einen geben, mit dem man es wieder verschließen konnte. Oder vielleicht war die Lösung gar kein anderer Zauberspruch, sondern der erste funktionierte in beide Richtungen? Der Unterschied zwischen offen und geschlossen lag darin, in welche Richtung die Scharniere schwangen und das Schloss einrasten ließen.

Worte und Magie wallten in ihr auf. Sie sang sie leise und betete, dass sie ihre Probleme nicht verschlimmerte, indem sie ein weiteres Portal öffnete.

Der Zauberspruch vereinnahmte sie völlig, und nachdem sie all ihre Macht in die letzte Silbe gelegt hatte, brach sie zusammen.

Als sie die Augen wieder öffnete, stellte sie fest, dass Abaran gerade damit beschäftigt war, drei Dämonen zugleich zu bekämpfen. Sekunden später lagen diese reglos auf dem Boden und lösten sich beim Zusehen auf. «Das ist wirklich unheimlich.»

«Sybil.» Er nahm sie in die Arme, doch dann spürte sie, wie er den Kopf hochriss. Er fluchte, und bevor sie sich rühren konnte, war sie von seinen lederartigen Flügeln eingehüllt. «Ich habe ein paar von ihnen übersehen.»

Etwas attackierte sie. Mehrere, begriff Sybil, als ihr der Sinn seiner Worte klarwurde. Noch mehr Dämonen. Sie waren auf ihrer Seite geblieben, als sie das Portal geschlossen hatte.

«Abaran, lass sie! Du wirst dich noch verletzen!»

«Still.» Sie spürte, wie sein Mal zu glühen und zu pulsieren begann, dann konzentrierte er seine Macht und setzte sie mit einer einzigen Schockwelle frei. Als er die Flügel wieder öffnete, blinzelte Sybil und betrachtete die dunklen Gestalten auf dem Boden.

«Als würde man Salz auf Nacktschnecken streuen», murmelte sie, und hielt Abaran an der Taille umfangen, während sie beobachtete, wie sich die Dämonen in nichts auflösten.

«Sieh nicht hin, wenn es dich stört.»

«Ich kann aber nicht anders.» Dann vergrub sie das Gesicht an seiner Brust und zog ihn in eine kräftige Umarmung. «Du bist ein idiotischer Dämon, der meint, mich unbedingt beschützen zu müssen. Was, wenn du verletzt worden wärst?»

«Unmöglich.» Er erwiderte ihre Umarmung sanft und behutsam. «Ich bin unsterblich.»

«Ja, ja, du bist Superman.» Sie atmete tief seinen Duft ein und rieb ihre Wange gegen seine ledrige Haut, die so typisch für ihn war. «Ich werde daran denken, wenn du das nächste Mal im Schattenreich gefangen bist und jemanden brauchst, der deinen Hintern rettet.»

«Mach dich noch einmal über mich lustig, und ich werde dich bestrafen müssen, Hexe.»

«Versprochen?» Sie rieb sich an ihm und war nach der großen, alles verschlingenden Leere fast berauscht vor Erleichterung und Entzücken über den körperlichen Kontakt. Allein bei der Erinnerung an das Nichts überkam sie das große Bedürfnis, etwas zu fühlen. Doch ernüchterte sie der Gedanke, dass Abaran um einiges länger im Schattenreich gewesen war als sie. Wie schlimm musste es für ihn gewesen sein?

Seine Erektion ragte wie eine Antwort auf diese Frage steil in die Höhe, dick und hart.

Lust wallte zwischen ihnen auf, gemischt mit dem Wunsch nach Trost und Körperkontakt, nach dem Gefühl, sich über Berührungen vergewissern zu können, dass sie sicher und unbeschadet überlebt hatten. Ihre Brustwarzen wurden hart wie Kieselsteine. «Du willst es also tun? Gleich hier und jetzt?»

«Gleich hier und jetzt. Hart, schnell und schnörkellos.» Er entblößte mit einem Ruck ihren Oberkörper bis zur Taille und legte ihre Brüste frei, bevor er ihr die Hose ungeduldig über die Hüften schob. Ein leiser, anerkennender Laut entrang sich seiner Kehle, als er die zarten Löckchen entdeckte. «Keine Unterwäsche. Gut.»

Abaran hockte sich vor sie, schob ihr die Beine auseinander und begann, über ihre Spalte zu lecken. Sybil legte ihm die Hände auf die Schultern, um nicht umzufallen, und schloss die Augen. Sie fühlte seinen heißen Atem und den kräftigen Druck seiner Lippen an ihrer Spalte, die er nun intensiver leckte. Er umzüngelte ihre Liebesöffnung und machte sie feucht und bereit für das, was er wollte. Als seine Zunge hungrig in ihre Grotte eindrang, warf Sybil den Kopf zurück und stöhnte vor Wonne.

Sein eifriger Mund, seine Hände, die ihren Hintern mit festem Griff packten und sie so festhielten, dass sie seinen Zärtlichkeiten ausgeliefert war, ließen flüssige Hitze durch ihre Adern strömen. «Abaran.»

Seine Zunge glitt tiefer in ihre pulsierende Spalte hinein,

und gerade als sie merkte, dass sie vor ihm kommen würde, wenn er nur noch ein bisschen so weitermachte, hörte er auf, packte sie an den Hüften und zog sie zu Boden. Schon lag sie auf dem Rücken, hatte ihn über sich und zwischen ihren Schenkeln, und seine Beine drückten sie zu Boden, während sein Schwanz in sie eindrang.

«So feucht und willig.» Er presste sich tiefer in sie hinein und fand einen günstigen Winkel, der ihm erlaubte, einen Punkt in ihrem Inneren so zu stimulieren, dass ihr die Sinne schwanden. Er bewegte sich schnell und grob, und es dauerte nicht lange, bis sie kam. Und auch er spritzte ihr mit jedem Stoß heiße Schübe seines Liebessafts in ihre Lustgrotte. Als er damit fertig war, hörte er nicht auf, in sie hineinzustoßen, und zog sich erst dann aus ihr zurück, nachdem sie ein zweites Mal gekommen war. Anschließend rollte er sie herum, brachte sie auf alle viere und stellte sich hinter sie.

Wieder drang er in sie ein, doch jetzt mit langsamen, gleichmäßigen Bewegungen, bis er sie ganz ausfüllte und ihre empfindliche Spalte ganz und gar dehnte.

Sybil bewegte sich im Einklang mit ihrem dämonischen Lover und genoss das Hineingleiten seines Schafts in ihre willige Möse, genoss es, dass er seine Lust an ihr stillen wollte. Sein Schwanz drang so in sie ein, dass sie unglaublich erregt wurde, und seine offen zur Schau gestellte Lust stachelte sie noch weiter an. Sie wollte mehr, als ihn bloß in sich zu haben. «Fester», murmelte sie und bewegte ungeduldig ihre Hüften. Hingebungsvoll passte sie sich seinem Rhythmus an.

«Sehr gern.» Abarans Stöße kamen nun schneller, und er begann zu keuchen. Wie auch sie. Eine Hand legte sich auf ihren Liebeshügel und stimulierte mit den Fingerspitzen ihren Kitzler, und mit einer letzten Reihe harter Stöße brachte er sie beide zu einem ekstatischen Höhepunkt.

Dicht ineinander verschlungen, blieben sie verschwitzt liegen. Abaran machte keine Anstalten, sich aus ihr herauszuziehen, stattdessen streichelte er ihre Spalte und verteilte Küsse auf ihren Nacken, als sie sich erschöpft zusammenkuschelten.

«Fertig?»

Der scharfe Unterton in Kenrics Stimme ließ sie mit finsterem Blick den Kopf heben. Sie weigerte sich, sich auch nur einen Zentimeter zu bewegen, denn es gab nichts, wofür sie sich hätte schämen müssen. Stattdessen schmiegte sie sich eng an Abaran und begann, mit den Hüften zu kreisen, um ihn anzufeuern. «Warum? Willst du mitmachen?»

«Ich habe nicht mit dir gesprochen.»

Ihre Brauen schossen in die Höhe. Abaran erstarrte, dann öffneten sich raschelnd seine Flügel. «Mir gefällt dein Ton nicht.»

«Und mir gefällt nicht, wie du dich von ihr bis zum Umfallen ficken lässt, ohne zu begreifen, was gerade mit dir geschieht.»

«Und was wäre das?» Abaran zog sich aus ihr heraus und kam auf die Beine, dabei zog er sie mit sich hoch und hielt sie fest an sich gepresst.

«Du bist ihrer Macht verfallen. Sie benutzt dich.»

Sybil blieb der Mund offen stehen. «Bist du paranoid geworden? Ich weiß ja, dass du einen Groll gegen Hexen hegst, aber vielleicht ist dir entgangen, dass ich ihn gerade gerettet habe. Und nicht du.»

Kenric presste die Kiefer aufeinander. «Mir ist jedenfalls nicht entgangen, wie leicht es dir gefallen ist, das Schattenreich zu durchqueren und einen Dämon ausfindig zu machen.»

«Soll das heißen, dass es zu einfach war und ich euch belogen habe?»

Sybil bemerkte, dass sie ihre Finger so stark in Abarans Oberarm bohrte, dass sie aufpassen musste, nicht seine ledrige Haut zu verletzen. Sie zwang sich, ihren Griff zu lockern. «Könnte es sein, dass es dir nicht passt, dass ich noch zu etwas anderem tauge als zu wildem Sex?»

«Sybil.» Abarans Raunen war eine Warnung.

Sie blickte an sich hinab, um sicherzugehen, dass sie nicht wieder schwebte. Nein. Sie stand mit beiden Beinen fest auf dem Boden und war auch nicht von Phantomflammen umringt. Sie schaffte es tatsächlich, die Kontrolle zu behalten, und das, obwohl sie vor Wut fast zitterte. «Es geht schon.» Sie blickte Abaran an und erschrak, als sie seinen kühlen und reservierten Blick bemerkte.

«Es ging zu leicht», bestätigte nun auch der Dämon.

«Erzähl mir nicht, dass du schon so paranoid wie der Wolf bist. Du bist doch da gewesen. Es war fürchterlich. Und nachdem wir entkommen sind, hast du gegen Dämonen gekämpft, die uns bis auf diese Seite verfolgt haben. Während ich herausfand, wie man das Portal schließt. War das etwa einfach?», fragte sie ungläubig und merkte, wie schrill ihre Stimme klang.

«Es war zu einfach.» Abaran betrachtete sie distanziert. Als er nichts mehr sagte, spürte sie, wie eine Kälte nach ihr griff.

«Du meinst es ernst.»

Er nickte.

«Verdammt.» Sybil sammelte ihre Kleidung vom Boden auf und zog sich in Windeseile an. «Also gut. Und was jetzt?»

Die Frage war an keinen von ihnen speziell gerichtet, aber es überraschte sie, als Kenric antwortete.

«Jetzt werden wir deinen Hexenzirkel zerstören, bevor du zu ihnen gehen und ihnen Abaran ausliefern kannst.»

Bevor sie den Sinn seiner Worte erfasst hatte, geschweige denn darauf reagieren konnte, schleuderte Kenric ihr eine Energiewelle entgegen, die über ihr zusammenschlug und alles mit sich riss.

NEUNZEHN

Dämlich, dämlich, dämlich, fluchte Sybil stumm, während sie sich umblickte und versuchte, sich zu orientieren. Dämlich, weil sie es nicht vorausgesehen hatte. Dämlich, weil sie sich nicht verteidigt hatte. Dämlich, weil sie am liebsten in Tränen ausgebrochen wäre. Der Werwolf vertraute ihr nicht und würde es auch niemals tun.

Trotz ihrer Verwirrung hatte sie jedoch den Eindruck, dass etwas nicht stimmte. Und dieser Eindruck verschärfte sich, als sie nicht feststellen konnte, wo sie sich befand. Wenn Kenric sie umgestoßen hatte, lag sie dann ausgestreckt auf dem Boden? Oder stand sie? Das zu bestimmen dürfte eigentlich nicht schwer sein. Doch das war es.

Mit Grauen dämmerte ihr, dass von den jüngsten Ereignissen nichts wirklich geschehen war, seit sie das Portal durchschritten hatte. Was, wenn auch alles andere bloß Schattenbilder gewesen waren?

Abaran. Sie sprach seinen Namen in Gedanken aus und konzentrierte sich darauf, ihn zu fühlen. Da. Ihre eigene, unverwechselbare Magie hatte sich bei dem Versuch, ihn mit ihrer überschüssigen Energie zu umhüllen, mit der seinen vermischt. Sollte sie je entkommen, würde sie Adrian dafür danken, dass er ihr geraten hatte, ihre Energie auf etwas außerhalb seines Hauses zu lenken.

Ich habe dir doch gesagt, dass es zu einfach war.

Das waren seine Worte gewesen, bevor Kenric sie niedergestreckt hatte.

Das ist also wirklich passiert?

Ja und nein, antwortete er. *Du hast mich gefunden, aber der Rest? Du hast gegen Schatten gekämpft, es war alles bloß eine Illusion.*

Aha, das ist schlimm. Sybil hätte gern gegen etwas getreten, musste aber in Ermangelung eines festen Gegenstands darauf verzichten.

Ja, allerdings. Abarans Stimme ertönte zustimmend in ihrem Kopf.

Wo also befand sich der echte Ausgang? Was war der Schlüssel dazu?

«Du kennst die Antwort», antwortete eine tiefe Frauenstimme. Die Stimme klang wie ihre, aber seltsam verzerrt, wie es sich anhörte, wenn die eigene Stimme von einem Rekorder abgespielt wurde. Sybil blinzelte, als ihr Ebenbild ihr aus dem Nebel entgegenkam. Mit dem Unterschied, dass sie selbst noch nie in ihrem ganzen Leben so selbstsicher gewirkt hatte. Oder so gefährlich. In den Augen der anderen Sybil brannte ein kaltes Feuer, und die Erscheinung strahlte eine unglaubliche Macht aus.

«Wer bist du?»

«Dein Schatten.»

Natürlich. Ihr Schatten-Ich. Sybil zerbrach sich verzweifelt den Kopf, ob ihr irgendetwas dazu einfiel, das sich in diesem Augenblick als nützlich erweisen könnte. Dabei konzentrierte sie sich ganz darauf, mit all ihrer Energie auch den hintersten Winkel ihres magischen Wissens auszuloten. Was hatte es mit dieser Schattenfrau auf sich? Hatte sie nicht etwas mit Entscheidungen zu tun? Ihr Schatten-Ich wurde durch Entscheidungen erzeugt, die sie getroffen oder auch verworfen hatte.

«Was jetzt, bin ich etwa gezwungen, gegen mein Schatten-Ich zu kämpfen?»

«Du könntest mich auch einfach gewinnen lassen», erwiderte das Schatten-Ich mit kaltem Lächeln und hob die Hände mit nach außen gerichteten Handflächen, auf denen blaue Flammen züngelten.

Sie selbst war sich der ärgste Feind. Sybil unterdrückte das Bedürfnis, in lautes Gelächter auszubrechen, und wich stattdessen dem Feuerball aus, der in ihre Richtung schoss. «Daneben.»

«Das war nur eine Warnung.» Ihr Schatten-Ich kam näher, nun vom Scheitel bis zur Sohle in Flammen getaucht.

«Vielleicht. Vielleicht bin ich auch einfach schneller.» Sybil tänzelte ein paar Schritte zurück und beschwor ihre eigene Macht herauf, was ihr in dieser Umgebung leichtfiel. Die dämonische Energie in ihr war schließlich im Schattenreich zu Hause. Aber sie ging nicht zum Gegenangriff über. Schließlich erschien es ihr nicht besonders klug, einen Zweikampf auszutragen. Wenn sie ihren eigenen Schatten bekämpfte, würde sie dann nicht einen Teil ihrer selbst auslöschen?

Wenn der Schatten der Teil ihrer Persönlichkeit war, gegen den sie sich entschieden hatte, war er dann gut, schlecht oder beides? Schlecht bedeutete, dass sie stets die richtigen Entscheidungen getroffen hatte.

«Du bist mein Zwilling, meine Seelenverwandte», versuchte Sybil Zeit zu schinden.

«Du würdest wohl gern so gut aussehen wie ich.» Ihr Schatten blickte sie verächtlich an.

«Nun, offensichtlich stehst du für meine Entscheidung, das Leben mehr zu genießen und weniger Zeit vor dem Spiegel zu verbringen.» Sybil neigte den Kopf. «Ich denke, das war keine schlechte Wahl.»

«Du bist schwach. Das war auch deine Entscheidung.»

Ein weiterer Angriff hätte sie fast frontal getroffen. Sybil wehrte ihn mit einem gleich starken Energieschub ab, sodass sich die Feuerstrahlen in der Mitte trafen und gegenseitig auslöschten. «Ich bin nicht schwach.»

«Warum versuchst du dann nicht, mich aufzuhalten?» Ihr Schatten schwebte heran, doch Sybil wich ihm aus.

«Weil das vielleicht nicht der richtige Weg ist.» Und in diesem Moment traf sie die Erkenntnis. Da sie ihr Schatten-Ich nicht zerstören konnte, musste sie es annehmen und sich mit ihm vereinen.

«Welche Entscheidung du auch treffen wirst, ich bin für das Gegenteil.»

«Jede Aktion kann auch eine gegensätzliche Reaktion hervorrufen», stimmte ihr Sybil zu.

«Du hast dich für eine Hinhaltetaktik entschieden. Ich für einen Großangriff.»

Und schon attackierte ihr Schatten sie zum dritten Mal. Doch statt ihm auszuweichen oder ihn abzublocken, bewegte sich Sybil auf ihre Gegenspielerin zu und umschlang sie fest mit den Armen.

Durch den Aufprall wäre sie fast gestürzt. Ihre beiden Energien trafen aufeinander und verschmolzen. Es war so heftig, dass Sybil unmöglich länger bloß ein Ventil sein konnte, durch das die dämonischen Kräfte ihren Weg suchten.

«Ich umarme meinen Schatten», flüsterte Sybil oder brüllte es hinaus. Sie verstand ihre eigene Stimme nicht, da es in ihren Ohren laut dröhnte. «Ob gut oder schlecht, ich bin und besitze, was ich bin.»

Statt einer Antwort entstand eine flammende Säule, die sie von Kopf bis Fuß zu verzehren schien.

«Sybil. Sybil. Hexe, antworte.»

Zwei ledrige Hände griffen nach ihr. Sie fühlten sich ungewohnt und vertraut zugleich an. «Abaran?»

«Du hast mich erkannt. Du lebst.»

Seine Stimme klang dermaßen erleichtert, dass sie all ihre Kraft zusammennahm und die Augen öffnete. «Wir sind unsterblich, hast du das schon vergessen?»

«Unter normalen Umständen ist das so», stimmte der Dämon ihr zu. Er wirkte angespannt und sah ausgezehrt aus. «Doch du bist deinem ausgewachsenen Schatten-Ich begegnet und mit ihm verschmolzen. Sogar ich hätte das nicht gewagt.»

«Verschmolzen?» Sie leckte sich über die Lippen. «Soll das heißen, dass ich gewonnen habe?»

«Es heißt, dass du lebst und selbst erzählen kannst, was geschehen ist. Du hast unsere Freiheit erkämpft.» Er legte seine Stirn an ihre. «Ich bin deinetwegen um tausend Jahre gealtert.»

«Ich hatte schon immer eine Schwäche für ältere Männer.» Sie hätte fast gelächelt, hielt sich aber zurück. «Woher weiß ich, dass wir es dieses Mal wirklich geschafft haben? Es könnte wieder eine Illusion sein.»

«Du bist ein Geschöpf beider Welten. Entscheide selbst.»

Sybil richtete sich langsam auf und blickte sich um. Da war das Portal, sie spürte seine ureigene Energie. Da vorn war die Stelle, wo sie von Kadars Rücken geglitten war. Eine Spur von ihm war noch dort vorhanden, sie konnte fühlen, wo er die Erde berührt hatte. Und auch die Sorgenfalten in Abarans Gesicht erschienen ihr nicht vorgetäuscht. Denn sein Aufenthalt im Schattenreich hatte Spuren in seinem Gesicht hinterlassen, im Gegensatz zu der Illusion, die sie zuvor miteinander geteilt hatten. Dort hatte er ausgesehen wie immer.

«Du siehst so aus, wie ich mich fühle», meinte Sybil und legte ihm eine Hand an die Wange. «Das kommt mir realistischer vor, als mit dir eine Dämonenarmee zu bekämpfen und anschließend noch so gut drauf zu sein, dass wir es munter miteinander treiben.»

«Das verletzt mich aber sehr», meinte Abaran, der immer noch viel zu erleichtert klang, als dass sie seinen Protest überzeugend gefunden hätte. «Ich brauche dich nur anzusehen und fühle mich zu weiteren sexuellen Höhenflügen inspiriert.»

Sie stieß ein kurzes Lachen aus. Dann wandte Sybil ihre Aufmerksamkeit wieder dem Portal zu. «Es ist immer noch da, aber es wirkt anders. Ist es geschlossen?»

«Ehrlich gesagt bin ich mir nicht ganz sicher, was du damit angestellt hast.» Der Dämon lehnte sich zurück und betrachtete sie mit unergründlicher Miene. «Du hast dein Schatten-Ich gepackt und uns dann mitgenommen, das Portal und mich. Mir fehlen die Worte, um es genau zu beschreiben, aber ich würde sagen, dass du uns in Besitz genommen hast.»

«Ich kann mich an nichts erinnern.» Sie wusste nur noch,

dass sie unbedingt wegwollte und dass sie in einem verzweifelten Versuch alles auf eine Karte gesetzt hatte, ohne zu wissen, ob es ihre Rettung oder ihr Untergang war. «Wenn es funktioniert hat, dann waren wir doch erfolgreich. Jetzt müssen wir nur noch rauskriegen, wie wir das Ding wieder schließen.»

«Da lasse ich dir gern den Vortritt.» Er deutete auffordernd mit der Hand in Richtung des Portals.

Sybil setzte ihre Magie frei, formte sie nach ihrem Willen und tastete das Portal mit ihrem inneren Auge ab. Es war nicht nur geschlossen, sondern auch versiegelt. «Huch. Wieso habe ich bloß den Eindruck, dass ich nun den gleichen dämonischen ‹Sesam-öffne-dich›-Zauberspruch anbringen könnte, und das Ding würde sich trotzdem nicht mehr öffnen lassen?»

«Ich plädiere dafür, dass du es nicht versuchst.»

Sein trockener Kommentar brachte sie zum Lächeln. Doch dann konzentrierte sie sich wieder, tastete das Portal abermals mit ihrer Magie ab und spürte die Veränderung. Es war versiegelt. Sie erhob sich und trat versuchsweise näher heran. Vorsichtig versuchte sie, einen Zeh hindurchzustecken. Dann eine Hand. Es blieb undurchdringbar.

«Ich komme nicht hindurch», sagte Sybil und blickte Abaran über die Schulter hinweg an. «Versuch du es einmal.»

Als es auch Abaran nicht gelang, bekam sie vor Erleichterung weiche Knie. «Nun, das wäre erledigt.»

«Und du bist es auch, denke ich.» Er legte ihr einen Arm um die Taille, zog sie zu sich heran und stützte sie. Sie nahm es dankbar an und freute sich gleichzeitig über den physischen Beweis seiner Existenz. Er fühlte sich warm und sicher an, wie ein Fels in der Brandung. Allein dafür wäre sie vor Erleichterung am liebsten zusammengebrochen. Ihr Entkommen aus dem Schattenreich und das sicher versiegelte Portal waren fast zu viel.

«Die großen Helden kehren siegreich zurück», seufzte sie. «Können wir jetzt nach Hause gehen?»

«Einen Augenblick noch.» Er drückte sie noch fester an sich und rieb mit der Wange über ihren Scheitel. «Erinnerst du dich noch, wem wir nach unserem Schattensieg begegnet sind und was dann geschah?»

«Wie könnte ich das vergessen.» Sybil zitterte. «Kenric hat mir einen ziemlichen Schlag versetzt. Und mich der Verschwörung mit den Hexen bezichtigt. Angeblich wollte ich dich ihnen ausliefern.»

«Ich denke, dass uns sein Schatten die Nachricht überbracht hat.»

«Verflixt.» Ihr wurde kalt bis ins Mark. «Er hätte mir nicht sagen müssen, dass sie etwas im Schilde führen, denn das wusste ich ohnehin. Aber was wollen sie von dir?»

«Dasselbe wie von dir. Macht. Die sie übernehmen und missbrauchen können.»

Doch war der Hexenzirkel nicht auf der Suche nach dem Dämon, sondern nach dem verlorenen Buch. Oder? «Wenn sie die Welt ins Chaos stürzen wollen, dann verstehe ich nicht, inwiefern du ihnen nützlich sein kannst.»

«Dann hast du immer noch nicht begriffen, was ich bin?»

Sie sog scharf den Atem ein, als es ihr dämmerte. «Oh, der Letzte seiner Art. Du bist der letzte Dämon der Zerstörung.»

Das ergab Sinn, denn schließlich schwangen ihre Magien auf einer Wellenlänge, und die dämonische Macht, die sie unfreiwillig aufgenommen hatte, hatte die gleichen Wurzeln wie seine.

«Was ich jedoch nicht verstehe», meinte sie und schob sich ein Stück von ihm weg, um ihm ins Gesicht sehen zu können, «ist, dass Kenric gemeint hat, deine Leute hätten auf seiner Seite gekämpft. Aber ihr seid es doch gewesen, die das vermaledeite Buch erst erschaffen haben?»

Seine dunklen Augen begegneten ihrem Blick. «Das Chaos braucht die Ordnung. Die Ausgewogenheit. Das Buch war nie dazu gedacht, das Schattenreich zu verlassen. Und das Unaussprechliche Wort hätte immer im Verborgenen bleiben müssen. Wir hatten es versiegelt, damit es auf ewig unausgesprochen bleibt.»

«Aber wenn die anderen Dämonen alles zerstören wollten, was diesseits des Portals lag», überlegte Sybil laut. «Hatten sie dann geglaubt, sie könnten eine neue Ordnung erschaffen? Eine, die sie an die erste Stelle setzt? Und so haben sie sich mit den Hexen verbündet.»

Sie brauchte gar nicht erst zu fragen, warum. Der Hunger nach Macht, die unstillbare Begierde nach mehr. Ihre Instinkte sagten ihr, dass sie die Erinnerung an das hungrige Nichts niemals vergessen würde, wie viele Jahrhunderte auch von heute an vergehen mochten.

«Sie hätten es fast geschafft.»

«Zweimal», stimmte Sybil ihm zu. «Lassen wir es nicht auf ein drittes Mal ankommen.» Der Zirkel musste aufgehalten und Abaran aus ihrem Einflussbereich entfernt werden. Schließlich waren die Hexen eigentlich doch hinter ihr her.

Sie wusste, was sie zu tun hatte. Sybil rief das Siegel der Inanna an, das sie beide teilten, und die dämonische Macht, die ihnen beiden innewohnte. Langsam und ohne zu stocken, sprach sie die Worte aus und ließ Abaran durch ihren Zauber verschwinden. Anschließend zeigte sie mit einem Finger zu Boden, malte einige Symbole in den Sand und trat in den Bannkreis, den sie mit ihrem Willen und ihrer Kraft gezogen hatte.

«Was soll das heißen, du hast sie verloren?» Kenric explodierte beinahe vor Wut, und während er sprach, schien er jedes Wort einzeln auszuspucken.

Abaran öffnete die verkrampften Kiefer gerade weit genug, um zu antworten. «Sie war zu schnell. Ich wusste nicht, was sie vorhatte, bis sie mich mit einem Zauber gefangen und weggeschickt hat.»

Kenric wandte sich dem Drachen zu. «Du hast sie allein die Verfolgung aufnehmen lassen», fuhr er ihn an.

Kadar zuckte unbeeindruckt mit seinen bronzefarbenen Schultern. «Ich konnte ja schlecht seiner Spur durch das Portal folgen. Keiner von uns kann das, nur sie allein.»

«Natürlich nur sie. Sie ist voll mit der geballten Macht eines ganzen Dämonenvolks. Das erklärt aber nicht, wieso du es für eine gute Idee hieltest, sie praktisch ohne Training oder Erfahrung auf eine Rettungsmission zu schicken. Es grenzt an ein Wunder, dass die beiden dort nicht mehr gefangen sind.»

Der Drache schlug mit dem spitzen Ende seines Schuppenschweifs gereizt auf den Boden. «Sie ist clever und hat eine gute Intuition.»

Kenric wandte sich wieder dem Dämon zu. «Lass mich kurz nachvollziehen, was geschehen ist. Der Drache hat in seiner unsäglichen Weisheit Sybil losgeschickt, damit sie dich auf diese Seite des Portals zurückholt und es schließt. Entgegen jeder Vernunft ist ihr das auch gelungen. Und dann hat unser kleines, graziles Hexchen, das lediglich ein Zauberlehrling ist, dich hübsch verpackt nach Hause geschickt, während sie sehenden Auges in die nächste Falle tappte. Habe ich das korrekt verstanden?»

Abaran knirschte hörbar mit den Zähnen. «Ja.»

«Ist dir eigentlich klar, dass sie nun haben, worauf sie von Anfang an aus waren?» Kenrics Stimme wurde immer tiefer, während er sprach, und erinnerte stark an ein wölfisches Knurren.

«Ich wäre mir nicht so sicher, dass sie das Buch wirklich schon in ihren Besitz gebracht haben», mischte sich Kadar ein. «Unsere kleine Hexe hat eine erstaunliche Willenskraft.»

«Erstaunlich.» Kenric hätte am liebsten irgendetwas auf der Stelle in Stücke zerrissen. «Sie kann sich doch nicht gegen eine sorgfältig geplante Attacke ihres gesamten Hexenzirkels zur Wehr setzen. Selbst wenn sie wollte, kann sie nicht behalten, wonach sie suchen.»

«Selbst wenn sie wollte?», wiederholte Adrian fragend.

«Was glaubst du denn, auf wessen Seite sie steht? Sie ist ein Opfer des Buches geworden und hat sich ihm nicht willig dargeboten. Sie hat die Göttin um Hilfe angefleht und bereitwillig jede Form ihrer Hilfe akzeptiert. Sie hat *uns* akzeptiert. Und das Mal. Sie hat ihr Leben aufs Spiel gesetzt, um einen von uns zu retten, als wir ihm nicht helfen konnten, und ihn vor seinen Feinden in Sicherheit gebracht. Und du wagst es noch immer, ihre Loyalität anzuzweifeln?»

«Ich zweifle nicht nur ihre Loyalität an, sondern auch ihre Vernunft und ihren Geisteszustand», blaffte Kenric. «Sie hat ihrem Hexenzirkel alles gebracht, wofür er sich verschworen hat.»

«Sie ist stark genug, um die Angriffe zu überleben», meinte Abaran.

«Warum wirkst du dann so besorgt?», konterte Kenric.

Der Dämon entfaltete seine Schwingen. «Weil sie allein ist.»

Bei Abarans Worten gefror Kenric das Blut in den Adern. Und er begriff, dass hinter all seiner hitzigen Wut vor allem eines steckte: nackte Angst. Sie war so zerbrechlich. Konnte so leicht verletzt werden, während er noch zu weit entfernt war, um ihr zu helfen.

«Nicht mehr lange», sprachen Wolf, Drache, Elf und Vampir wie aus einem Mund.

ZWANZIG

So dürfte es aussehen, wenn man die Kulisse von *Macbeth* in Donald Trumps Vorstandsetage verfrachtet, dachte Sybil, als sie das Szenario vor sich erblickte. Die elf Frauen wirkten eher wie Managerinnen denn wie Hexenweiblein, und doch hatten sie sich in dem holzgetäfelten Konferenzraum, der sich in jedem beliebigen Bürokomplex hätte befinden können, um einen Kessel geschart. Durch die fehlenden Fenster wirkte der Raum beklemmend und eng. Schwarze Kerzen waren an strategisch wichtigen Punkten aufgestellt und sonderten einen öligen Rauch ab, der die Luft tränkte. Als Sybil die obskuren Symbole auf dem Parkettboden entdeckte, wurde ihr mulmig zumute. Was für eine seltsame Mischung aus weltlichen und jenseitigen Relikten.

Sie war in diesem Haus stets willkommen gewesen, war hier seit ihrer Kindheit ein und aus gegangen, doch diesen Raum hatte sie noch nie zuvor gesehen. Es war ein wenig so, als würde man das Haus eines Nachbarn betreten, den man gut zu kennen glaubte, um dann in einem versteckten Raum Anzeichen für bizarre Sexrituale, schwere Verbrechen oder beides zu entdecken.

Wenn sie bislang noch Zweifel gehegt hatte, dass sich ihr Hexenzirkel der schwarzen Magie verschrieben hatte, so waren diese nun endgültig getilgt.

«Was gibt's zum Abendessen?», fragte Sybil und blieb betont lässig im Türrahmen stehen. «Wenn wieder Molchaugensuppe auf den Tisch kommt, bestelle ich lieber eine Pizza.»

«Hallo Sybil, Liebes», grüßte Maxine. Ihr lächelndes großmütterliches Gesicht konnte nicht über die Gier in ihren grausam glänzenden Augen hinwegtäuschen. Wie hatte ihr das bloß all die Jahre entgehen können? «Du wirst zu dir nehmen, was in dem Kessel kocht. Obwohl es einen mächtigen Nachgeschmack hat.»

«Klingt interessant.» Sybil beschwor ihren inneren Schatten herauf und tat, als interessiere sie sich für den brodelnden Kesselinhalt. «Ich nehme an, dass ihr mir damit nicht eure Rache serviert, denn die genießt man am besten kalt, wie ich hörte.»

Maxine lachte glockenhell auf, was perfekt zu ihrem Auftreten passte, wenn man von ihrem völlig humorlosen Blick absah. «Rache ist so ein beschränktes Ziel. Wir denken in viel größeren Kategorien.»

«Sehr viel größer», bekräftigte Ginny und nickte Sybil zu, während sie die übelriechende Brühe umrührte. «Diese Nacht ist wie geschaffen, unseren Träumen Flügel zu verleihen.»

«Du meinst wohl euren Albträumen», erwiderte Sybil. «Ihr plant das alles schon seit sehr langem, stimmt's? Ich meine, die Menschheit auszulöschen und ihre Welt zu übernehmen.»

«Seit Ewigkeiten», bestätigte Ginny, schöpfte eine Kelle des Gebräus aus dem Kessel und schnupperte wie eine Sterneköchin daran. «Da fehlt noch etwas Ratte.»

«Wir sind froh, dass du zu uns gekommen bist. Das macht alles so viel einfacher», meinte Susan, eine mollige, gemütlich wirkende Mittvierzigerin.

«Sehr viel einfacher», wiederholte Maxine. «Ich habe euch ja gleich gesagt, dass wir sie herlocken können, wenn wir uns den Dämon schnappen.»

«Was hat ein Dämon mit dieser Sache zu tun?», fragte Sybil und betrachtete ihre Fingernägel. Mit vorgetäuschter Langeweile würde es ihr gelingen, die Flammen, die bereits dicht unter ihrer Haut loderten, noch länger unsichtbar zu halten.

«Dich und die Dämonen verbinden neuerdings so viele gemeinsame Interessen.» Wieder stieß Maxine ihr silberhelles Lachen aus. «Wir fühlten, dass das Portal geöffnet wurde. Kannst du dir unser Entzücken vorstellen, als wir feststellen durften, dass die Signatur direkt aus deiner Wohnung stammte? Endlich hattest du den Auftrag deiner Vorfahren erfüllt.» Die Hexe lächelte sie strahlend an. «Du bist ein lebendes Dämonenzauberbuch.»

«Wie schade, dass du die Umwandlung nicht überleben wirst», warf Ginny ein. «Dir entgeht jede Menge Aufregung.»

«Ganz zu schweigen von dem ewigen Ruhm.» Susans

Augen glänzten fanatisch. «In dem jede von uns schwelgen wird.»

Sybil widerstand der Versuchung, ihr mitzuteilen, dass sie sich auf dem Holzweg befand. Stattdessen bemühte sie sich noch stärker, ihre dämonische Macht, die jeden Moment aus ihr hervorbrechen konnte, zu kontrollieren, und konzentrierte sich auf ihre Tätowierung, die begonnen hatte zu pulsieren. «Faszinierend. Wie schade, wo mir doch schon so viel entgangen ist. Zum Beispiel mit einer Mutter aufzuwachsen.»

«Das ist genau der Grund, warum du das Buch überhaupt nicht verdient hast», entgegnete Maxine stirnrunzelnd. «Du denkst viel zu kleingeistig, statt dich auf das Gesamtbild zu konzentrieren. Wie kannst du nur auf deine armselige Rache aus sein, wenn sich dir viel größere Möglichkeiten bieten? Eine Armee von Dämonen befehligen. Auf beiden Seiten des Portals die Herrschaft übernehmen.»

«Ich halte die Dinge gern überschaubar», erwiderte Sybil. «Herrscherin des Schattenreichs? Klingt, als würde ich sehr viel von meiner Freizeit dafür opfern müssen.»

«Du hast keine Visionen. Und es fehlt dir an der nötigen Rücksichtslosigkeit.»

«Da wäre ich mir an eurer Stelle nicht so sicher.» Mochte Sybil ebendiese Seite an sich auch erst kürzlich entdeckt haben, so waren ihr die Vorteile nicht entgangen. Mein Schatten und ich.

«Ich sage es ungern, aber du bist wirklich ein sehr törichtes Mädchen.» Maxines scheinbare Besorgnis erzielte nicht den gewünschten Effekt. «Kommst direkt in unsere Machtzentrale gestolpert. Und jetzt gehörst du uns.»

«Du irrst dich. Ich gehöre Inanna, und ihr gefällt überhaupt nicht, was ihr da vorhabt.»

«Inanna? Vergessene Zeiten, vergessene Götter, vergessene Macht.» Maxine bewegte sich auf sie zu. «Die Zeit ist gekommen, dass neue Göttinnen geboren werden. Und dass du stirbst, Liebes.»

«Wohl kaum.»

Sybil hüllte sich in eine Flammensäule ein und brachte den mehrfach gezackten Stern zum Erwachen. Der Kessel zersprang daraufhin in tausend Stücke, und eine weiß glühende Hitze verbrannte jede Spur des Zaubertranks. Sybils Macht fesselte jede Hexe des Zirkels mit unsichtbaren, reißfesten Ranken, aber statt den Druck zu erhöhen, bis ihnen die Luft ausging, beschränkte Sybil sich darauf, sie bewegungslos zu halten. Es stand nicht zur Debatte, die Hexen zu töten, genauso wenig wie sie es über sich gebracht hatte, ihr Schatten-Ich auszulöschen.

Göttin, was soll ich nun mit ihnen tun?

Sie sollen ihren eigenen Schatten begegnen.

Perfekt. Sybil tauchte in ihr Inneres, fand den Schlüssel des versiegelten Portals, öffnete es und warf ihre Gefangenen hinein, bevor sie es hinter ihnen erneut versiegelte.

Dann schaffte sie gerade noch, den dunklen Raum des Verrats zu verlassen, bevor sie zusammenbrach. Ihr blieb jedoch noch genug Energie, um ihn zu versiegeln und die Temperatur so weit ansteigen zu lassen, dass er in Flammen aufging.

Während sie auf dem Boden lag und dem entfernten Heulen der Feuerwehrsirenen lauschte, fragte sie sich, wie lange es wohl dauern würde, bis ein netter Feuerwehrmann oder Sanitäter kommen und ihr wieder auf die Beine helfen würde. Doch vermutlich war es keine gute Idee, noch länger an diesem Tatort liegen zu bleiben, unabhängig davon, wie nett ihr Retter wäre. Es wollte ihr aber nicht gelingen aufzustehen. Geschweige denn einen weiteren Zauberspruch aufzusagen. Sie hatte in so kurzer Zeit so viel von ihrer magischen Energie beansprucht, dass sie sich nun völlig ausgelaugt fühlte.

Zum Glück wurde sie in diesem Augenblick ihrer misslichen Lage enthoben, als ein großer Grauwolf erschien. Der Wolf verwandelte sich in einen Mann, und dann wurde sie auch schon auf ein starkes Paar Arme gehoben.

«Genau zum richtigen Zeitpunkt», murmelte sie und schmiegte sich an ihn. Er drückte sie fest an sich und vergrub sein Gesicht in ihrem Haar. Ein Augenblick lang kam es ihr sogar vor, als atmete er ihren Duft tief ein. Sie kuschelte ihre Wange an seine Brust und wäre am liebsten für immer in seinen Armen geblieben. Mit einem Ohr seinem Herzschlag lauschend und sich einbildend, es würde nur für sie schlagen.

«Haben wir etwa das Beste verpasst?» Kadar spähte über Kenrics Schulter zu ihr hinunter. «Waren hier nicht mal ein paar böse Hexen, um die wir uns kümmern sollten?»

«Das waren sie. Aber da sie es für eine so gute Idee hielten, Abaran ins Schattenreich zu verbannen, habe ich beschlossen, dass sie selbst erleben sollten, wie sich das anfühlt.»

Abaran lachte leise auf. Sie hob den Kopf in die Richtung, aus der das Lachen kam. «Seid ihr alle gekommen?»

«Eine für alle, alle für eine», sagte Kadar im Namen aller.

Sybil genoss den Anblick von Ronan und Adrian und merkte, wie sich in ihrem Inneren ein Knoten löste. Die Schattenwächter waren eine eingeschworene Schar, und als solche waren sie losgezogen, um sie zu suchen. Die fünf so eng beieinanderstehen zu sehen raubte ihr noch immer den Atem. Jeder von ihnen sah auf seine ganz eigene Weise unglaublich gut aus. Und in der Gruppe waren sie geballte männliche Schönheit, muskulös und voller Kraft. Und sie waren allesamt ihre Liebhaber. Das machte sie entweder zu einer sehr glücklichen oder zu einer sehr überforderten Hexe. Als Ronan das Wort ergriff, gefror ihr das Blut in den Adern. «Dämonen greifen an.»

Sybil spürte, wie sich Kenrics Muskeln zusammenzogen, als er sich umdrehte, um die Gefahr abzuschätzen. Durch die Bewegung konnte sie einen Teil des Himmels durch das Fenster erkennen. Dort wimmelte es von schwarzen, geflügelten Kreaturen.

«Fällt das denn keinem der Menschen auf?», fragte Sybil

und stellte sich vor, wie alle Welt zum Telefon griff, um die Invasion den Nachrichtenagenturen mitzuteilen, und eine Hysterie wie im Krieg ausbrach.

«Für die Menschen ist es so, als würden sie den Wind beobachten. Du kannst erkennen, wo er ist oder welchen Schaden er angerichtet hat, aber die Kraft selbst ist unsichtbar», erwiderte Kenric.

Sie befreite sich aus seiner Umarmung. «Lass mich runter. Du brauchst beide Hände. Wenn ich schon im Kampf nutzlos bin, dann will ich wenigstens nicht zur Last fallen.»

Kenric stellte sie auf die Füße. «Kehre nach Xanadu zurück und warte dort auf uns.»

«Nein.» Auch wenn sie im Augenblick noch viel zu erschöpft war, wollte sie doch bei ihnen bleiben, um vielleicht später irgendwie helfen zu können.

Seine Gesichtszüge verhärteten sich. «Du hast es selbst gesagt. Sei wenigstens so gut und stehe hier nicht nutzlos herum.» Er berührte den achtzackigen Stern auf seiner Brust, der daraufhin kräftig aufglühte und ihren eigenen wie zur Antwort zum Pulsieren brachte. Einen Herzschlag später stand sie auf wackeligen Beinen in Kadars Höhle.

«Verdammt.» Sie ließ sich gegen eine Felswand sinken. Und trat kräftig dagegen. Ein scharfer Schmerz durchzog ihr Bein, und sie verzog das Gesicht zu einer Grimasse.

Sie hatten sie einfach nach Hause geschickt, wo sie Däumchen drehen musste, bis auch die letzte Gefahr beseitigt war. Das zeigte ja wohl, was Kenric von ihren strategischen Kampfkünsten hielt, nämlich gar nichts.

Voller Unruhe lief sie in der Höhle hin und her. Es machte sie nervös, hier wie in der Verbannung zu sitzen und nicht zu wissen, was mit ihren Gefährten geschah, wenn sie doch eigentlich bei ihnen sein sollte. Schließlich verfügte sie nicht nur über dämonische Magie, sondern auch über das Siegel der Inanna, ganz zu schweigen von der Macht ihres Schatten-Ichs.

Und doch hatte sie der Einsatz von so viel magischer

Energie erschöpft, und allein durch das Laufen fühlte sie sich ganz geschwächt. Sybil knickten die zitternden Beine unter dem Körper weg, und sie ließ sich an dem rauen Felsen zu Boden gleiten. Da sie sonst nichts zu tun hatte, würde sie das hier eben aussitzen müssen. Und beim nächsten Mal würde alles anders werden.

Der Feind attackierte mit der verzweifelten Wut jener, die keine Hoffnung mehr besaßen. Die Dämonen wollten den Kampf, und die Schattenwächter begegneten ihnen frontal.

Kenric zermalmte einen Dämon nach dem anderen mit seinen kräftigen Kiefern und Reißzähnen, überwältigte weitere Feinde allein aufgrund seiner schieren Muskelmasse und traf sie dort, wo sie am verletzlichsten waren, mit gut gezielten Attacken. Die fünf Schattenwächter formten einen Ring, standen mit dem Rücken zueinander und streckten ihre Feinde einzeln oder in Gruppen nieder.

Kadar kämpfte in seiner Drachengestalt, teilte Hiebe mit seinem Schuppenschweif und seinen Klauen aus, während sich Abaran selbst wie ein dunkler Schatten bewegte, plötzlich hier, dann dort war und ohne Vorwarnung zuschlug. Ronan hingegen tanzte mit seinem Schwert und metzelte jeden Dämon nieder, der glaubte es mit ihm aufnehmen zu können. Und Adrian kämpfte schweigend und konzentriert, wählte seine Ziele sorgfältig und hielt nach der optimalen Angriffsmöglichkeit Ausschau.

Kenric grinste den nächsten Dämon an, der auf ihn zuraste, und brachte ihn mit freudiger Grausamkeit zur Strecke. Für Kämpfe wie diesen waren sie geschaffen. Und dafür, die Welt der Sterblichen zu beschützen, die weder etwas von der Gefahr noch von ihrer Rettung ahnten. Unsichtbar, lautlos, unbekannt wachten die Schattenwächter und kämpften, wann immer es sein musste.

Das war Kenrics Antrieb, Disziplin hielt ihn bei der Stange. Unsterblich, unnachgiebig und unaufhaltsam tat er seine Pflicht, bis der stete Angriff der Feinde versiegt war und die Schattenwächter umringt waren von dampfenden, stinkenden Dämonengerippen.

«Es ist vorbei», sagte Adrian.

«Abaran und ich suchen die Gegend nach möglichen Nachzüglern ab», sagte Kadar und war schon im Begriff, abzuheben. «Wenn du nicht die dritte in unserem Bunde, die ebenfalls fliegen kann, weggeschickt hättest, wäre das ein gutes Training für sie gewesen.»

Kenric enthielt sich einer Antwort. Er leugnete ja nicht, dass ihre Fähigkeiten sich einmal als nützlich erweisen könnten, und da sie nun einmal über sie verfügte, gebot es die Vernunft, dass sie sie trainierten, um sie später einzusetzen. Aber es störte ihn, wie leichtfertig der Drache sie als Mitglied ihrer Schar betrachtete.

Gut, auf gewisse Weise mochte sie das wohl sein. Aber das war durch Zufall passiert, weil die Umstände es verlangten. Würde sie jedoch auch imstande sein, an ihrer Seite zu kämpfen? Und könnte er ihr im Kampf vertrauen?

«Sie hat Abaran gerettet und den Hexenzirkel vernichtet», bemerkte der Drache, der seine Gedanken gelesen hatte. «Und was das Mal angeht, das nun auch sie trägt, hat denn einer von uns bewusst geplant, dass er einmal ein Leben als Schattenwächter führen würde? Du willst ihr einfach nicht vertrauen, denn solange du sie von dir entfernt hältst, musst du dir nicht eingestehen, was sie dir wirklich bedeutet.»

Und mit diesen Worten erhob er sich in den Himmel. Abaran breitete seine Flügel aus und folgte ihm. Die beiden Gefährten teilten sich auf, einer von ihnen flog nach Osten, der andere nach Westen. Kenric beobachtete sie so lange, bis sie am Horizont verschwunden waren.

EINUNDZWANZIG

Die Hexe war eingedöst, eine Wange an den kalten Stein geschmiegt, und wirkte wie ein Wachposten, der den Kampf gegen die Müdigkeit verloren hatte.

Sie hatte weder gebadet noch ihre Kleidung gewechselt, und ihr blasses Gesicht und die eingefallenen Wangen verrieten ihre Erschöpfung und offenbarten, wie zerbrechlich sie war. Hätte nicht eine gewisse Weichheit in ihren Zügen gelegen und wäre da nicht der deutlich glitzernde Diamant gewesen, hätte man sie für eine Söldnerin halten können. Doch ihre Weiblichkeit verriet sie. Denn sie trug das Geschenk ihres Liebhabers offen zur Schau.

Krieger kannten zwei Arten von Frauen: Gespielinnen und Frauen, die selbst zu Kriegerinnen geworden waren und jeden Mann, der es wagte, Hand an sie zu legen, auf seinen Platz verwiesen. Diese Hexe passte in keine der beiden Kategorien.

Sie kämpfte wie eine Kriegerin, besaß jedoch weder Disziplin noch Drill, und beides hätte ihr gutgetan. Sie gab sich mit Leidenschaft ihren fünf Liebhabern hin und hatte sich, ohne zu zögern, aufgemacht, einen von ihnen zu retten, als dieser verschwunden war.

Die Lagergespielinnen gewährten unzähligen Liebhabern ihre Gunst, verfolgten dabei jedoch ihre eigenen Interessen, während eine Kriegerin zuerst an das Wohlergehen ihrer Kameraden dachte und keinen Liebhaber hatte.

Dann wiederum war sie eine echte Hexe, und Hexen gehorchten schon immer ihren eigenen Regeln. Es war schon so lange her, dass er diese Tatsache beinahe vergessen hatte.

Als hätte sie gespürt, dass er sie beobachtete, schlug sie mit flatternden Lidern die Augen auf. «Hallo, Wolf. Gehe ich recht in der Annahme, dass wir die Dämonen geschlagen haben?»

Er trottete näher und stupste sie gerade kräftig genug an, um sie aus ihrer unbequemen Haltung aufzurütteln.

Sie gähnte, streckte sich und verzog das Gesicht, als sie auf die Beine kam. «Autsch. Ich hätte wohl nicht so einschlafen sollen.»

Nein, das hätte sie nicht. Ein Krieger wusste, dass er bei jeder sich bietenden Gelegenheit Schlaf nachholen musste, um für das nächste Gefecht gerüstet zu sein, doch wusste er auch, dass er dies in einer Position tun sollte, in der seine Muskeln nicht steif wurden. Doch wie Kadar schon gesagt hatte, die Hexe war schlau und lernte schnell.

Er wandte sich ab und ging auf seine Lagerstatt zu, darauf vertrauend, dass sie ihm folgen würde, was sie auch schlaftrunken tat. Er hörte sie hinter sich erneut gähnen. Seine Felle mussten auf sie so einladend gewirkt haben wie auf ihn, denn sie hatte sich bereits auf ihnen zusammengerollt, noch bevor er selbst eine gemütliche Schlafposition gefunden hatte. Heute Nacht stand ihm nicht der Sinn nach Sex, er wollte lediglich die Hexe an seiner Seite wissen, um ein Auge auf sie zu haben. Sollte es darüber hinaus noch einen weiteren Grund geben, weshalb er ihre Gesellschaft wünschte, so wollte er dem nicht weiter nachgehen. Kadars Anschuldigung kam ihm in den Sinn, die er entschlossen verdrängte.

Ihre Finger gruben sich in das dicke Fell an seinem Nacken. «Das fühlt sich schön an», murmelte sie, bevor sie erneut gähnen musste. «Ich habe nie einen Hund gehabt.»

Nur einen Herzschlag später erstarrte die Hand und wurde dann vorsichtig weggezogen. «Ich meine, es wäre nett, einen Hund zu haben. Nicht, dass du einer wärest. Oder mir gehörtest.»

Ihre unbeholfene Reaktion amüsierte ihn, anstatt ihn zu verärgern. Während er vorgab zu schlafen, merkte er, wie sie sich allmählich neben ihm entspannte. Und als ihre Atemzüge schließlich gleichmäßig wurden, erlaubte auch er sich, ihr in Morpheus' Arme zu folgen.

In der Nacht wurde sie so unruhig, dass er mehrmals davon erwachte, als sie sich murmelnd hin und her wälzte und einmal sogar aufschrie. Dann kuschelte sie sich wieder an ihn und schien Trost in seiner Nähe zu finden. Das allein hielt ihn noch lange wach, während sie längst wieder tief und fest eingeschlafen war.

Als Sybil erwachte, war die Lagerstatt neben ihr leer. Alles kam ihr unwirklich und verwirrend vor, genau wie ihr Ausflug ins Schattenreich, der sich hoffentlich nie wiederholen würde. Ob es noch weitere Hexen gab, konnte sie nicht erspüren. Doch sie wusste, wonach sie Ausschau halten musste, denn die Signatur war so mächtig, dass ein Irrtum ausgeschlossen war. Der Zirkel hatte sich gut getarnt, aber nicht gut genug, um eine andere Hexe hinters Licht zu führen. Sie hatte Bescheid gewusst, noch bevor sie den geheimen Raum betreten hatte.

Während sie noch im Bett lag und über die Geschehnisse des gestrigen Tages nachsann, tauchten Gedanken auf, die ihr nicht mehr aus dem Kopf gehen wollten. Würde Kenric beim nächsten Mal, wenn es Ärger gab, sie wieder unter einem Vorwand ausschließen? Und würde er sie jemals als eine von ihnen akzeptieren?

Sie würde es früher oder später herausfinden, doch das hielt sie nicht davon ab, sich den Kopf zu zerbrechen.

Um den Kopf freizubekommen, unternahm sie einen Spaziergang durch die unterirdischen Wälder. Die Bewegung tat ihr gut und zwang sie, tief und regelmäßig einzuatmen und einen Rhythmus beim Gehen zu finden, der sie wieder erdete. Sie begegnete keinem der anderen, doch fand sie sich nach einer Weile vor Adrians Tür. Sybil unterdrückte ein Grinsen und fragte sich, ob der Vampir fähig war, sie aus seinem Zuhause zu verbannen, wo sie es doch bereits einmal auf seine Einladung hin betreten hatte.

Er antwortete nicht auf ihr Klopfen, also beschloss sie, lieber nicht in seine Privatsphäre einzudringen. Stattdessen betrat sie seinen Garten, der von einer niedrigen Steinmauer umschlossen war. Es duftete nach Zitronenblüten und Lavendel. Olivenbäume und eine mit Efeu bewachsene Gartenlaube spendeten Schatten. Der Rasen leuchtete in sattem Grün und wurde von Beeten gesäumt, in denen Blumen und Gemüse in schnurgeraden Reihen gediehen. In der Mitte des Rasens sprudelte ein Springbrunnen, umringt von Steinbänken. Adrian stand mit dem Rücken zu ihr vor dem Brunnen.

«Hallo.»

Er antwortete zwar nicht, drehte sich jedoch um und streckte ihr einladend eine Hand entgegen. Sybil trat einen Schritt vor und nahm sie. Sein Griff war fest, und er zog sie zu sich heran, bis sie dicht neben ihm stand.

«Wunderschön», sagte sie, nachdem sie einige Minuten in einträchtigem Schweigen verbracht hatten.

«Wie du.» Er hob ihre Hand an und strich mit den Lippen über die Fingerknöchel.

Sie lachte. «Ich habe in meinen Klamotten geschlafen, und wir wissen beide, dass mein Haar fürchterlich aussieht.»

«Ich finde trotzdem, dass du eine Zierde für meinen Garten bist.»

«Dafür gibt es eine einfache Erklärung.» Sie lehnte sich an ihn. «Nach gestern wirst du vermutlich einen Spender brauchen. Alles, was nur im Entferntesten mit Blut zusammenhängt, dürfte dir enorm verführerisch erscheinen.»

«Vielleicht betrachte ich dich mit einem liebevollen Auge und hätte dich in jedem Fall bezaubernd gefunden.»

«Vielleicht.» Sybil war gewillt, die Tatsache zu akzeptieren, dass er die Gefühle, die sie für ihn hegte, auf die eine oder andere Weise tatsächlich erwiderte. Sie mochte Adrian. Er war faszinierend, attraktiv, und seine Nähe übte eine seltsam beruhigende Wirkung auf sie aus. Sie hatten bereits Blut, Sex und Magie miteinander geteilt. War es da wirklich so schwer zu akzeptieren, dass er sie vielleicht tatsächlich mochte?

«Ich bezweifle, dass du hergekommen bist, weil ich einen Spender brauche, wie du es so reizend ausdrückst.»

«Mm, nein.» Sie zog ihre Hand zurück, um ihm beide Arme um die Taille zu schlingen. «Ich kam her, weil ich mich bei dir bedanken wollte.»

«Bedanken?» Überraschung schwang in seiner Stimme mit. Adrian legte die Arme um sie und erwiderte ihre liebevolle Geste. «Für was?»

«Es war doch deine Idee, meine überschüssige Energie gezielt auf etwas zu lenken. Ich habe sie Abaran geschickt, und das hat mir geholfen, ihn im Schattenreich aufzuspüren. Ich habe mir geschworen, dir dafür zu danken, sollten wir es jemals schaffen zu entkommen.»

«Glück.»

«Mir hat mal jemand gesagt, dass wir unseres eigenen Glückes Schmied sind», entgegnete Sybil und drückte sich enger an ihn. Sie genoss das Gefühl seines Körpers, den Gegensatz zwischen seinem harten männlichen Körper und ihrem weichen weiblichen.

«Vorsicht, ich könnte annehmen, was mir geboten wird.» Adrians Stimme klang heiser.

«Nimm, was dir gefällt.»

«Was mir gefällt», wiederholte er und vergrub sein Gesicht an ihrem Hals. «Was mir gefällt, ist die Vorstellung, mit meinen spitzen Zähnen deine süße Haut zu durchbohren, während ich gleichzeitig in dich stoße. Ich will dich trinken, während du vor Wonne erschauderst. Was mir gefällt, ist, dich wieder und wieder zu nehmen.»

«Süßholzraspler.» Sie grinste und neigte den Kopf noch stärker zur Seite, um ihm den Zugang zu ihrer Ader zu erleichtern.

Seine Zähne fuhren über ihre Haut, und sie stöhnte genüsslich auf. Er hob den Kopf und sah ihr in die Augen. «Bist du wirklich aus freien Stücken hergekommen? Oder habe ich dich mit meinem Aphrodisiakum gefügig gemacht?»

«Du hast mich mit deiner Güte, tollem Sex und deinem hervorragenden Geschmack gefügig gemacht», versicherte ihm Sybil. «Das Toxin ist ein Extrakick, aber ehrlich gesagt bin ich einfach nur froh, dass du es brauchst und dass es uns beiden Freude beschert. Ich war bereit, das mit dir zu tun, weil ich mich auf dich als Liebhaber eingelassen habe. Und ich bin froh, dass es nicht etwas ist, was ich ertragen müsste und hoffen würde, dass du es nicht allzu oft von mir verlangst. So ist es viel besser.»

«Viel besser», stimmte Adrian ihr zu. Dann küsste er sie so lange, bis alles in ihrem Kopf durcheinanderwirbelte und sie förmlich dahinschmolz. Er entkleidete sie mit ruhiger Hand, indem er sie geduldig von einem Kleidungsstück nach dem anderen befreite.

Sybil erwiderte den Gefallen, indem sie sein Hemd aufknöpfte, es auseinanderschob und über seine Brust und seinen Bauch strich. Er ließ es über die Schultern hinabgleiten und legte sie sanft auf den Boden. Das Gras war weich an ihrem Rücken und duftete nach Sonne und grünen Pflanzen.

Adrian bewegte sich über ihr, schob ihre Schenkel mit seinen Beinen auseinander, während er sanfte Küsse auf ihren Hals tupfte und dann tiefer wanderte, um ihre Brüste mit der Zunge zu liebkosen. Er schloss die Lippen um eine Brustwarze und sog daran. Lust durchschoss ihren Körper und brachte ihre Hüften in ungeduldiger Gier in Bewegung. Sie griff nach ihm, vergrub ihre Finger in seinem Haar und hielt ihn fest, während sie ihm den Oberkörper wie zu einer Opfergabe darbot.

Er rollte den Nippel in seinem Mund, dann gab er ihn wieder frei. Sybil stöhnte leise auf, als die kühle Luft über ihre feuchte Haut strich.

Danach widmete er seine Aufmerksamkeit der anderen Knospe, nahm sie ebenfalls in den Mund und reizte sie mit Zungenschlägen, bevor er schließlich seine Zähne in ihr weiches Fleisch am Hals grub und sein Aphrodisiakum sie vor Wonne fast ins Delirium stürzte, während er an ihr sog. Sie umarmte ihn fest und warf ihren Kopf leidenschaftlich hin und her. Verloren in ihrer Gier, schlang sie ihre Beine um seine Oberschenkel und versuchte, ihn noch näher an sich heranzuziehen.

«Adrian», stöhnte sie laut auf. «Mach schnell, bitte.»

Er hob den Kopf und sah sie aus glühenden Augen an. «Nicht zu schnell.» Dann küsste er das Tal zwischen ihren Brüsten, tupfte federleichte Liebkosungen auf ihren Bauch und kniete sich zwischen ihre Beine, um schließlich seinen Mund auf ihren Kitzler zu legen.

Die Hitze seiner saugenden Lippen an dieser empfindlichen Stelle verfehlte ihre Wirkung nicht, und sie wäre fast auf der Stelle gekommen. Mit der Zunge erforschte er ihre zarten Fältchen, leckte sie und sog an ihr, als sei sie eine besonders süße Frucht. Sie kam ihm mit den Hüften entgegen und begann wieder zu stöhnen.

«Jetzt», murmelte Adrian und zog sich die Hose herab, gerade genug, um seinen dicken Penis aus seinem Gefängnis zu befreien. Dann glitt er zwischen ihre Schenkel, brachte sich in Position und drang mit einem kräftigen Stoß in sie ein, während er gleichzeitig seine spitzen Eckzähne seitlich in ihren Hals schlug.

Sybil schlang die Beine um seine Taille und öffnete ihre Schenkel weiter, um ihn tiefer in sich aufzunehmen. Ihre harten Nippel rieben gegen seine Brust, während er sie ritt, und der Schmerz war süß, als seine Zähne ihre Haut durchbohrten. Sein Schaft füllte sie aus, und mit jedem Stoß versank sie mehr in weiß glühender Ekstase, die schließlich in einer Reihe von Höhepunkten endete, die sie einer nach dem anderen überrollten. Er hielt sich zurück, bis sie sich ganz hingegeben hatte, dann kam auch er mit ihrem letzten Orgasmus, und langsam sanken sie gemeinsam zu Boden.

Danach tauschten sie Küsse, träge und ausgiebig, Küsse, die einen metallischen Beigeschmack hatten. Adrian hob den Kopf und blickte sie an. «In all den langen Jahren ist mir noch nie so wunderbar gedankt worden.»

«Gern geschehen», erwiderte Sybil lächelnd. Sie fühlte sich wunderbar befriedigt und wohlig zufrieden von dem Aphrodisiakum, das durch ihre Adern strömte.

«Du wirkst berauscht.»

«Ich beschwere mich nicht.» Ihr Lächeln wurde breiter.

«Ich sollte jetzt von dir ablassen, sonst du wirst mir später Vorwürfe machen.»

«Ich werde dir später gewiss keine Vorwürfe machen.»

Adrian lachte, und so blieben sie ineinander verschlungen liegen. Sybil verspürte eine Art wohlige Zufriedenheit, vermischt mit dem Nachglühen von gutem Sex. Schließlich überwanden sie sich und standen auf. Sybil bemühte sich, nicht versehentlich eine der Pflanzen zu zertrampeln, während er sie durch seinen Garten führte und ihr die Anwendung und den Nutzen der einzelnen Sorten erklärte.

Doch dann kehrte ihre innere Unruhe zurück. Nach einem leichten Kuss zum Abschied überließ sie Adrian seinem einsamen Frieden und war froh, dass sie etwas davon mit ihm hatte teilen dürfen.

Sie machte sich auf den Weg zurück in den «Wolfswald», wie sie ihn insgeheim nannte, und traf den Wolf unter einem Baum liegend an. Er erhob sich, als er sie entdeckte. Sein Körper war ganz der eines stolzen Kriegers und eine wahre Augenweide.

«Es gibt da eine ganz neue Erfindung», verkündete Sybil todernst. «Vielleicht hast du schon davon gehört. Nennt sich Kleidung.»

«Ich nenne es überflüssig und so oft wie möglich zu vermeiden.»

«Wahrscheinlich ist sie auch viel zu lästig für Gestaltwandler», stimmte sie zu. «Zu viel Aufwand. Wie transportiert man sie, während man in der Tiergestalt ist? Wie sorgt man dafür, dass sie während der Transformation nicht zerreißt? Wenn ich du wäre, hätte ich vermutlich auch schon längst aufgegeben und würde herumlaufen, wie Mutter Natur mich erschaffen hat.»

Er sah sie mürrisch an. «Ich habe nicht aufgegeben.»

Sie streckte die Hände mit den Flächen nach oben aus. «Ich will keinen Streit. Außerdem werde ich mich bei deinem Anblick tunlichst davor hüten, mich zu beschweren.»

«Gefällt dir mein Körper?»

«Als wüsstest du das nicht längst.» Sie schüttelte den Kopf. «Doch er ist auch verwirrend. Wenn ich dich nackt sehe, weiß ich plötzlich nicht mehr, was ich gerade noch gedacht habe oder tun wollte.»

«Und was hast du gerade getan?»

«Ich habe Adrian besucht.»

Kenric kam näher. «Ich rieche ihn an dir. Sein Anblick dürfte dir auch gefallen haben.»

«Ja.»

«Hat er dir Lust verschafft?»

«Sehr.»

«Bei mir kriegst du mehr.»

«Das bezweifele ich nicht.»

Er küsste sie so hart, dass sie kaum mehr zu Atem kam, drückte ihren Rücken gegen den Baumstamm und ließ seine Hände über ihren Körper gleiten.

«Stört es dich?», fragte Sybil, als sie wieder Luft bekam.

«Dass du dich mit anderen vergnügst? Es erregt mich. Ich sehe dich gern an, wenn du vom Sex erhitzt bist. Oder unter einem anderen Mann liegst. Ich teile dich gern und will wissen, wie viel Lust du ertragen kannst. Der Kampf um deine Gunst ist stimulierend. Wer von uns kann dir am meisten Lust verschaffen?»

«Ich sehe es nicht als Wettbewerb an», sagte sie und blinzelte überrascht. «Jedenfalls nicht so, dass ihr alle um mich kämpft. Eher ist es doch so, dass ich nicht mithalten kann, weil ich nicht in eurer Liga spiele.»

«Jetzt schon.»

«Tue ich das?» Schlagartig wieder ernst geworden, legte sie den Kopf schief und sah ihm in die Augen. «Spiele ich wirklich in eurer Liga? Wenn ich gestern nicht so erschöpft gewesen wäre, hättest du mich dann fortgeschickt oder mich aufgefordert, meinen Platz in euren Reihen einzunehmen?»

Ein Schatten glitt über sein Gesicht. «Eine alberne Frage», sagte er stirnrunzelnd.

«Das denke ich nicht.»

«Du bist weder trainiert noch diszipliniert oder erfahren.»

«Dann sollte ich das sofort ändern.» Sie erwiderte seinen starren Blick, ohne mit der Wimper zu zucken.

Kenric trat einen Schritt zurück und ließ die Arme fallen.

Er starrte sie eine Minute lang stumm an, die sich wie eine Ewigkeit anfühlte. Als er schließlich sprach, schien er seine Worte mit Bedacht zu wählen. «Dein Platz ist nicht auf dem Schlachtfeld.»

Eine gigantische Faust schloss sich um ihr Herz und drückte fest zu. Trotz allem, was sie getan und riskiert hatte, konnte oder wollte er sie nicht als Teil der Schattenwächter sehen. Und er war nicht einmal bereit, ihr den Grund dafür zu nennen. Es tat so weh, dass sie wie betäubt war vor Schmerz.

«Dann ist mein Platz auch nicht mehr hier.» Wieder einmal tanzten die Flammen über ihre Haut, doch sie ließ es geschehen, auch als die Hitze ihr Haar in Bewegung brachte. «Ich kämpfe mit euch allen, oder ich bleibe allein.»

Seine Kiefer verkrampften sich. «Du übertreibst.»

«Ich finde nicht.» Sie erhob sich in die Luft, verharrte dort ein wenig und erlaubte ihrem Herz einen stummen Abschied. «Ich bin nicht diejenige, die dich betrogen hat. Wenn du mir doch vertrauen kannst, dann komm und such nach mir. Vielleicht bin ich dann noch interessiert.»

ZWEIUNDZWANZIG

«Angeblich heißt es, ich kann nicht wieder nach Hause zurück», sagte Sybil laut und blickte sich in ihrer Wohnung um. Sie sah unbewohnt und verlassen aus, dabei war sie nicht lange fort gewesen. Aber sie hatte während ihrer Abwesenheit viel erlebt.

Es fühlte sich seltsam an, allein hier zu sein. Noch seltsamer war es, nicht mehr in einem unterirdischen Höhlensystem zu leben, das nach den Regeln der Magie funktionierte. Sie fühlte sich fehl am Platz, losgelöst von allem. Und dass sie sich in ihrem eigenen Apartment befand, machte alles nur noch viel schlimmer, denn hier sollte sie sich doch eigentlich wie zu Hause fühlen. Es sollte ihr Zuhause sein, wo sie hingehörte, doch stattdessen kam sie sich vor wie eine Zeitreisende, die lediglich die Vergangenheit untersuchte.

Also, dann würde sie eben ausgehen. Unter Menschen sein. Sich vielleicht sogar jemanden mit nach Hause nehmen. Bei dem Gedanken zog sich ihr Herz zusammen, und ihr Magen verkrampfte sich.

Aber wie sie da so in ihrem verlassenen Wohnzimmer stand und sich umsah, erkannte sie, dass es wenig Sinn hatte, hier allein zu sein und sich mit der Erinnerung zu plagen, wie sie Kenric zum ersten Mal begegnet war. Das würde sicherlich nicht zu einem ausgewogenen Gemütszustand beitragen.

Sybil ließ sich reichlich Zeit für eine ausgiebige Dusche, dann wechselte sie ihre Kleidung, um zur Abwechslung etwas zu tragen, das nicht im Kampfgetümmel gelitten hatte. Dann ging sie zu ihrem Auto.

Fliegen machte deutlich mehr Spaß als Autofahren, und doch konnten sich ihre Muskeln und ihr Gedächtnis noch deutlich an die gewohnten Abläufe erinnern – anschnallen, die Handbremse lösen, einen Gang einlegen –, sodass sie sich automatisch sicherer und auch ein wenig menschlicher fühlte. Sybil machte sich auf den Weg zu einer Bar, deren Namen sie schon öfter gehört hatte, in der sie selbst jedoch noch nie gewesen war. Vielleicht würde sie sich weniger fremd fühlen, wenn sie sich an einem unbekannten Ort befand.

Auch das Parken und Abschließen des Wagens war für sie Routine. Sie ging hinein, entdeckte einen Platz am Tresen und bestellte ein Bier vom Fass. Es schmeckte komisch, aber es war das einzige Frischgezapfte, das es hier gab. Sybil schob das Glas zur Seite und blickte auf die Menge.

Menschliche Gesichter, Geräusche, Dramen. Ein Paar in der Ecke, das sich küsste. Weitere flirtende Paare auf der Tanzfläche, die sich berührten, sodass recht bald klar war, wohin das Ganze führen würde. Alle fanden zueinander, nur sie blieb allein. Sybil trank noch einen Schluck von ihrem Bier und fragte sich, ob das wirklich eine so gute Idee gewesen war.

«Bist du öfter hier?»

Bei dem schleppenden Klang der Stimme wandte Sybil den Kopf. Der Mann, der ihr die Frage gestellt hatte, lehnte neben ihr am Tresen. Er war attraktiv, und das angedeutete Lächeln in seinen Mundwinkeln zeigte, dass er sich dessen nur allzu bewusst war. Was auch bedeutete, dass sein Selbstbewusstsein weit größer war, als es seinem Aussehen entsprach.

Würde er jemals Ronan begegnen, würde sein Ego zusammenschrumpfen und verdorren.

«Nein», erwiderte Sybil. Dass er sie in Ruhe lassen sollte, war an ihrer Mimik deutlich abzulesen, von ihrem Tonfall ganz zu schweigen.

«Willst du tanzen?»

«Nein.» Sie widmete sich wieder ihrem Bier. Ronan sah besser aus und tanzte auch sehr viel besser, da konnten Normalsterbliche nicht mithalten.

«Willst du woanders hingehen?»

Sie wirbelte auf ihrem Barhocker herum und starrte ihn ungläubig an. «Nein.» Unter ihrer Haut sammelte sich bereits die Hitze, als sich ihre magischen Kräfte von selbst mobilisierten. «Es gefällt mir hier.»

«Wartest du etwa auf was Besseres?» Der Mann grinste spöttisch. «Na, dann viel Glück.»

Er machte sich davon. Sybil geriet ins Grübeln. Sie hatte doch fünf bessere Männer zur Auswahl, nur wusste sie einfach nicht, wie sie mit ihnen umzugehen hatte. Eines war ihr aber klar geworden. Sie gehörte nicht mehr hierher. Das hier war nicht mehr länger ihre Welt.

Du kannst nicht nach Hause zurückkehren, überlegte sie verzweifelt. Aber wenn das nicht in Frage kam, was blieb ihr dann noch übrig?

Sie könnte nach Xanadu zurückkehren, sich in Kadars Höhle verkriechen und ihm die Auseinandersetzung mit Kenric überlassen. Aber das erschien ihr sowohl feige als auch unfair. Sie war schließlich eine erwachsene Frau und konnte ihre eigenen Kämpfe ausfechten, statt sich auf einen Drachen zu verlassen. Okay. Dann sollte sie wohl doch zurückgehen und sich einen Platz in der Gemeinschaft suchen. Zwar akzeptierte Kenric sie nicht, doch er konnte sie auch nicht rauswerfen. Vielleicht sollte sie im Lauf der Zeit seine Sturheit aussitzen und ihn mürbe machen.

Aber warum wollte sie ihn eigentlich mürbe machen? Sie zwang sich, der Frage aufrichtig zu begegnen und sich selbst eine ehrliche Antwort zu geben. Weil sie sich etwas aus ihm machte. Weil sie sich von Anfang an zu ihm hingezogen gefühlt hatte. Schon damals in der Oase war ihr klar gewesen, dass sie sich nicht sehr klug verhielt. Aber sie hatte ihn trotzdem gewollt. Und dann hatte sie sich ihm hingegeben, und von da an hatte es kein Zurück mehr gegeben.

Zumindest für sie, während er sich nichts aus ihr zu machen schien. Und solange er ihr nicht vertraute, hatten sie ein unlösbares Problem.

Sybil war zu aufgewühlt, um noch länger zu bleiben. Sie holte den Wagen und fuhr zurück zu ihrem Apartment. Gab es dort noch irgendetwas, das sie gern mitgenommen hätte? Nachdenklich schlenderte sie umher, blätterte hier in einem Buch oder betrachtete dort ein Foto. Nichts von alldem kam ihr noch real vor, nichts schien wirklich zu ihr zu gehören.

Vielleicht war sie bloß müde. Wichtige Entscheidungen wie die Frage, was sie mitnehmen und was sie zurücklassen wollte, konnten bis zum nächsten Morgen warten. Wenigstens würde es sich normal anfühlen, sich in ihrem Apartment allein schlafen zu legen. Sybil zog sich ins Schlafzimmer zurück, entkleidete sich und fiel ins Bett, das ihr groß und leer vorkam. Sie umarmte ihr Kopfkissen, rollte sich zusammen und schloss die Augen.

Die warme Haut an ihrem Körper war vielleicht bloß ein Traum. Doch dann zogen die Hände sie näher. Und in das tiefe Knurren mischten sich Erinnerungen und Fragmente nächtlicher Begegnungen. Sybil drehte sich um und schmiegte sich an den männlichen Körper, der sie in den Armen hielt, und fuhr mit den Lippen über den muskulösen Hals, der ihr so vertraut war.

«Kenric.» Sie hatte seinen Namen vielleicht gedacht oder laut ausgesprochen.

«Hexe.» Er klang fast gepeinigt, sodass sie mit einem Ruck aus dem träumerischen Wohlbehagen gerissen wurde, das seine Gegenwart hervorgerufen hatte. Sein Griff wurde fester, und er rieb mit dem Kinn über ihr Haar. «Du bist weggegangen.»

«Du hast mich nicht gewollt.» Ihre Stimme war noch belegt von der Schläfrigkeit, aber dennoch ernst.

«Ich will dich.»

«Für das hier?» Sybil schob ein Bein über seines.

«Und mehr.» Er legte sich mit seinem Gewicht auf sie und drückte sie in die Matratze nieder. Sein harter, muskulöser Körper strahlte Hitze aus, als er sich zwischen ihre Beine schob. «Du gehörst mir.»

«Ich gehöre euch allen, aber keiner von euch gehört zu mir.» Nun war sie vollends erwacht, hatte es aber nicht geschafft, rechtzeitig ihre Schutzmechanismen zu aktivieren, und so kam es, dass man ihrer Stimme den Seelenschmerz deutlich anhörte.

«Ich gehöre ganz dir.» Kenric legte seine Stirn an ihre. «Ist es das, was du aus meinem Mund hören wolltest? Ich bin Wachs in deinen kleinen Händen.»

Sie blinzelte verwirrt. Das klang ja wie im Traum, aber es fühlte sich wirklich an. «Kenric?»

Wieder knurrte er. «Was hast du denn gedacht, wer dir folgen würde? Etwa dein Kuscheldrache? Oder dein geliebter Dämon? Der Vampir, der ständig über dich nachgrübelt? Der Elf, der sich zum ersten Mal in seinem sehr langen Leben Hals über Kopf verliebt hat?»

Sybil sog zitternd den Atem ein. «Ich hatte überhaupt nicht damit gerechnet, dass mir einer von euch folgen würde. Schon gar nicht so schnell.»

«Sie wollten alle mitkommen, aber ich habe das Privileg für mich beansprucht. Und das Recht. Auf dich.»

Ihr war, als drehte sich alles um sie herum, und ihr Herz tat einen Satz. «Wie bitte?»

«Du hast mich verstanden.» Sein Mund bemächtigte sich ihrer Lippen, hart, fordernd und unglaublich willkommen. «Du gehörst mir. Meine Gefährtin.»

Sie erwiderte seine Küsse, bis eine Stimme der Vernunft in ihrem Kopf sie zwang, sich ein wenig zurückzuziehen. «Du vertraust mir aber nicht.»

«Doch, das tue ich. Du hattest recht, du bist es nicht gewesen, die mich betrogen hat.»

«Das sagst du jetzt, aber was ist, wenn du das nächste Mal zweifelst? Und in mir nichts als noch eine weitere Hexe siehst?»

«Hexen gehorchen ihren eigenen Regeln», antwortete

Kenric. «Ich vertraue darauf, dass du dir und uns treu bleibst.»

«Und wenn sich das nächste Mal ein Portal öffnet oder ein Dämon bekämpft werden muss oder die Welt der Sterblichen bedroht wird?»

«Ich werde dich nicht davon abhalten, zur Tat zu schreiten», versprach er, doch es klang widerwillig. «Ich hatte vergessen, dass auch du mittlerweile zu den Unsterblichen gehörst. Mein Verstand sagte es mir zwar, aber mein Körper wollte sich zwischen meine Gefährtin und die drohende Gefahr stellen.»

«Hat dein Körper seine Lektion gelernt, oder muss ich ihm noch eine weitere beibringen?»

«Du musst ihm noch ganz viele beibringen.»

Sybil lachte und erbebte unter ihm. Sie genoss das Gewicht seines Körpers auf ihr. «Dann sollten wir sofort damit beginnen.»

«Ich werde mich unseren Studien ganz hingeben.»

Und mit diesen Worten senkte Kenric seinen Mund auf ihre Lippen und nahm sie ganz für sich in Anspruch, lockte sie, sich für ihn zu öffnen, und erforschte sie mit der Zunge. Sybil trank seinen Geschmack, umspielte mit ihrer Zunge die seine und umschlang ihren Wolf mit Armen und Beinen, um ihn noch fester zu sich heranzuholen.

Seine Hände bewegten sich über ihren Körper, erforschten die sensibelsten Stellen und verführten sie mit jeder Berührung, bis es nichts mehr gab als das zutiefst empfundene Sehnen, ihren Körper endlich mit dem seinen zu vereinen.

Kenric drang mit einem einzigen, langsamen Stoß in sie ein und genoss jede Sekunde, in der sie sich um ihn dehnte, um ihn ganz in sich aufzunehmen. Wellen heißer Lust durchströmten Sybil, als sein Schaft sie immer weiter ausfüllte und so tief in sie eindrang, dass sie ihn schließlich in seiner vollen Länge spüren konnte. Dann, als der Knoten anschwoll, hatte er sie ganz und gar in Besitz genommen.

Kenric trank ihr wollüstiges Stöhnen von ihren Lippen, als sich Sybil an ihn klammerte, noch mehr von ihm wollte, noch mehr von sich anbot. Sein Körper war auf ihr und in ihr, und das war ein Wunder und ein Geschenk zugleich für sie. Mit jedem Stoß begehrte sie mehr Erfüllung, und schon bald war jeder Muskel angespannt, ihre Liebesgrotte umklammerte ihn eng, und sie wurde von den Wellen der Ekstase weggespült. Er stieß schneller, und dann begann sein Schwanz zu zucken und einen Schwall heißer Flüssigkeit in sie zu ergießen, was ihr Entzücken noch mehr steigerte. Sowohl Kenrics wie auch Sybils Bewegungen wurden langsamer, doch noch immer kreisten ihre Hüften, und sie zögerten den Moment hinaus, bis sie sich erschöpft fallen ließen, ihre Körper noch immer miteinander vereint.

Als er sich wieder bewegen konnte, rollte sich Kenric auf den Rücken, zog seine Gefährtin an sich und hielt sie sicher an seine Seite geschmiegt. Es hatte ihm das Herz gebrochen, als sie verschwunden war, und erst da begriff er, dass er längst an sie verloren war.

«Was hat deine Meinung geändert?» Sybil zeichnete mit einer Fingerspitze das Siegel der Inanna auf seiner Brust nach, während sie ihm die Frage stellte.

«Ein gewisser Drache hat gedroht, mir den Schädel einzuschlagen, sollte ich nicht meine Sturheit überwinden und wieder zur Vernunft kommen.»

«Sonst nichts?»

«Lass mich nachdenken. Der Elf hat gemeint, er habe Verständnis, dass ich mich deiner nicht ebenbürtig genug fühle, aber da er ein Gott sei, dürfe er sich dir gegenüber als gleichrangig betrachten.»

Sybil lachte, Kenric jedoch blieb ernst. Der Sidhe hatte schließlich jedes verdammte Wort so gemeint, wie er es gesagt hatte. «Der Vampir war der Ansicht, ich hätte zu viel Zeit in der Gegenwart von Huren verbracht und zu selten die Gesellschaft echter Klassefrauen genossen. Deswegen wäre es mir unmöglich, dich zu würdigen. Er hingegen sei über solche unwürdigen Neigungen erhaben.»

«Adrian ist ein echter Gentleman.»

«Der Dämon hat ernsthaft meinen Geisteszustand angezweifelt, weil ich dich habe gehen lassen. Er hätte unsere Diskussion damit beendet, dir in jeglicher Hinsicht Lust zu verschaffen und dich sämtliche Gegenargumente vergessen zu lassen.»

«Streit ist vermutlich eine Art Vorspiel für Abaran», meinte sie. «Aber so nett sich das alles auch anhört, beantwortet es doch nicht meine Frage. Irgendwie kann ich mir nicht vorstellen, dass du bei jedem an die Tür geklopft hast, um ein wenig von Mann zu Mann zu plaudern und ihnen zu erzählen, dass ich nicht mehr da bin. Und dass du deswegen schlagartig begriffen hast, dass du nicht ohne mich leben kannst.»

«Natürlich nicht. Sie wussten alle sofort Bescheid, als du weg warst. Und sie haben sich auf mich gestürzt, um mir Vernunft einzuhämmern. Dabei hätten sie auch gern von ihren Fäusten Gebrauch gemacht. Sie haben mich beschuldigt, dich vertrieben zu haben. Und damit hatten sie recht.»

«Und haben sie dich verprügelt?» Sie stützte sich auf einen Ellenbogen und suchte auf seinem Körper prüfend nach Spuren von Gewaltanwendung.

«So weit mussten sie gar nicht gehen. Von jenem Augenblick an, als du mich verlassen hast, klaffte in meiner Brust ein faustgroßes Loch. Und ein ebensolches in meinem Magen, als mir klarwurde, was das bedeutet.»

«Herzschmerz, Seelenpein, das kann in der Tat nur Liebe sein», verkündete Sybil feierlich.

«Vielmehr ist es die reine Freude, wenn ich dich ansehe», korrigierte Kenric und zeichnete ihre Gesichtszüge mit einer Fingerspitze nach. «Innerer Frieden, der mich in deiner Gegenwart erfüllt. Besonders wenn du nachts neben mir liegst. Eine Fülle an Gefühlen, manche angenehm, andere schmerzhaft. Doch alles ist besser als diese Leere, die blieb, als du gegangen warst.»

Sie tupfte einen Kuss auf seinen Mundwinkel. «Hat es dich wirklich mit innerem Frieden erfüllt, wenn ich neben dir eingeschlafen bin?»

«Ja.»

«Als du noch in deiner Wolfsgestalt warst?»

«Der Genuss deiner Gegenwart ist nicht nur sexuell. Es fühlt sich einfach richtig an, meine Gefährtin neben mir zu haben. Und es ist falsch, wenn du nicht an meiner Seite bist.»

«Soll das heißen, dass du mich vermisst hast, nachdem du mich in Kadars Höhle abliefern musstest?»

Kenric schob ihre grazile Gestalt auf sich, schlang die Arme eng um sie und hielt sie fest an sich gedrückt. Ihre kleinen Brustwarzen versteiften sich an seiner Brust, und er spürte ihre Oberschenkel und ihre feuchten Schamlippen an genau der Stelle, wo er sie genießen konnte. «Ich habe dich sehr vermisst. Dir wird nicht entgangen sein, dass ich jedes Mal zu dir gekommen bin, wenn sich die Gelegenheit bot.»

«Dreier und Vierer, du liebe Güte, ja», erwiderte Sybil und lachte leise auf. «Da fällt mir etwas ein. Abaran hat gemeint, dass ich dich nach dem Knoten fragen soll. Ich hatte es schon die ganze Zeit vor, aber da ich von einem dämonischen Zauberbuch besessen war, gegen Dämonen kämpfen und Abaran zu Hilfe eilen musste, ganz zu schweigen davon, ein paar bösartige Hexen zur Strecke zu bringen, bin ich irgendwie davon abgekommen.»

Seine Arme schlossen sich enger um sie. «Abaran hat begriffen, was für ein Idiot ich war. Ich habe mir eingeredet, dass es nicht möglich ist. Du bist eine Hexe, deshalb kannst du unmöglich meine Gefährtin sein. Aber mein Körper wusste von Anfang an, dass du zu mir gehörst.»

«Hat das was mit der Gefährtensuche zu tun?»

«Genau so ist es.» Er strich ihr mit den Lippen über das

Haar und suchte nach den passenden Worten. «Etwas, von dem ich stets geglaubt habe, es nie zu finden. Du hast befürchtet, dass ich dir nicht vertraue. Und ich redete mir ein, dass ich keiner Hexe mehr vertrauen kann. Doch die Wahrheit ist, dass ich kein Vertrauen zu mir selbst hatte. Ich bin damals der Alpha des Rudels gewesen. Es wäre meine Pflicht gewesen, meine Leute zu beschützen, doch ich habe versagt. Wenn du wirklich meine Gefährtin gewesen wärest, dann hätte ich mich der Angst stellen müssen, noch einmal zu versagen und nicht für deine Sicherheit sorgen zu können. Also habe ich versucht, dich weit von mir fernzuhalten.»

Kadar hatte recht gehabt mit seiner Vermutung. Hätte er schon früher auf den Drachen gehört, dann wäre Sybil niemals davongelaufen.

Sybil blieb eine Minute lang stumm und dachte über seine Worte nach. «Das ergibt auf eine verdrehte Art tatsächlich Sinn. Aber ich hoffe, dass du mittlerweile darüber hinweg bist.»

«Ich denke, ich war, schon zwei Sekunden nachdem du gegangen warst, darüber hinweg.»

«Gut.» Sie küsste ihn auf den Hals und fragte dann: «Und was ist mit den anderen?»

«Wenn ich dich nicht zurückbringe, wollen sie meine Unsterblichkeit auf die Probe stellen», informierte er sie trocken.

Sie kicherte. «Das habe ich nicht gemeint. Ich sprach von dir und mir und den anderen. Ich bin deine Gefährtin, und ich habe das vom ersten Augenblick an gespürt. Aber die anderen gehören auch dazu.»

«Ich genieße es, dich für mich allein zu haben, aber es macht mir auch Freude, dich mit den anderen zu teilen. Wir werden ein deutlich größeres Bett brauchen.» Kenric spürte, wie sich seine Hoden lustvoll bei dem Gedanken an ihren nackten Körper zusammenzogen. Sie, die ausgestreckt auf der Matratze lag, er, der zwischen ihren

Schenkeln kniete, und zwei der anderen rechts und links von ihr. Kenric wurde von der Vorstellung so hart, dass es schmerzte.

«Mir gefällt das auch.» Sybil schob ihre Oberschenkel über seine Hüften, und dadurch berührten ihre feuchten Fältchen seinen Schwanz. «Ganz besonders, wenn wir so beieinanderliegen. Ich finde es erstaunlich, wie schnell ich mich an den Sex mit mehreren Partnern gewöhnt habe und wie sehr es mir fehlen würde, wenn ich nicht mehr zwei Männer zugleich haben könnte.»

«Ich denke, wir werden alle unser Bestes tun, damit es dir dahingehend an nichts mangelt.» Kenric ließ seine Hände nach unten gleiten, um ihre Pobacken zu umfassen und zu kneten und Sybil ein kleines Stück tiefer zu sich heranzuziehen, sodass seine Eichel gerade in ihre Öffnung eindringen konnte. «Aber wenn wir allein sind, kann ich dich so hart und schnell nehmen, wie ich will, ohne die Harmonie zu zerstören und den Rhythmus eines anderen durcheinanderzubringen.»

«Dann sind wir ja auf jeden Fall immer zufrieden», seufzte Sybil und drückte ihren Rücken durch, um einen weiteren Zentimeter seines Schafts in sich aufzunehmen. «Aber ich will, dass du begreifst, dass es mir nicht allein um Sex geht. Kadar hat mal gesagt, dass ich für die anderen eine Art Zweitfrau sein werde, und so sehe ich das auch. Ich meine, sie bedeuten mir alle etwas. Ich bin nicht einfach bei Adrian aufgetaucht, weil mir nach einem Quickie war, gewürzt mit seinem vampirischen Aphrodisiakum. Nein, ich bin gern in seiner Gesellschaft. Und es hat mir Spaß gemacht, so viel über seinen Garten zu erfahren.»

«Aber das heißt ja nicht, dass du mich weniger liebst.» Er stieß ohne eine Vorwarnung tief in sie hinein und blieb mit seiner ganzen Länge in ihrem Schoß vergraben. «Ich kann dich verstehen.»

«Dann hast du ja bekommen, was du wolltest.» Ihre inneren Muskeln zuckten und verengten sich um seinen eindringenden Schwanz. Sybil schaukelte mit winzigen Bewegungen auf ihm, gerade genug, um seine ganze Länge und Mächtigkeit an ihrem tiefsten Punkt zu spüren. «Ich bin in jeden von ihnen ein winziges bisschen verliebt, aber dich liebe ich mit einer Leidenschaft, die jegliche Vernunft übersteigt.»

«Zeig mir deine unvernünftige Leidenschaft», forderte Kenric mit einem gutturalen Knurren.

«Etwa so?» Sie glitt mit wellenförmigen Bewegungen an ihm auf und ab, reizte ihn mit ihren kleinen, perfekten Brüsten und rieb sich mit ihrem feuchten, heißen Fleisch an seinem Schwanz, der so mühelos zwischen ihre geöffneten Schamlippen eingedrungen war und von ihrer Spalte so eng umfasst wurde, dass seiner Kehle ein Zischen entfuhr.

«Ich fühle mich sehr unvernünftig, wenn du das mit mir machst», sagte er mit rauer Stimme und packte sie an den Hüften, damit er sich ein weiteres Stück in sie hineintreiben konnte.

«Solange wir das hier erleben dürfen, sehe ich keinen Sinn darin, vernünftig zu sein», flüsterte sie atemlos, unterbrach sich jedoch, als er begann, sich mit dem Becken vor und zurück zu bewegen.

«Das werde ich sicher nicht in Frage stellen», antwortete er und ließ seinen Instinkten freien Lauf. Seine Gefährtin saß mit gespreizten Schenkeln auf ihm und ritt ihn. Jetzt war der Zeitpunkt gekommen, sie mit aller Gier ganz in Besitz zu nehmen.

Kenric ging zu einem unregelmäßigen Rhythmus über, der sie beide an der Schwelle zur Erfüllung hielt, ohne dass sie sie überschritten hätten. Sie waren bis zum Äußersten untrennbar miteinander verbunden, und der Augenblick rückte näher und näher, doch noch verweigerte er ihn ihnen beiden. Zu sehr liebte er ihren geschmeidigen Körper, dessen nackte Haut ihn liebkoste, und den zarten Duft, ihr weiches Haar und ihre feuchte Hitze, die ihn um den Verstand zu bringen drohte.

«Du bist mein», flüsterte er und beanspruchte ihren Körper und ihr Herz ganz für sich allein. «Ganz allein mein. Kein anderer Liebhaber kann dir geben, was ich kann.»

Sie stieß einen unverständlichen Laut aus. Und zog dann, sehr zu seiner Überraschung, ihre winzigen scharfen Zähne über seine nackte Schulter. «Du bist mein», antwortete sie im Gegenzug, ihre Stimme war leise und drohend, und am ganzen Körper knisterte ihre Energie und tanzten die Phantomflammen über ihre Haut. «Mein für immer bis ans Ende der Zeit.»

Das erschien ihm gerade noch ausreichend zu sein, und er bewegte sich härter und schneller und nahm sie mit drängender Lust.

DREIUNDZWANZIG

Stunden später trug Kenric seine schlafende Gefährtin zu Kadars ausladendem Bett, zog die Laken zurück und legte sie auf die Matratze. Der Drachenmann schlenderte hinter ihm her und beobachtete ihn.

«Ein Geschenk für mich? Wie aufmerksam.»

Kenric fletschte die Zähne zu einem scheinbar grimmigen Grinsen. «Ich bin nicht gekommen, um dir etwas zu bringen, im Gegenteil. Du hast das größte Bett.»

«Ich hoffe, du glaubst nicht, dass ich es dir überlassen werde.»

«Sicherlich ist dir aufgefallen, dass ich sie in die Mitte gelegt habe.» Kenric legte sich auf eine Seite. «Damit bleibt genug Raum für uns alle.»

«Alle?» Kadar ließ sich auf der anderen Seite nieder und verschwendete keine Zeit, näher an die schlafende Hexe in der Mitte heranzurücken. «Hast du die anderen dazugebeten?»

«Nein, aber sie werden trotzdem kommen. Sie wollen sie willkommen heißen. Außerdem hat sie ein anständiges Ritual verdient.»

Kadar nickte und sprach die zeremoniellen Worte. «Freude sei mit euch beiden. Freude euren Herzen und Leibern. Möget ihr die Freude stets teilen, auf dass sie ins Unermessliche wachse.»

«Freude sei mit dir, mein Bruder. Freude im Herzen. Teile meine Freude in meiner Gefährtin.» Kenric hatte immer geglaubt, dass das alte Ritual irgendwann einmal in Vergessenheit geraten würde, da es nie genutzt wurde. Doch jetzt hatte er eine Gefährtin gefunden, und die fünf Schattenwächter würden ihre Aufgaben niemals mehr allein erfüllen müssen. Sie hatten eine Geliebte und eine Ehefrau, die es zu ehren und zu schätzen galt. Und eine mächtige Verbündete in ihrer ewig währenden Pflicht.

«Willst du, dass wir sie uns teilen?»

Kenric schüttelte den Kopf. «Ich will zusehen, wie sie ihre Freude an dir findet.»

Er beobachtete den Drachen, der nun das Gesicht der Hexe zart umschloss und sie mit sinnlicher Raffinesse küsste, bis sie auf ihn reagierte und ihre Lippen weich und nachgiebig wurden und sich ihm öffneten, sodass seine Zunge schließlich eindringen konnte.

Seine Hexe. Seine Frau. Ihre Brustwarzen versteiften sich, als Kadar erst seine Finger geschickt darübergleiten ließ und sie dann ausgiebig mit dem Mund verwöhnte, bis sie von seinem Saugen wie exotische Blumen aufblühten, feucht und dunkelrot geschwollen.

Kenric sog den Anblick in sich auf. Mit ihren halb geschlossenen Lidern und den leicht gespreizten Beinen war sie ein Bild sinnlicher Hingabe. Er beugte sich vor, um ihren süßen Mund zu küssen und mit der Zunge über die Unterlippe zu gleiten, bevor er in ihren Mund vordrang. Kadars erotische Hingabe an ihre Brüste machte das Küssen zu einem heißeren und noch sinnlicheren Erlebnis.

Dann zog er sich zurück, damit sein Gefährte sich auf sie legen konnte. Sybils Blick, mit dem sie ihn unentwegt ansah, war dunkel vor Leidenschaft und voller Gefühl. «Ich liebe dich.»

«Ich liebe dich auch.» Er nahm ihre Hand und verschränkte seine Finger mit ihren, um den Augenblick gemeinsam mit ihr zu erleben, wenn ihr Körper sich Kadars beharrlichem Drängen öffnete und er seinen exotischen Schwanz kräftig in sie hineinschob, was ihr vor Wonne die Röte in Wangen und Lippen trieb. Sie zu beobachten war fast so befriedigend, wie sie selbst zu nehmen, fand Kenric.

Sie schloss die Augen und gab sich ganz dem Augenblick hin. Ein sanftes Stöhnen entrang sich ihrer Kehle, als sie sich unter Kadar bewegte und auf seinen Rhythmus einging. Sie hatte ihm die Beine um die Taille geschlungen und lachte, als er sie mit seinem Schuppenschweif kitzelte. Doch schon bald verwandelte sich das Lachen in ein Stöhnen, als Kadars Stöße tiefer wurden und an Tempo zunahmen.

«So wunderschön», murmelte Kenric. «Dein Anblick und deine Hingabe erweckt in mir den Wunsch, dich selbst wieder für mich zu haben.»

«Du wirst gefälligst warten», sagte Kadar und glitt rein und raus, als könnte er gar nicht genug in ihrer Vereinigung schwelgen. «Du hattest recht, die anderen sind tatsächlich schon unterwegs.»

«Die anderen?» Sybil öffnete die Augen und blickte Kenric fragend an.

«Ich habe meinen Anspruch auf dich als meine Gefährtin erklärt. Sie werden gleich da sein, um dich willkommen zu heißen und mit uns die Freude zu zelebrieren, wie Kadar es gerade tut.»

«Fünf Männer in einem Bett. Ich bezweifle, dass wir alle Platz finden.»

«Das kriegen wir schon hin.» Kenric streifte mit den Lippen über ihre Stirn und bemerkte dabei, wie angespannt ihr Körper war. Wie sie bereits zitterte und flach atmete.

«Du bist so kurz davor. Lass zu, dass Kadar dir alles gibt, was du willst.»

«Ich will … oh. Das. Ja!» Sie keuchte und bäumte sich unter ihm auf, wand sich unter ihrem Liebhaber und verfiel völlig dem sinnlichen Rausch, der in einem wilden Höhepunkt gipfelte.

«Ja», brummte Kadar und stieß nun schneller in sie, um sich mit einem lauten Brüllen in sie zu ergießen, während die anderen drei Männer zu ihnen stießen und sich in einem lockeren Kreis um das Bett aufstellten. «Ich ficke dich, während die anderen zugucken. Und komme in dir.»

Sie jammerte vor Lust und kam erneut, das Becken lüstern vorgeschoben. «Kleine Exhibitionistin», neckte Kadar sie lachend und drückte ihr einen Kuss auf den Mund, während sie sich erschöpft zurücksinken ließen.

«Wie gut, dass du so ein Angeber bist.» Sie erwiderte den Kuss mit offensichtlichem Vergnügen.

Kadar zog sich behutsam aus ihr heraus und machte es sich auf den Kissen am Kopfende des Bettes bequem. Während Sybil noch voller Hingabe nackt ausgestreckt dalag, liebkoste er ihre Brüste.

«Freude sei mit euch beiden. Freude euren Herzen und Leibern. Möget ihr die Freude stets teilen, auf dass sie ins Unermessliche wachse.»

Adrian, Ronan und Abaran sprachen die Worte gemeinsam aus.

«Freude sei mit euch, meine Brüder. Freude im Herzen. Teilt meine Freude in meiner Gefährtin.»

«Das ist wirklich entzückend», murmelte Sybil. «So etwas hätte ich nun wirklich nicht erwartet, als ich einer Gruppe Schattenwächter beitrat, die ihr Leben ganz einer Sexgöttin gewidmet haben.»

«Vergiss nicht, dass sie auch eine Kriegsgöttin ist», sagte Kenric und küsste sie, während sich der Dämon, der Vampir und der Sidhe rund um sie auf dem Bett verteilten. «Im Angesicht des Krieges sollten wir unsere Vereinigung als

Symbol des Lebens zelebrieren und jeden süßen Augenblick auskosten.»

«Weise gesprochen.» Sie breitete die Arme aus, um zunächst den Dämon zu umfangen und heiße, sinnliche Küsse auszutauschen. Dann nahm sie Adrians Hand in ihre und bot ihm einladend ihren geschwungenen Hals dar.

«Du solltest erst entscheiden, wie du uns gern bei dir hättest», bat Adrian mit rauer Stimme. «Das Aphrodisiakum könnte bewirken, dass du dich selbst vergisst.»

«Dich unter mir», erklärte Sybil nach kurzer Überlegung. «Ich bin oben und Abaran von hinten. Ronan ist danach an der Reihe.»

Sie bewegten sich und nahmen ihre Plätze ein. Adrian schob ihre Beine über seine Hüften und zog sie zu sich heran, bis ihr Busen an seine Brust gepresst war. Seine Eckzähne glitten zärtlich über ihren Hals, dann biss er zu.

Kenric beobachtete, wie sie ihren Rücken hochwölbte und ihr Körper sich vor Wonne anspannte, als der Vampir von ihrem Blut trank und gleichzeitig sein toxisches Serum in ihre Blutbahn pumpte. Adrian nahm seinen dicken Schwanz an der Wurzel und führte seine Eichel an ihre willige Öffnung. Langsam drang er Stück für Stück in sie ein, bis ihre Spalte sich an ihn gewöhnt hatte.

Abaran hatte sich mittlerweile über ihrem Rücken in Position gebracht. Er bedeckte ihn mit seinem Körper, als wollte er ihr gleichzeitig seine Wertschätzung und seinen Wunsch vermitteln, sie zu beschützen. Er küsste sie auf den Nacken und tupfte schmetterlingszarte Küsse über ihr Rückgrat bis zum dem niedlichen Grübchen, das den Übergang von ihrem Rücken zu den wohlgerundeten Kurven ihres Hinterteils markierte. Mit seinem Penis fuhr er über die Furche ihres Pos und glitt schließlich dazwischen, bis er seine Eichel in die enge, gekräuselte Öffnung ihres Rektums drängte.

«Abaran», murmelte sie heiser und auffordernd. «Ja. Ich will dich.»

Adrian gab ihren Hals frei, sodass Sybil den Kopf zur Seite drehen und ihren Gefährten anlächeln konnte. Kenric erwiderte ihr Lächeln und beugte sich vor, um sie zu küssen, während die beiden Männer sie sich teilten und ihre Freude an diesem Akt verdoppelten.

Adrian und Abaran nahmen sie mit lustvoller Hingabe und brachten ihren zitternden Körper dazu, sich wie zur Antwort aufzubäumen. Adrian kam zusammen mit ihr als Erster, dann brachte Abaran sie ein weiteres Mal zum Höhepunkt, als er sie kräftig von hinten stieß.

Anschließend zog er sich aus ihr heraus und ging beiseite, um Adrian den letzten Kuss zu überlassen, den jener genoss, während sein Schwanz noch tief in ihr vergraben war. Dann glitt er ebenfalls aus ihr heraus, als Kenric sie von ihm herunterhob und wieder in die Mitte des Bettes legte.

«Ronan allein oder wir beide gemeinsam?», fragte Kenric und starrte ihr in die sinnlich verklärten Augen.

«Euch beide, bitte.» Sie lächelte ihn an. Ihre Lippen waren so üppig und von einer sinnlichen Weiblichkeit, die er enorm verführerisch fand.

«Wie?», fragte er und strich ihr die widerspenstige Locke aus dem Gesicht.

«Wie immer Ronan es wünscht. Er braucht das Gefühl, die Kontrolle zu haben.»

Der Elf lachte. «Kluge Hexe. Dann werde ich dir jetzt sagen, was ich mir wünsche. Auf die Knie mit dir. Verwöhne den Wolf mit dem Mund, während ich dich von hinten nehme, auf beide Arten.»

«Wie kreativ», bemerkte Sybil.

Dann nahm ihr Mund Kenrics Schwanz auf, während der Elf von hinten in ihre feuchte Spalte eindrang, sie zum Orgasmus ritt und anschließend ihre enge anale Öffnung penetrierte. Er brachte sie ein weiteres Mal zum Höhepunkt, den Kenric mit ihr teilte, als er sich mit einem letzten Stoß zwischen ihre Lippen in ihren Mund ergoss. Ihre Kehle hüpfte, als sie jeden Tropfen hinunterschluckte.

«Was jetzt?», fragte Sybil und ließ den Blick über das Bett gleiten, auf dem sich die zutiefst befriedigten Körper ihrer Liebhaber tummelten.

«Jetzt wird geschlafen.» Kenric schmiegte sich dicht an ihre Seite, während Kadar die andere für sich beanspruchte.

«Alle zusammen?»

«Das Bett ist groß genug.»

«Wohl kaum», meinte Kadar mit vorgetäuschter Besorgnis in der Stimme. «Wir brauchen mehr Platz. Rückt alle dichter aneinander.» Er schob sich in der Löffelchenstellung noch dichter an sie heran und schmiegte zufrieden seine Lenden an ihren nackten Po. Sybil musste lachen.

Dann spürte Kenric, wie sich ihre schmale Hand in seine schob, eine kleine, vertrauensvolle Geste, bei der sich seine Brust eng zusammenzog. Sie war ganz die seine.

Am nächsten Morgen frühstückten alle gemeinsam, während die Vögel in den Bäumen ihnen ein Ständchen brachten. Sybil versuchte, den Gesang eines bestimmten Vogels herauszuhören und folgte seiner Gestalt am Horizont, bis sie die Augen zusammenkneifen musste, um etwas zu erkennen. Mit einem Mal erstarrte sie. «Sagt mir bitte, dass ich mich irre.»

Kenric stand auf, trat hinter sie und folgte ihrem ausgestreckten Finger mit dem Blick. «Dämonenangriff.»

«Ich nehme an, das heißt, dass unsere Flitterwochen vorbei sind», schnaubte sie. Kenric spürte ihre Anspannung und erkannte darin sein eigenes Vorgefühl. Sie zitterte förmlich vor dem Verlangen, dem Feind entgegenzutreten.

«Sie werden niemals vorbei sein», versicherte er ihr. «Das ist bloß eine kurze Unterbrechung. Bist du bereit, an meiner Seite zu kämpfen?»

Sie begegnete seinem Blick, und ihr bewegtes Gesicht sprach Bände. «Du meinst es wirklich so, nicht wahr? Keine Rede mehr von Hexen, denen man nicht vertrauen kann?

Keine Anwandlungen mehr, die Frau zurückzulassen, damit sie niemandem zur Last fällt?»

«Du hast dich im Kampf bewährt», gab Kenric zu. «Und du trägst das Mal. Du bist eine von uns und teilst unsere Ehre und unsere Pflicht.»

«Ich liebe dich.» Ihr Blick verdunkelte sich, und sie küsste ihn so leidenschaftlich, dass er überrascht einen Schritt zurücktrat. Dann wirbelte er herum und sah der herannahenden Gefahr ins Auge. Flammen umzüngelten Sybil.

«Vielleicht so sehr, wie ich dich liebe», antwortete er.

Und gemeinsam standen die sechs Schattenwächter Seite an Seite, um den Dämonen entgegenzutreten.

DANK

Dank an die «Write Ons» für die Unterstützung. Und an N. J. Walters für Feedback und Vorablesen.

MIX
Papier aus verantwortungsvollen Quellen
FSC® C019821

Das für dieses Buch verwendete FSC®-zertifizierte Papier
Lux Cream liefert Stora Enso, Finnland.